引体向上

黄惊涛 著

SPM
南方出版传媒
花城出版社
中国·广州

图书在版编目（ＣＩＰ）数据

引体向上 / 黄惊涛著. -- 广州 ： 花城出版社，
2016.8
　　ISBN 978-7-5360-8040-9

　　Ⅰ．①引… Ⅱ．①黄… Ⅲ．①长篇小说－中国－当代
Ⅳ．①I247.5

中国版本图书馆CIP数据核字(2016)第196394号

出 版 人：詹秀敏
策 　 划：田　瑛
责任编辑：秦爱珍
技术编辑：薛伟民　凌春梅
插 　 图：王芊祎
封面设计：何易霖

书　　名　引体向上
　　　　　YIN TI XIANG SHANG
出版发行　花城出版社
　　　　　（广州市环市东路水荫路 11 号）
经　　销　全国新华书店
印　　刷　广东新华印刷有限公司
　　　　　（广东省佛山市南海区盐步河东中心路 23 号）
开　　本　880 毫米×1230 毫米　32 开
印　　张　8.375　8 插页
字　　数　160,000 字
版　　次　2016 年 8 月第 1 版　2016 年 8 月第 1 次印刷
定　　价　32.00 元

如发现印装质量问题，请直接与印刷厂联系调换。
购书热线：020－37604658　37602954
花城出版社网站：http://www.fcph.com.cn

此书献给我的父亲黄众成先生、母亲何新华女士。

你们在大地上劳作，

养育了姐姐、哥哥们与我。

序：惊涛的"挂托邦"

李敬泽

科幻有软科幻，有硬科幻。硬科幻只有理工男写得了，一切都建立在技术细节和科学想像之上。

黄惊涛是文科出身，写科幻只能软得不能再软。他的宇宙论基本停留在牛顿力学的水平，而他飞向宇宙的办法很像是霍格沃茨魔法学校教出来的。

——很高兴有机会公开嘲笑惊涛，当他准备写这样一本书时，他也肯定准备好了接受诸如此类的嘲笑。"引体向上"，我已经很多很多年不曾做过这个动作，把自己挂在单杠上，凭两条胳膊的力量与地心引力对抗，这与揪着自己的头发离开地球相比，只是多了一杠。在力不能支的时候，我们纷纷从杠子上掉下来，让沉重的肉身掉在踏实的大地上，而惊涛却依然把自己挂在杠子上，仰观天俯瞰地，有所思有所寄，看来他是打算这么一直挂下去，在单杠上缔造一个伟大的王国。如今在文学评论的学术话语中，大家正在拼命地用什么什么"托邦"造词，那么好吧，黄惊涛给自己造了一个"挂托邦"。

很可笑是吧？如果我们真的能够在近地轨道上环行并且观察这小小寰球上的无数细节，我保证，我会仔细地遥望着那一小片蓝水的边缘，一个小如芥子名叫广州的地方，一个灵长类人科动物所做的如此执着的努力，他挂在那儿，想像着自己和老婆一起被发射出去，巡天遥看一千河，对着遥远的地球喋喋不休地发表评论和演讲……

他的话可真多啊，他像太空漫步的哈姆莱特，这时他面对的不是墓园中可笑的骷髅，而是争利于蜗角的人世，背负青天朝下看，一切都是嗡嗡叫，而唯一被放大、被呈现的声音，只有他自己，思考的、感伤的、评述的、宣叙的、柔情蜜意的冷嘲热讽的、悲恸且深长的……这个声音本来内在而私密，它包含着平日归于沉默的翻腾思绪，但是在惊涛所设定的情境中，它扩展为宇宙背景下的言谈，获得了一种寂寞的、无效的公开性和公共性，这对夫妻的对话没有听众，但他们的话同时又是面对着远处的地球，这是庄严、宏大，又是矫揉造作，是在严肃地自我拔高但又会忍俊不禁地笑场。

就好比，一对夫妻在空旷的剧场中演戏，而剧场外是茫茫人海。

这部小说就是这场戏。惊涛本来也不是要写一部科幻小说，他只是着迷于他所设想的这个发声的情境和角度，这情境和角度使话语获得了辽阔卷曲的空间，在这个空间里，喧嚣与寂静、庄重与放浪、灵与肉、矛和盾，相互对抗相互转化，亦此亦彼、亦真亦假，宇宙是舞台，话语呈现为漫游太空的戏剧。而正如哈姆莱特所传授的那样，这种重叠着独语和对话的声音，表现而反讽，本身就是从根部推敲着现代意义上的"存在"。

所以，对黄惊涛来说，在整个小说的进展过程中，他所经受的考验不在情节、人物和性格，而是有没有足够的力比多，有没有与自己、与这个世界争辩和讨论的足够热情和力量。

——他当然是有的，他已经用这么厚的一本书证明了这一点。

而且他一直在证明，他是一个"引体向上"的小说家，他一直在与地心引力斗争，他目前为止的所有小说，都奋力向着星空，这持久而紧张、严肃而滑稽的动作中包含着他对大地与俗世的愤怒和深情、批判和肯定。

愿他挺住，安居于他的"挂托邦"。

2016年7月31日晚于西山

目　录 ⬡

所有的球都受力所节制，宇宙借此维持完美的平衡。唯有个别流动的星体，在做莽撞的仰冲，一如人类的引体向上，脑袋瓜子刚高出单杠，又因臂力不够而堕入尘土。

——H.哥白尼《论宇宙的力与美》

　　这历程太苦，我必须带一个人上路。

——作者

第一章　警察

　　"亲爱的，我们离开地球，去宇宙。"

　　我说这话的那一刻，可以活得很久，但不过也是一颗矮恒星，终究要死的太阳，正把它的光洒到我的妻子、爱人、心肝宝贝儿的身上。昨晚有月，我们一宿贪欢。为了让那从三四十万千米照射过来的光芒增加我们性爱的欢愉，我们没有拉上窗帘、关窗。谁他妈的说月亮是一个雌性球体？它分明是一个雄性的性爱高手。它引得地球这老娘们儿日日潮涨潮落，也引得我的亲爱的总有那么几天焦躁而骚动。我本来应该吃醋，但我现在只把它当成我们的催情之物。无形的光能夺取什么呢？它什么也得不到。我是获利者。

　　"宇宙在哪里？宇宙在哪个方向？"

　　我亲爱的人伸伸腰，蜷蜷腿，展示她的曲线、山峰和稍纵即逝的森林、湖泊。她闭着眼睛问我。这一刻她很美，而我却没什么欲望了，我只想干一点不同以往的事情：去宇宙中行走。我从来没有跟我的妻子说过这个打算，但我心中一直有壮丽的风景，我渴望壮烈的人生。太阳与月亮何其之大，我常常与我的爱人抬头把它们仰望。我发现在这个地球上除了我们的爱可以称之为大，其他均渺小如尘埃。平日里我活得像一个正常的傻逼——西装革履，谈笑风生，温文尔雅，有板有眼，做一些追求利润的生意，但我的心里总有一些东西在低吟，有时这些东西还跳出来咆哮，比海洋更汹涌。

"沿着我们上班的道路，人民路，向前4056米，右转弯，进入辅道，走50米，拐进团结路，走靠左的车道，大约800米，左转弯，会看到前面不远处有座桥。这桥靠的是钢筋悬索，牢固无比，可以承重百余吨，走装甲车，过坦克，其使用寿命达千年。我们开车上桥，可以告诉你，我早就观察很久了，那里有个宇宙的入处。"我把她的内衣、裙子丢给她，就像昨晚上我把她丢到床上一样。

"你怎么记得这么清？在哪里拐弯，在哪里冲刺。"她开始穿着，包裹。接下来，我知道她要用马桶，照镜子，往脸上涂抹，把牙刷塞进嘴里。

"我有导航，它会清晰地帮我指明方向。我每日用它，它总是精确地帮我计算距离，规规矩矩地修正我的道路。我很难犯错，因为这冷冰冰发指令的女中音老是会提醒我（我多么希望她的声音能像你的一样娇羞而温柔）。而且，这是我上班的路，我在上面走了十五年了。有时我放下车窗玻璃，与那些睡在立交桥桥洞下的老乞丐们打招呼，或者给流动巡逻的交警一个标准的笑脸（一般他也会回我一个更标准的敬礼）。我熟悉路边的每一棵树，大部分过斑马线的行人，大部分的车牌号码（尤其有一辆，它曾擦破过我车子保险杠的油漆，那里留下了油漆工也消磨不了的痕迹）。"

我一边回答她，一边走到镜子前，她的脸已经镶在那里，我的脸也凑过去。她的脸给镜子增加了美感，我的脸给镜子增加了负担。我整衣领，刮胡须，试图把自己弄得人模狗样。

　　"那你打算这次用导航吗？"

　　"绝不使用。我已经清楚我的路，而且我不打算与任何人说HELLO。导航小姐我请她闭嘴，我不需要她提醒我哪里有监控，哪里禁止违反交通标线，哪里得减速至30码。我要握紧我的方向盘，不再顾及红灯与速度。本来我还想点根烟，这是我的手指和嘴巴在地球上喜欢的一种消遣，但你坐在副驾驶位置，我得考虑你的健康和感受，那我就嚼两颗口香糖。"

　　"听你的。"

　　大包小包，收拾停当，我们上路。

　　"是不是得把油箱加满，终究，去宇宙还有那么长的路。"我的爱人提醒我。

　　"亲爱的，你想得真细。宇宙中需要的是其他的一些力，比如牛顿先生所说的那些推动力，但以防万一，我们确实得多备一些地球上的东西。那我就先把车开到我们家附近的那个加油站，这不耽误事。姑娘啊，加97，把我的这个油老虎的肚子喂饱为止。我早想跟你们的老板说了，你们在人间做生意，最大的本事就是往商品里掺假。你们正常得太像一个个商人，谁叫你们是人类的精英。哎呀，我多嘴了，我应该把这看成是一种正常。哎呀，这些碳氢化合物，这些烷烃、环烷烃、芳香烃你们还能卖多久？"

"别跟人家贫嘴了，我们得早点儿上路。别耽误我们的工夫。"我的妻子打断我，她是个急性子。

　　"遵命！我的爱人。那我们现在就上人民路。"

　　"嗯。"

　　"人民路上有人民。人民路上好多好人民。我们制造点儿声响，让人民听见。"

　　"那就把喇叭打开，车窗打开，天窗打开，播放一下广播。"

　　"东边发生一起绑架，西边发生一场火灾；阿富汗发生一桩恐怖袭击，美国发生大规模反政府游行。现在播报一则刚刚收到的信息：共和大道上发生了两车相撞，死者三人，其中一个是孕妇；伤者两个，其中一人是小孩。现在救护车在赶去的路上，请沿途的车辆让出一条道来，时间就是生命！"

　　"赶紧靠边。赶紧靠边。亲爱的！"我的爱人催促我。每当这时候，她显得比我没耐心，但是有爱心。

　　"是！我的交警阿姨。这是我们在地球上所做的最后一件顾及公众利益的事儿，我愿意为此再遵循一次良心法则。"我把车停到旁边，跟其他的车一辆接一辆，码成一列挂着很多车皮的火车。

　　"你真棒，亲爱的。救护车呼啸过去了，现在我们可以回到中间那条道了。让我们来听一些歌吧，让我们的耳朵放松放松吧。肖邦，还是巴赫？莱比锡少年合唱团还是施特劳斯圆舞曲？王菲的《传奇》还是唱《天下无双》的张靓颖？"我亲爱的妻子、爱人、宝贝心肝儿打开光盘袋，一张一张抽出，让我决定耳朵将听什么东西。

　　"不。还是听《悲惨世界》吧。还记得吗？我们在歌剧院里看过这部音乐剧。我们泪流满面，旁若无人地在悲伤中哭泣着接吻——悲情也可以催情。"

　　"那好，我放了。"她把光碟插进汽车的碟机里。

　　我用右手紧握方向盘，左手抬起，做出了指挥家的样，"我们一起听：天可怜见，悲惨世界。无望苦囚，双眸毋望。低头等死，俯首认降。烈日荼毒，此处是人间炼狱。天可怜见，悲惨世界。二十年里，老死无望。清白如我，哀哀上告。仁慈我主，听我衷肠。天可怜见，悲惨世界。仁慈我主，听我衷肠。我知伊人，在水一方。真情不渝，等候如常。低头等死，俯首认降。低头等死，俯首认降，伊人早将你遗忘。若让我出得牢笼，死也不回这恶土受苦。天可怜见，悲惨世界。无望苦囚，双眸毋望。主啊！解脱之日何在？天可怜见，悲惨世界。一朝被囚，一生无望。天可怜见，悲惨世界。一朝被囚，一生埋葬。带犯人24601……"

　　这音乐的旋律我太熟悉，每一个节拍的高低，每一句吟唱的轻重，我了然于心。我的左手在车行进过程中将它一一演绎。

　　"你为什么喜欢听这么愤怒而又悲伤的曲儿？"我的爱人不解。

　　我一点也没犹豫，回答她："因为我也是这个人间的24601。"

　　"24601，你上回去了巴黎，你说那里很美，你说过要带我去。"

"确实啊，宝贝儿，巴黎很美，尤其是死在那里。可是，那里曾经也有很多监狱。"我想起那年参观片砖无存的巴士底狱遗迹，就在孚日广场附近。

"人生何处无监狱啊！亲爱的。"我的娇妻、小妮子，这句话说得倒是有些哲理。

"那好。等我们到了宇宙，经过巴黎的上空时，我给你指指。"

"亲爱的，前方路边是你的公司。要不要去跟你的同事们告一下别，或者跟你的上司递上一张年假条？"拐过一个弯，刹了一下车，我的妻子将我提醒。一块牌子映入我的眼帘，上面写着"看得远光电仪器有限公司"。这是我服役了十几年的公司，我是这公司销售部的部门经理。我卖的是望远镜。

"不要了。当你离开监狱，就不要回头望去。与牢头、狱卒和共犯们告别，会有晦气。并且，我不想让他们知道我们的行踪。当我们有一天在天上，在仙王座与仙后座之间划出一道轨迹，我希望他们只是误认为两颗不知名的行星脱离了轨道，在互相追逐玩耍而已。"

"那把车牌也摘下来扔掉吧。如果有人举起詹姆斯·韦伯太空望远镜或者钱德拉X射线太空望远镜，在他们寻找高光能形式的超新星或者老而又老的老星系时，就不会认出我们了。"

嘿！我的妻子还懂得这么多专有名词，可想而知我经常在家唠叨我的那门小生意。真是罪过啊，我怎么能把那赚钱的事儿带回到家里。

"想得真周到，宝贝儿。那张由字母和数字组成的车牌也是我在人间犯罪的证据之一。每一年，它总会被几个摄像头抓个正着，记录我越线行驶和闯红灯，或者其他的危害人类的行为。我每年都得花个几百块，去抹掉我那不道德的印记。在一些计算机里，我的名字与这块牌子对应在一起。有一次，在高速驾驶中，我采用了其他一些聪明人的做法：用一块布把它遮住，可是仅仅就是这一回，我让巡逻的交警逮住了。我以140迈的速度冲了出去，那是我的车几年来从未达到过的速度。我因紧张而僵硬地把着方向盘，它因从未体验过如此激烈的追逐而发出尖叫，震动不已。警察以160迈从后面赶超上来。一百米、六十米、三十米、十米，加两米，他们的车横在我的前头。我刹住了，刹车片展示了它的高性能。交警气急败坏地取下那块布，记下了那一串字母和数字，命令我交出驾驶证。'你超速了。''你们也超速了。''我们超速是为了抓你。'我无话可说。我被记录在案。"

"那是你活该。"

"别骂我宝贝儿。这是我在人间所犯的为数不多的过错之一。我循规蹈矩，在生活和工作中每一步都战战兢兢。你就不能容许我有点小毛病？"

"好吧我原谅你。前面又有个大盖帽，小心。"

"好吧，那我再遵循一下这人间的交通游戏。得降低档位，慢慢前行。这一定是最后一次，我敢保证，今后我不会这么老实巴交了。另外，宇宙里的道路宽阔，好多规则还未曾制定。我们唯一需要担心的是：那些路没有交通信号灯，当然也就没有两旁照明的路灯。那里的道都很黑暗，我们得打开车灯，才能把前路照亮。"

"跟你在一起，我可以忍受无边之暗。你放心，我在你身旁，必要时，我充当你的引航员。注意，前面就是那座桥了，宇宙的入口是否就在那里？"我的妻子、爱人信誓旦旦，给我鼓劲。

"谢谢。你说得不错，正是那里。系好安全带，我准备加速！"

我的这辆已经开了十万八千里的车往解放桥的方向驶去。解放桥桥头的右侧，立着一尊石头加水泥的雕像。雕像正义凛然地托举着一把老钢枪，对着天上的飞鸟们开枪。那些飞过此城的飞机啊，小心有人打飞机。那些位于主序带上的黄矮星、红巨星、白矮星们，别说我没警告过你们，你们转啊转啊转到地球上空时，要小心有人放冷枪。

解放大桥下一条河流淌。有一回，我踱步来到解放桥。我看见桥下的货轮装载着一船船的货物，从这里运往美利坚、德意志和意大利。其中有一艘，上面装满了性玩具。我怎么知道那是性玩具？因为我带了一架轻便而又高倍精密的望远镜，这仪器是我随时携带的工具。从那双筒里看过去，我看见两个船员拆掉了一个大箱子，拿出两个充了气的姑娘。我还以为是真人，但看眉眼、身段，显然不是我们这个人种的女性。他们是要给资本主义社会送福利，要去把资本主义的温床占领。幸好，资本主义的美女是我们按照她们那边的人儿样子造的，我们用不着心酸和牙痒痒。

"亲爱的，你得保持注意力。"我刚想到一些不洁净的事儿，我的爱人就知道我此刻在想什么东西。我逃不过她的火眼金睛，她读得懂我心里的任何秘密。

"听宝贝的指挥。我现在得找那个宇宙的入口了。你等等，我靠边停一会儿，容我观察仔细。50米开外，从第一个桥栏杆标记数过去，数到第1098个，它比其他的矮上儿公分。我们用力撞上去，就会触动那个进入宇宙的阀门。"

"你怎么知道的？"

"我留意很多年了。多少次，我在深夜里把你撇在床上，去这座桥上来回溜达。你怀疑我去找小姐，你说我喜欢新鲜玩意儿。有一回你还跟踪我，在路灯下，看到我与几个美艳妖娆的姑娘在聊着什么。97、98、99，你以为我们在讨价还价。你不了解这一行，但你该知道她们的那地方也不可能便宜到这个价。我在向她们打听那个宇宙阀啊。白天是那些警察们在这里站岗，晚上是她们在这里轮班。她们知晓这里的一切，超过我们这些在办公室、铺面耗费时光的生意人。宝贝儿，那晚你什么也没说，你尾随着我，看我离开。你以为我是个未遂的偷情汉，在接下来的日子里你展现了自己的宽宏大量，可是你不知道，我不过是在打听一点小秘密。"

一提起妓女，我便喋喋不休。

"你打听到了？"我的爱人问。

"我打听得清清楚楚：这座长达五六公里的铁索桥，连接着我们这个城市的工作区与生活区。从我们这边数过去，到第1098个栏杆标记，那里就是逃逸人间的出口。我的妓女朋友们跟我讲过好几个例子。一个好姑娘说她曾见过一位摩托车司机，在前年那个祭拜月亮的深夜轻轻地撞了上去，她见到他连人带车突然消失了，'嗖'的一声人影就不见了。她以为发生了车祸，赶忙用她那经常印在小卡片上的手机号报了警。警察来勘测了现场，又放下几艘冲锋舟，在桥下的河水中捞了好几个小时。水中除了有月，什么也没有。警察带走了那位好姑娘，认为她在制造恐慌。她的口袋里揣着好多小卡片啊，一查就知道她是干啥的。还有一个好姑娘也见到过同样的事情。她的那位放出来的姐妹提醒她千万不要再打110，于是这另一位好姑娘只能假装无事，心里默念一些祝语，并且抬起头来看星星。她们看到有一颗星星发出微弱的光亮，从她们的头顶上快速上升，似乎正要赶往天庭。"

听到我称呼那些女人是好姑娘，我的宝贝儿突然来了气，"这些婊子说的话也可以当证据？"

我赶忙劝慰她："我的优雅的仙女呀，你不要生气。你平日待在一个固定的男人身边，不知晓要天天待在不同男人身下的女人，是多么的艰辛。她们除了有些东西掺杂了一些假货，在很多时候纯洁如处女。我相信这些好姑娘们所言不虚。况且，还有其他的证明：有人撞到了1097或者1099，他们的结局就很可悲，第二天，你在电视上就可以看到他们终于从一个无名者，变成了一起事故的主角。当然了，他们也由一位生者，变成了一位死者。我们会慷慨地花上几分钟，来唏嘘一下他遭意外的人生。"

"这么多的护栏，长得都一样，你怎么认得出就是那一根啊？"

"我做了记号。我在上面画了一颗星。事实上，知道这一阀门的不止我一个。好多人也在上面做记号。那些好姑娘们会把自己的电话号码小卡片贴在那上面，可是她们得天天贴才行，因为总有人随手就把它给取走了。有一个醉鬼在前一晚把他常喝的酒的商标贴在那上面，以便于第二天自己清醒后能找到那里，可是翌日就让垃圾工人给清扫走了。每一个知晓这一秘密的人都在那里做下点手脚，以便给自己留一条退路。我也是啊亲爱的。可是，今天我得好好找找。哎呀，谁他妈的又在这些桥墩上贴满了小广告？我下车看看。"

我四周打量，身边的车辆不多，嗖嗖嗖地飞过，行人也是三三两两，便赶忙靠边，推开车门而下，"我必须得下车看个究竟，亲爱的。我估摸着就是这一带，就是这几根中的一根。"

我的妻子不下车，她身上绑着安全带。"那些狗皮膏药上说的是啥？"

我俯下身去。"念给你听吧：包治梅毒、性病、淋病、外阴尖锐湿疣……你别捂着耳朵，这不过是人类常见的一些病而已，与肝病、胃病、肾病、神经病没什么区别。为什么要给一些病打上道德的烙印？要像菜市场的那些猪一样盖上蓝戳记（盖了戳的是好猪，没盖的是孬猪）？别别别，你别急眼。我说的不是我自己。在你面前我清清白白，是个干净人。只要不怕怀孕，我们做爱都不用穿雨衣。"

"少废话，你赶紧去仔细查查。"她有点怒了，嫌我啰唆。我在家里有几个外号，其中之一就是"啰唆大王"。

"好吧我的亲爱的。不过我还得再说几句：那些贴狗皮膏药的，与那些贴嫖娼卖淫小卡片的，他们是一种很奇怪的对称。他们互相瞧不起，却实打实地是一对共生关系。没有那些姑娘们生产病，哪有他们这些挂羊头卖狗肉屁都不懂的家伙的什么生意。没有这些狗皮膏药贩卖者提供些心理安慰，那些嫖客们也不会如此大胆，敢于一次又一次涉险，再进入那被很多人进入过的地方。"

"啰唆大王，你真是胡扯，还有完没完？"我的话似乎正要点燃一个炸药包。要知道，炸药包也是分性别的，女性炸药包的当量往往比男性炸药包的当量大得多；女人一发怒，男人便犯怵。

可是我的啰唆已经一下子打不住。

"好好好。我再讲一下。其实警察与那些罪犯们也是这种关系。你别看那些大盖帽牛得很，没有了罪犯他们就得失业待在家里。有次我见到几个凶神恶煞的家伙，他们逮住个小偷拼命往死里整。那位不幸的小偷老兄头上挨着拳头，身上被踢了好多脚，可是他咬着牙关一声都不哼，等警察打累了，他从地上爬起来，抖了抖衣裤上的尘土，从袋子里掏出一包烟散给那些打他的人，'兄弟们辛苦了，可是你们也别打得这么狠。我知道你们的上司给你们每个月定了一些抓人的指标，这个月你们完成多少了？你们把我打死了，搞得大家都不敢犯罪了，你们的那些数字怎么填得满？再说了，犯罪这一行也不是人人都可以干的，它需要胆大心细而且不要脸。你们把我打死了、打残了下回我还怎么作案？我不作案了你们到哪里去抓惯犯？另外我想再补充一句，你们抓住我还是赶紧让我从里头出来。我出来了我有事你们才有事，大家才都有事干。'"

"你唧唧歪歪，说到哪儿去了！你这么扯下去是不是得扯到我们俩的身上，说我们俩也是一对共生的关系？"

"你说得太对了。咱们不仅仅是共生的关系，简直还是生活的共犯。我们共同寄生在婚姻这棵大树上，像两根藤蔓一样。我们左右摇摆，前后晃荡，经常缠在一起，以不至于让岁月这股风把我们吹走掉到悬崖下。我们还常常一起犯罪：消耗这世间的粮食啊，浪费这世间的水与空气。我们的汽车排出多少尾气啊，我们还常常吵架，斗嘴，把身体里那些熏人的怒气排出来。我们彼此污染。我们做爱的时候也是彼此污染，你把你产生的二氧化碳吹进我的口腔，我把我血液分解的二氧化碳吐进你的口腔。我们在做爱的那一刻更是不折不扣的淫荡犯。伤风败俗啊我们说的那些话，让那些正义凛然、单纯可敬的大妈们听到了会情何以堪……"我的话匣子打开了，滔滔不绝像桥下奔向大海方向的河流，极尽铺张，与我的妻子、爱人、宝贝心肝儿耍嘴皮子，是我所乐于和擅长。我喜欢看她生气，那样子真是可爱极了。

"给我闭嘴！现在是你干正事的时候！"果然，她上当了，小胸脯一鼓一鼓，好似一台风箱，把打铁、炼钢的炉火鼓得很旺。

我适可而止。永远不能让女人真的气炸，不然有我好看，"是，是，是。我现在这会儿就去翻开那些小广告。一张、两张、三四张，七张、八张、九十张。撕掉了亲爱的，我在这根杆子上，找到了我刻上去的那颗星形状的4标记。就是这一根。我确定。来，我上车，咱们准备从这里离开地球这个宇宙的驴屎蛋。"

重新系好安全带，加油，转动些方向盘，对着第1098根护栏标记，我正准备撞上去。

"站住！你打算干吗？"不知从哪里，钻出来两个壮汉。他们着便装，没配枪，但从眉眼里一看，就知道他们是干什么玩意儿的。

"到这里来玩玩。"我神经紧张，仿佛是干了什么坏事被抓住了现场。像我这样正常的傻逼，平日里最怕惹上的，就是他们这种人类中的男子汉。

"赶紧走开，赶紧走开。在这桥上走，可不能像是逛商场。"其中的一个站在我的车头，向我挥挥手。

我心里很乱，因而我更是手忙脚乱，好不容易才挂上倒档。这盛夏的空气让我的头本来就发胀，我现在有些愤怒，但更多的是心怀沮丧。我的爱人啊你不要慌张，我最怕你流香汗，这世上没有我们走不出的围墙。等一等，或许我们就可以冲破这道难关。

"亲爱的，你别急。待会儿说不定我们就可以过去。"我的爱侣给我稳定军心。

们的那些数字怎么填得满？再说了，犯罪这一行也不是人人都可以干的，它需要胆大心细而且不要脸。你们把我打死了、打残了下回我还怎么作案？我不作案了你们到哪里去抓惯犯？另外我想再补充一句，你们抓住我还是赶紧让我从里头出来。我出来了我有事你们才有事，大家才都有事干。'"

"你唧唧歪歪，说到哪儿去了！你这么扯下去是不是得扯到我们俩的身上，说我们俩也是一对共生的关系？"

"你说得太对了。咱们不仅仅是共生的关系，简直还是生活的共犯。我们共同寄生在婚姻这棵大树上，像两根藤蔓一样。我们左右摇摆，前后晃荡，经常缠在一起，以不至于让岁月这股风把我们吹走掉到悬崖下。我们还常常一起犯罪：消耗这世间的粮食啊，浪费这世间的水与空气。我们的汽车排出多少尾气啊，我们还常常吵架，斗嘴，把身体里那些熏人的怒气排出来。我们彼此污染。我们做爱的时候也是彼此污染，你把你产生的二氧化碳吹进我的口腔，我把我血液分解的二氧化碳吐进你的口腔。我们在做爱的那一刻更是不折不扣的淫荡犯。伤风败俗啊我们说的那些话，让那些正义凛然、单纯可敬的大妈们听到了会情何以堪……"我的话匣子打开了，滔滔不绝像桥下奔向大海方向的河流，极尽铺张，与我的妻子、爱人、宝贝心肝儿耍嘴皮子，是我所乐于和擅长。我喜欢看她生气，那样子真是可爱极了。

"给我闭嘴！现在是你干正事的时候！"果然，她上当了，小胸脯一鼓一鼓，好似一台风箱，把打铁、炼钢的炉火鼓得很旺。

我适可而止。永远不能让女人真的气炸，不然有我好看，"是，是，是。我现在这会儿就去翻开那些小广告。一张、两张、三四张，七张、八张、九十张。撕掉了亲爱的，我在这根杆子上，找到了我刻上去的那颗星形状的4标记。就是这一根。我确定。来，我上车，咱们准备从这里离开地球这个宇宙的驴屎蛋。"

重新系好安全带，加油，转动些方向盘，对着第1098根护栏标记，我正准备撞上去。

"站住！你打算干吗？"不知从哪里，钻出来两个壮汉。他们着便装，没配枪，但从眉眼里一看，就知道他们是干什么玩意儿的。

"到这里来玩玩。"我神经紧张，仿佛是干了什么坏事被抓住了现场。像我这样正常的傻逼，平日里最怕惹上的，就是他们这种人类中的男子汉。

"赶紧走开，赶紧走开。在这桥上走，可不能像是逛商场。"其中的一个站在我的车头，向我挥挥手。

我心里很乱，因而我更是手忙脚乱，好不容易才挂上倒档。这盛夏的空气让我的头本来就发胀，我现在有些愤怒，但更多的是心怀沮丧。我的爱人啊你不要慌张，我最怕你流香汗，这世上没有我们走不出的围墙。等一等，或许我们就可以冲破这道难关。

"亲爱的，你别急。待会儿说不定我们就可以过去。"我的爱侣给我稳定军心。

"谢谢你宝贝儿，你总是在我想退却时给我勇气和信心。"

我把车倒到了20丈开外。便衣兄弟没有继续来驱赶，他们退回到桥边的护栏下蹲着。他们双手抱在胸前，乍一看去还以为是两个游手好闲的流浪汉。他们还真能化装啊，这些流浪汉中的卧底，常常把自己打扮成自己职业的反面。

"咱们再过去看看，亲爱的。没有什么能把我们阻挡。"我的爱人她咬咬小碎牙，给我的小心脏加了一点油。

"遵命，我这就办。"我把车灯打到了远光，借以干扰那两位的视线（其实在白天，我这么做完全没有效果），紧接着猛踩了一下油门。我的车轰的一声就冲了过去。

"你还想干吗？立即给我滚蛋。"两位便衣好兄弟站起身来，冲着我大嚷。

我只能再次退下来啊我的好爱人。人间没有借给我什么胆，我没法跟他们去讲什么道理。我没法告诉他们我们要干什么去，他们又怎么能理解我们那些远在天边的理想和主义。

"那就再退回来吧，亲爱的。有些胆量需要你自己来练，比如说偶尔干点坏事的那种胆。"我的妻子斜看了我一眼，她一声叹息，可能认为我有点不争气。

"嗯嗯。让我再找点胆，找点勇气。我干过什么坏事？小时候我在上学的路上捉住一只青蛙当猪阉，那是我干过的最残忍的事情。有人说知识越多越反动，我是知识越多越胆小。我跟人打架，怕把别人打疼了；我同情鸡呀鸭呀，杀它们的时候还担心把它们弄疼。我这辈子做得最大胆的事是遇上你。"

"你这么说，好像'遇上'是一件主动可以做的事儿一样。"

"这好比走路，你从这条路走来，我从那条路走去。两条路在田野间相交，我可以走慢点，也可以走快一秒。我选择紧走几步，我就与你相遇了，你看，我快走，就是我的'主动'。"

"你不是说是上帝的安排吗？"

"也是。如此说来，最大胆的是那个上帝。"

"上帝的胆子大吗？"

"大得不行。'胆大包天'这个词，只有用在祂那里才合适，因为祂造万物，造日月星辰，造了银河系，还造其他的什么系。最主要的是祂敢于造男女。"

"一切都是祂造的吗？没有例外？"

"有一样例外。爱。爱由我们造。Make Love。"

"又瞎扯了啊，该打！"

"好吧，我闭嘴。现在我有些胆子了。我不想人类的那些慈悲与美德，不想耶稣与佛祖，我只想恶向胆边生啊，我这就冲过去。"

"慢着。你看，似乎有一辆车也冲过去了。一辆，又一辆，三辆，四辆……我来瞧瞧汽车牌子啊：雷克萨斯、大众、比亚迪、奔驰、宝马、拖拉机。"

"他们这是要干什么？你看他们全无顾虑，也从不像我这么犹豫，他们鱼贯而行，让各自的发动机死劲地轰鸣。啊，那两位便衣兄弟拦在他们的面前，又被他们那不怕死的德行给吓坏了。他们躲到了一边，看着他们冲过去了。"我有了点看热闹的架势。看热闹，这人间很多人都有的恶疾在我的身上常常发作。在这一点上，我没比任何人高明。

还是我的亲爱的目标始终如一，她催促我，"他们从口袋里掏出了手机，看样子在叫更多的兄弟。亲爱的，我们也赶紧跟上去，趁这个机会我们也能冲出地球，这也说不定。"

"好。我本来以为只有我会在今天这个周末日干这事，没想到赶上了大部队。今天是什么日子啊宝贝儿？为什么这么多的人选择在今天出行？"

"我不清楚啊亲爱的。自从我腻了那份工作之后辞职在家里，我就忘记了时间。我的表停在了7月23日再也没动过，它趴在我的枕头下再也没有生长过。在原来，我隔三差五给我的手表施肥和浇水，时间每天在它上面一刻也没停止过生长。现在，我懒得再伺弄它了，除了地心引力让它老老实实地趴在我的枕头下，再也没有其他的什么机械力给它喂养了。"

真是我的好爱人，这么多年来，讲起话来有老夫的风格。我接着问她：

"家里的挂历也让你藏起来了吧？"

"我把它扔了呀。我原来是数着日子过，哪天上班哪天忙工作，如今我只数着我的例假过。"

"扔得真好亲爱的，我们就得这么干。这属于地球上少数几样不会腐烂的东西，跟随着我们太久了，我们这辈子使劲要摆脱的它，在我们冲出地球的那一刻之后，将不再如影随形跟着我们去宇宙。加速吧，冲呀，我此刻充满了要摆脱厌恶之物的反动力。不过，我看看，现在是什么时间？"我这么说着时不自觉地看了下左手腕，手腕上一块精钢瑞士表在阳光下闪闪发亮。这时间的口香糖什么时候粘着我，我倒忘了。

"我来扔掉它！"我腾出手来，解表链。

"且慢。先留着，万一我们到了宇宙，可以用它来计算一下春夏秋冬。"我的亲爱的阻止我。

我想想也是。宇宙中没坐标，没标志，用它来记录我们到底这一趟去了多久，倒也不错。于是我作罢了，让时间依然粘在我的手腕上。

说着说着，我的妻子又发话了。

"加油吧亲爱的。那些雷克萨斯大众比亚迪，以及奔驰宝马拖拉机都已经冲过去了，现在看你的了。咦，它们消失了，刚才我还闻得到它们的尾气，如今它们踪影全不见了。我们只看得到便衣们挥动的手臂，以及过路人所行的注目礼。我们可以从他们的眼神中，看到嫉妒和赞许。我想，亲爱的，他们其实也想着像我们这么干啊，只是他们还没有找到能力与动力。"我的好妻子说了一大串。

"是的，宝贝儿。谢谢你给了我信心和勇气。我们的车离1098就只差一米了。这一刻让我们延宕一下吧：借着阳光，我们看一眼解放桥下水中城市的倒影，它们亮堂堂，金灿灿，模糊糊，在水面上划出一圈圈的涟漪。我们再看一看桥上那些按照白线正常行驶的车辆，它们要把它们的主人带到那些冷冰冰、热烘烘、塞满了悲伤或者欢笑的建筑里。我们再看一看那些好姑娘呀（她们中的几个总是起得很早），她们被很多人爱也爱过很多人，她们的爱与被爱需要一些中介啊比如说人民币。隔着人民币啊身体的温度会低到36度4，这与正常体温相差0.1，就是爱的温度与距离。"

"你怎么知道得这么清楚？难道你真的背着我跟她们干过？"

"我的仙女你千万别这么以为。你忘了我有个朋友他是个医疗器械师？他用仪器专门在他妻子与那些姑娘中的一个人身上测过。这是他告诉我的结果。"

"好吧，我信你。时间怎么延宕了这么久，我们都看了地球上如此多的景象，讨论了如此长莫名其妙的问题。"

"你不知道啊，我告诉你个小秘密：在这个宇宙阀周边四五米的范围内，时间这个直线前行的家伙会不停地回旋打转，就像一片树叶落在一个旋涡里，它会找不着方向因而在这里忙成团团转。我们置身其中时可以无限地活下去，说下去。你看看那两个便衣好兄弟，他们其实早在50年前就待在了这里，他们穿着革命年代的衣裳，活到了如今。所以乍一看还以为是叫花子。这里延宕的时间让他们这些人可以活得久长，所以过了这么多年他们也还没有达到退休的年纪。"

"那，那我们是不是也可以在此待久一点，或者干脆不走了？"

"不能。你想与一些个不朽的监视者待在一起？在这里你虽然可以青春不老健康长寿但别忘了我们离开这个宇宙的驴屎蛋的初衷：我们要的是无止尽的自由，而不是不老的青春。况且，等我们到了宇宙，时间这个催命鬼定下的规则也就不管事了，我们可以到那里获得另外的不朽。"

"听你的。冲！"

"冲！"

第二章　粒子

　　这是什么地方？四野一片漆黑，但我们又什么都看得见。我们身轻如燕，像踏在一片一望无垠的软草甸上。我熄了火，然而因为惯性，我们的车依然快速前行，它的四个轮子在不停地转动，我们像踩着四个风火轮。这些汽车的手脚此刻你完全可以停下来，你不知道在宇宙中没有你平日里爬行的那种道，此刻靠的是惯性，惯性会推着我们前进一些公里数，你与柏油、水泥、石子路面所产生的那些反摩擦力，你的那些简单的机械原理，现在对于我们，对于你这台汽车已经无意义。

　　大约半个钟头后，我与妻子的四只眼睛从黑暗中苏醒了过来，此前我们的眼睛都一直紧闭。说实话，我们还真有些害怕，害怕的应激反应就是眼皮合拢，眼睫毛交叉。把头埋进沙子里，是鸵鸟的做法，遇到什么拿不准，又得迎头而上的事儿，把眼睛一关，这是人类的妙招。冲出地球的那一刻，我们就是这么做的。

　　"亲爱的，你瞧瞧，我们的车此刻就像一只老态龙钟的小爬虫，除了它的轮子在舒展筋骨，做一些毫无意义的转动，其他的看上去，似乎一切都显得是可笑的静止。"我平静地说道。

我的爱人打开了她的大眼睛，扑闪扑闪的，像嵌于这幅黑暗的宇宙之幕上的两颗夜明珠。她接我的腔：

　　"是啊。因为没有参照物，我们看不到是前进还是在后退，唯一给我们指标的，是咱们这辆车上的即时速度显示：在那些有着红绿灯、交规管着的道路上，它从来没有跑到过160。而现在它已经抵达了上限，260。谁如果能在这宇宙中，在我们车经过的地方栽上两排白杨树或者银杏树，那么一定可以看得到我们的车在快速地飞驰。"

　　"真还是这样。我们置身于速度中，速度不会轻易地告诉我们发生了什么，我们以车标为参照，就以为一切都未曾动弹。如果此时你以我为参照物，我以你为参照物，那么时间和速度在这里都已经凝固。现在这会儿我的右手抓住你的左手，我的右手不再需要操心档位而可以腾出来抓住你，我抓住你手的时候，我们的距离不过一尺。这一尺一直保持，让人感觉世界在永恒地静止。"

　　"说得真好，亲爱的。"

　　受了我的宝贝心肝儿的鼓励，我的嘴瘾又大发作了：

　　"不过说到底，人类是一种鼠目寸光的东西。当参照物太大或者距离太远，他们就感觉不到任何的变化。譬如吧，亲爱的，我们现在往下面望去（我们已经在上升了，宇宙中没有上下前后，但既然我们的头现在冲着一些微微星点，而脚下踩着的汽车底盘正对着一个鬼影幢幢的球体，那么就让我们再次遵循一下人间的逻辑，把脚下的方向称之为'下'吧），会看到地球的球面上那些亮晶晶的光带，它们彼此平行或相交，那是路、立交桥。在它上面有一些黑点，那是钢铁甲壳虫，就与我们现在身处其中的这一辆一样。你看啊，它们一动不动，但事实上它们一直在蠕动。因为距离遥远，我们忽略了其速度。我可以想像，现在他们中间的很多人，在争分夺秒，努力提速，只有在受限的情况下才踩刹车，他们被一种叫家或单位的玩意儿诱惑着猛奔。事实上，他们的奔忙无异于是一次次的徒劳：他们总以为自己移动了百十公里，而站在我们现在的这个视角，不过是移动了几厘米而已。"

"前一刻我们不也在下面吗，与他们一样。你这是在嘲笑谁啊！"我的妻子对我说的很不满意。

"嘲笑我们自己啊。那些何其伟大的奔忙：赚钱、养家、造屋、买房、进阶、打仗、游行、示威、杀人、赌博、学习、孝敬、温顺、礼拜、忏悔……不过是静止，是无意义。当我们拉远了来看，这些词语的正面内涵与它们的反面内涵之间，不过是相差毫厘。但我们在人间总是锱铢必较，睚眦必报，寸土必争。"

"这些不是你活着的动力吗？亲爱的，别这样。"

"我也曾经被一些正直善良勤劳勇敢的词语，被它们所包含的价值观所牵引，立志不背离、背叛那些词语的内涵，所活动的范围尽可能地在它的外延之内，就好比孙悟空帮他师父画下一个圈，我这个老实的唐僧不敢多看那美妖怪两眼。可是渐渐地，我发现地球不过是一块巨大的磁铁，凭地心引力，它把我们这些好人与人渣都吸附其上，没有谁能例外。这个地壳在地幔上漂浮，质量巨大却不过是个驴屎蛋样的圆咕溜秋的东西，其本身并没有一点正义的属性，或许它早就明白，自己也只是浩瀚宇宙中的一颗尘埃，而不敢放肆地标榜自己、彰显个性，因而它圆滑圆融，像个土豆。作为高智能脊椎动物，我打从娘胎里出来，就努力让我的道德高尚，以对得住人类的高智商，但是呢，如今我终于意识到，做一个人渣更适合地球上的土壤，或者说更人模狗样。"

"你看看，你又开始骂人了。这不像那个在地球上的你啊。"

"嗨，在人间，总有一团装逼的和气包裹在我们的身边，就如同6000万亿吨的大气层总包裹着这个狗娘养的驴屎蛋。如今这里空气稀薄，我们头上的星空逐渐璀璨，我似乎是要回到那个肮脏的本我。"

我们的车一直前进，透过玻璃，我只见星辰越来越多。开始时，是一颗两颗，渐渐的，是三颗四颗，逐渐增多，直到无限之多。我就奇怪了，为何在几个小时前的地球之上，那里还是白天，到了这里，一切都似乎在反转。天变得黑暗，就好比老天爷故意拉起了一幅巨大的黑幕，现在我明白了，它这么做，为的是让星星跳出来，不至于让太阳光独占了那宇宙。

我的妻子、情人、爱人、心肝宝贝儿也被那星辰群体所吸引。她的目光上抬，望着前方，脸上布满了讶异，没有哪个富贵的女人会比这老天爷更显得珠光宝气，我想。然而我清楚，她的那神情，绝非羡慕，而是对一种美丽的幻境充满了惊奇。

沉默了好久，她终于回过神来，瞥了我一眼，说道："你这个脏东西，难怪这么多年你的身上散发出一股奇怪的味道。

我让你在浴缸里洗了又洗，可是你总把它轻而易举地带到了床上。"

我回答她："那是一股铜臭味，我的姑娘，与肮脏的本我并无多大关系。不过有些人的铜臭熏人，比我身上的要多得多（我并不比他们高雅多少，只是因为我的财富比他们也少得多）。我们使用了多年的积蓄，得以住在这个城市的一条河边。在这里居住的唯一好处，并不是当初你设想的，可以看到城市的清晰倒影（你跟我说过，只有一次，你见过河对岸正对着我们的那间住宅，那家的男主人与女仆人偷欢的场景印在水面上。水没有给那次偷欢留下任何证据，正如他家镜子不会给他们的裸体留下任何证据一样），而是，我们可以看到，这些氢氧无机物如何像血液清理我们体内的脏东西一样，清理那些城市的垃圾：排泄物、工业污水、卫生巾、避孕套、浮尸……如果说还有什么附加的益处，那就是我们得以与一些有钱人待在一起，可以就近听一些钱币响动的声音。"

"你听到过吗？"我的爱人问我。

"我听到过好多次。与我们共用一部电梯的几位邻居都是做买卖的，每周，总有那么一天两天，我听到他们在深夜数钱，纸币彼此摩擦而形成一种细微如蝉翼振动般的声音，那些声音里夹杂着女人的呻吟。"

"他们这是在做什么？"

"做买卖。每消费一次，就给一次钱。你想想，当他们每次都带着钱钻进被窝，那股味道就会一直弥漫。本来，他们的女人应该一脚把他们踹下床，但看在钱币的面子上，这些女人掩着鼻，并喷了很多香水。"说到这里，我把鼻子吸了几下，我的衣服上有一股浓烈的烟味，但我爱人的身上则发出一股好闻的香水味，"香奈儿还是迪奥？阿玛尼还是纪梵希……"我的鼻子不灵，分辨不出几个品牌的醇厚淡雅。

一般我提到这些，我的宝贝儿会津津乐道，跟我大谈特谈她的香水经，但这回，她关心的是其他的东西。

"他们这是什么关系？这些女人与刚才我们在桥上看到的那些女人一样？"

"不同。他们的关系更长久，有些甚至保持上十年二十年的关系。不过，据说这些女人们虽也讨厌铜臭味，但同时她们又常常被更多更大的铜臭味所诱惑。"

"那在我们所住的这个小区，那些邻居们中，有没有在做这事时不数钱的啊？"她明白我所说的是什么。

"有啊，很多。绝大部分不数钱，因为凭借一个红证件，男人在做这事时可以获得赦免，免费享用一生中无数次的甜点、小吃和大餐。我告诉你，这是出于一种精明的算计，因为在那些男人看来，虽然他们名义上这一生要与他们的女人平分所赚取的财物，但又有谁能将那些财物全部带入坟墓（我说错了，不，应该是骨灰盒，这狭小的盒子太小，只有把我们的骨头拆解、折叠、捣碎，才能让我们容身。我们在里面翻身要小心了，稍不留神，就会顶到坚硬的盒壁，动静太大，还会影响到躺在旁边盒子里的邻居）？所以，如果将女人终生所花销的，与她们跟男人在一起的次数相除，男人们会得出'太便宜了'的数字结论。这，就是为何有些人至死都不愿意离婚的原因。况且，他们还会得到一些好处：孩子。这又可以将女人所得的利润摊薄。"我哗啦哗啦地说了一堆，简直说得口若悬河，要流口水。

"你瞎扯些啥啊，真让人受不了。你把人类至高的神圣贬得一钱不值。"她作势要打我。

"我又得跟你打嘴仗了，亲爱的。你指的'至高的神圣'是爱，而我谈的是性。它们二者常常连在一起，似乎莫相分离，但其实从来就不是一回事。我承认爱的神圣与纯粹，甚至由此认为，你不该用'一钱不值'还是'此情无价'这样的词语来衡量爱，真正的爱与钱、价从不沾边。因为在我看来，爱不是商品不是经济学不是市场范畴，爱无法与任何东西等同也无法等于任何东西。但性就不同了，可以买卖可以交易可以割裂，至少在男人那里是如此。当然，性与爱是一种很奇怪的混合物，有点像这宇宙里各大星云间那些不为我们所知的气态混合物一样。有时，性与爱正向而行，它是爱的催化剂；有时，它与爱反向而走，不过是爱中间掺假的膨化剂。你知道，在一团火热的气态中掺点什么会引起爆炸（我想宇宙的大爆炸是不是也是与此类似），但是有些人却处理得很好，那些假惺惺地用爱将性进行了包装，一切搞定，不在话下。"

听到这里，我的妻子转移了话题：

"宇宙大爆炸，多么可怕的学说。你说的是不是那个叫伽莫夫的家伙的研究，他是个疯子。"她说。

"人们常常把那些讲真话的人视为疯子和异端，可是有一回我在天桥下观察、静听一个衣衫褴褛的精神病患者的自言自语，我觉得很有道理。他对天发笑，是因为他看到了宇宙中渺远的一线天机。"

"可是我不想你成为疯子！"她的声音突然提高，狠狠地瞪了我一眼。

我倾斜了一下身子，左脚脱离离合，右脚脱离了油门和刹车的位置。如果是在地球的高速公路上，这细微的侧身就足以带来一次车祸，但这里是宇宙，我的脚完全没有起作用。我顺便还低了一下头，我感觉到她眼神中的那股杀气冷飕飕地从我的头顶飞过。可是我的嘴巴停不下来，真的停不下来，于是我继续说：

"好吧，那让我来与你谈谈科学。虽然科学经常如冰川般寒冷，但现在我对它还稍有点敬意。大爆炸的原理是这样的：大约200亿年前，中子、质子、电子、光子和中微子还是物质存在的基本形态，这些粒子互相击打对方，以击中对方的要害或者痒痒处为乐。它们自娱自乐，也彼此嬉戏，认为一切都可以天长地久。这样，那些简单而自认为有趣的游戏它们玩了好几亿年，直到后来，它们发现要击中对方似乎变得越来越难，因为有一种力量正在把彼此之间的距离拉大。'我的牙齿打战。'一个弱小的粒子对与它相邻的另一个粒子说。这句渴望温暖的话隔了十几个小时才传到它的耳边。'我也是，因为我们彼此正在远离。'又用了十几个小时，它把这句话传了回去。'我们应该有个孩子。'那位粒子中的女士断断续续地说。传递这句话用时超过了20小时。'我也这么认为。把生下来的小粒子置于我们的中间，那么通过它，我们的距离会近一点，热量传递也会多了个有效的中介。'粒子男士回应。这次的话传回去用了25个钟头。'嗯。''说干就干。'这对粒子恋人开始行动。它们蹑手蹑脚，各自把身上的一些微小的部分敲下来，然后彼此向对方传送……"

"这有点意思。"我的爱人、妻子评价，"那些比粒子还小的玩意儿叫什么？"

"什么也不叫，只有在组成新的粒子后，它们才有个名字，叫'粒子'，与它们的父母同名，或者说是同类。亲爱的，那时宇宙中的东西还不像今天这么繁盛，需要各种对应的名字来区别它们的品类、性别、身份乃至地位，它们能有一个共同的统称，就已经算是不错的待遇了。"

"宇宙就这么生成了？就像一个女人怀孕？"我的宝贝儿充满了好奇，她终于被我引入了一个故事的局中，不再生气和发怒。

"比怀孩子要简单得多，但所需的时间更长。两个前粒子在虚无（那里没有空气，只有一片混混沌沌的虚无）中漫长而执着地接近，然后结合成一颗无限小的粒子。所幸那时候时间怎么用也用不尽，不像如今我们将至中年，总要担心垂垂老矣。就这样，粒子男士与粒子女士之间不停地互相传送前粒子，虽然它们的距离在越拉越远，然而它们生产的粒子儿子、粒子女儿也越来越多。如果能够进行假设，假设有两根电线杆，那么这些新生的粒子就像一只只整齐地站在电线上的麻雀。如果再能够进行假设，假设有一根铁钎，那么这些粒子就如同是一根无限长的串烧上的烤肉。总之，由于粒子的大量繁殖，并且其速度与二者分离的速度成一定的正比，因而两个老粒子之间总有一些温度可以传递，它们的儿子、女儿们不停地帮助它们传导热量，乃至传话：'还感到冷吗？''暖和一些了。''吃了没？''正在剔牙。''要睡了吗？''梦里与你相见。'它们就这样有一搭没一搭地说着话，它们的下一代很尽孝地为这老两口传话。"

"粒子不会死亡吗？"在我谈论了怎么生的事儿之后，我的爱人关心起死来。

"当然会死。死亡是一件普遍的事情，宝贝儿，我得告诉你。无论是在人间还是宇宙，无论是几十亿年前还是几百亿年之后，死亡无法避免，不管是我们这种有血肉的东西，还是那些由坚硬的矿物质组成的玩意儿。在遥远的大爆炸时代，虽然很多粒子也在被创造出来，这个家族占据的地盘无限地扩散，但是，刚才我提到的那两颗粒子，它们确实后来经历了死亡。"

"嗯。你再说说看。我也感到冷，亲爱的，能抓住我的手吗？"

"可以。此刻我们的距离只隔着一个挂档、一个手刹、一个中控台，我们的手可以彼此传递热量。我告诉你，宇宙中所生成或者说所发明的东西中，其他的大多带有寒意，比如机器、政权，乃至于民主，但是有两种事物，始终能带来温暖，一种是爱，一种是故事。人类这种残暴而又没出息的东西发明了一切，但只有在这两点上他们做出了正确的创造。爱，你已经见证了，此刻我就把它传导给你。故事，容我等下继续。"

"爱，真的有那么温暖吗？如果是悲惨的结局呢？"

"悲惨的爱会变成一个故事，如同一团火包裹在纸里。这个故事会发出巨大的光，把那些听众照亮，让他们日后在生活里避免出现悲剧，让他们从故事的反面获得救赎。"

"故事，故事真的那么有效吗？如果是一个没有爱的故事呢？"我的宝贝儿紧紧地抓住我的手，她有点颤抖，她连连追问。

"没有爱的故事会激发你去寻找爱，它会提供一个反面教材。"

"我的朋友信仰了上帝，她说在宗教中找到了慰藉。能不能把宗教也算到前面所说的那两样东西中去？而且，我听说上帝是造物主，是祂创造了宇宙的一切生灵，包括人。如果这事可以确定，那么上帝还是爱与故事的祖宗呢。"

"宗教不能啊亲爱的。耶稣的脚趾吻上去常常是冷冰冰的。如果说你的好闺蜜在那个组织里找到了暖意，那正是因为那本书中包含的故事给了她热量。况且，上帝不过是人类发明的一个道具，而不能说人是上帝的道具。所以说，上帝必得行人的旨意，才能算得上是一个称职的上帝。"当我的妻子谈到上帝时，我突然有点愤怒。我想起这些年来，我也在黑暗中试图去寻找祂的帮助，结果，我什么也没找到。祂看不见，也摸不着。

"好啦好啦，我争辩不过你。你这脏东西赶紧接着讲故事吧。"我的爱人、情人变得不耐烦。

"宝贝儿，当我谈到死亡时请紧紧地抓住我，现在在这宇宙中反正也不需要寻找方向，我们就跟随着那些棉花状的云朵肆意漂浮游荡，唯一要担心的就是那些狗屁的人造卫星别失灵，以致撞坏了我们的这台四个轱辘的玉麒麟。我真想骂娘，是些什么人这一百年来不停地往天上扔东西？他们把那个驴屎蛋弄得那么脏，还要来破坏宇宙的干净和安宁。哎呀，还真得留心，刚才一颗导弹冒着火从我们的脚底下飞过去，不知道这家伙最终是要到哪里。我看它那雄赳赳气昂昂急匆匆的样子似乎是要去很远的地方。这是谁家的飞毛腿又是要扔向谁的家里？只要不是去打星星，它爱咋咋地！地球上的事情我们管不着了亲爱的，因为这里没有电视机。平日里我们喜欢瞎操心，因为我们拿着遥控器，我们以为可以遥控全世界，其实他妈的不过就是能够开关个电视机。"

"我看到了亲爱的。你也别生气，好了，留点口水讲故事吧。"见我无端地愤愤不平，我的爱人柔声安慰，她的语言如水，滑而不腻。

"我接着来讲粒子男女的死亡结局。有一段时间，粒子老太太想起了粒子老先生年轻时跟她说过的一句话，那句话是这么说的，'爱让我们在一起。'但是她想了半年也想不起这句。'我的脑子不好使了。'她轻轻地拍打着脑袋，放下手中正在编织的毛衣。亲爱的，那时候真的很冷，没有太阳可晒，一切可供银河星系取暖的热量团还没有形成，宇宙处于开始与未始之间，唯一保暖的方式就是多穿几件衣服了。'他那时候说了什么呢？我记得有一句话，在我的脑海里曾做过一个深刻的标记，但是这个标记我找不到了，它储存在哪儿呢？'她想去问问她的老头子。'嗨，帮我传话给那个老不死的，就说我问他，是否还记得三亿年前，在宇宙的某个餐桌上，他说过一句什么话？'她对着最靠近她的那个粒子儿子说道。事实上这位最近的儿子也离她有几万公里的距离（因为宇宙正在扩大，这是显而易见的），她用尽了全力才把此话传了出去。'遵母亲的吩咐。'她这位最小的儿子也已经老态龙钟。他颤巍巍的，花费了一些气力，才把他母亲的问话传向了与他相邻的哥哥，他的哥哥又传向他哥哥的哥哥也就是他的哥哥。就这样，宝贝儿，这句问话在宇宙中呈线性状态，从一个点出发，传向它要抵达的地方。"

"这个过程是不是很长？"

"很长。你知道，宇宙正在大爆炸，空间正在被无限地拓展。一句话在一个家族中走上一圈要耗掉好几十光年，况且，因为这位粒子老母亲的儿子们，有些实在也已经老得快掉牙了，他们中间的好多位都耳背，因而一旦传到他那里，总是需要停顿一段很长的时间。'什么？你说什么？'耳背的哥哥回头对弟弟喊道。'妈妈要问爸爸，当年他说过一句什么话，在餐桌上，那句话让妈妈流泪。''说过什么？我想想——你放屁！妈妈这么骂过我。''不是对你说的啊，是对爸爸，对我们的老头子。你听明白了吗？''哦，明白了，是说滚你妈的蛋，对我们的第两千万零九个的哥哥说的。''你真是老糊涂了，不是这样，不是这样，我是说妈妈，爸爸，一句话……'宝贝儿，就是这样，一旦人老了，耳背，就是这么麻烦。幸运的是我们在一起，从不分离，我们中间不需要任何的介质就可以彼此咬耳传递。宝贝儿，就是这样，那句话经常卡在宇宙中的一处，来来回回不停地打转，绕来绕去。"说到这里，我有点伤悲。我哭丧着脸，我的爱侣看着我的表情，她伸出手来，帮我拭泪，可是我的泪滴而未滴，一直噙在眼眶里。

我那爱掉泪的爱人这时候倒是有些坚强，她只是问："最后传到那个老家伙的耳朵里去了吗？或者说那位老太太听到了回音没有？"

我也不知伤悲从何而来，可能是对于丢失那句话感到可惜吧。镇定了一会儿，我回答她："容我想想，看看我能否为这个故事创造一个相对好的结局。我想可以这么来讲它：这句话反正最终没有传回到老太太的耳里。"

"嗯。"

"粒子老太太放下手中的毛衣，'怎么他还没有回音？'她慢吞吞地自语，也问她的儿子。'不急，不急。才刚刚过去500万年，父亲的答案想必已经在回传的路上。''可是我要休息了啊，我等了多少年了啊，我一刻也没有合上我的眼睛。我的眼皮沉甸甸的，我不能再等下去了。''那你睡吧，母亲大人。一有好消息，我就把你摇醒。'亲爱的，于是我们的粒子老太太她开始打瞌睡了，沉入到比黑更黑的黑暗中去。那时候没有光啊，醒着的时候是一团漆黑，如同一块巨大的黑布蒙住了双眼，但睡眠永远比黑更黑，这与我们后来的人间是同样一个原理。在黑暗的梦里，她希望把她的老头子遇见，能够当面问他那句话叫什么。可是她的老家伙没有出现。宝贝儿，那时候宇宙虽然已经在不停地膨胀，但是梦这个东西还像一颗无限小的核桃一样，没有什么空间供活物在里面通行、游荡、进出，'放不进一个脚趾。'还是在很久以前，她约她的老东西在梦里会面，这家伙也是一直没有出现，但她听到了他在梦之外徘徊的脚步和抱怨。'你再挤挤，看能否侧着身子挤进来。''我试了，没用。我好不容易塞进去一绺儿头发，又好不容易把脑袋折成一个小点钻了进去，可是我的腿与脚又必须在外，而且那个黑屋子让我憋不过气来。'宝贝儿，在一个没有梦或者梦发育不良的时代是多么的憋屈啊，这是我先前对在地球上活着还感到满意的少有的几个理由之一。"

我的妻子、爱人回应："这点我同意。自从我与你在一起，即使身贴身地躺在床上，我们还常常在梦里缠绵。我们的梦空间很大，摆得下一张床、两幅窗帘、四把椅子、几个酒杯，甚至是一片草原、汪洋大海和浩瀚星空，可以有奶牛、狗熊、猴子、狮子四处奔跑、攀爬，也可以有魔鬼、鬼魂、神灵、菩萨四处走动。"

"是啊。然而在那时候，梦的领域是如此狭窄，那位粒子老先生又怎能挤得进来？况且，他即便活着，他的腿脚已极不灵便，那么长、那么远的路，他从梦里赶过来也极为困难。"

"你是说他有可能不再活着？"

"是的。我跟你说，那位守着他妈妈入睡的粒子小老弟一直苦等了很多年，直到他也等得精疲力竭，儿孙满堂。'该不是我们的兄弟死了几个，那建立的传话链条在某一处发生了断裂？'他问他旁边的哥哥。'完全有可能。没有谁规定父母在而己不可亡。宇宙的规则就是不按牌理出牌，这也是死亡的规则之一。'他的哥哥比他早几百年出生，他对宇宙的这事儿略知一二。'或者我们的父亲已不再存在？''他会永远存在，但是否存活于世，无法确认。活只是存在的一种形态，死也是一种存在形态。死而不灭、万物守恒是宇宙的基本规则之一，后世会有人类的某个家伙来认识到这一点。'他的哥哥故弄玄虚。这位粒子小老弟满头雾水，'那好，我该不该把这模棱两可的消息告诉给我们的母亲？''千万不要。让她睡去，对于一位高龄的祖母级粒子来说，没有结果比有结果要好得多。'亲爱的，故事至此，我讲完了。"

"亲爱的，那位粒子祖母一直在睡吗？"

"应该是，或者她已经在睡眠中死去。"

"我感到难过，我的亲爱的。"

"我也是，宝贝儿。我用了我在人间学到、看到的残忍，来讲这个宇宙大爆炸时的故事。我很痛苦，因为我们本来已经置身宇宙，不该再把地球上那残酷的视角带入星空。我本来只需轻描淡写地按照科学术语，给你念一段几百字的文字，即可把宇宙的初创阶段讲得一清二楚，但是，不知是哪种神经病在我的身上发作，我谈了如此之多。来吧，我告诉你：宇宙爆炸之后的不断膨胀，导致温度和密度很快下降。随着温度降低、冷却，逐步形成原子、原子核、分子，并复合成为通常的气体。气体逐渐凝聚成星云，星云进一步形成各种各样的恒星和星系，最终形成我们现在所看到的宇宙。"

第三章　对弈

　　我的车开了如此长的一段里程，是不是该加点油，惯性能不能让它如此持久？我说了这么久，总该喝点水滋润一下我的嘴唇和咽喉？我出门喝了那么多的水，我人快到中年前列腺开始出故障，我是不是该站在哪地方撒泡尿？我习惯于听到有流水的声音才尿得出，可是在这茫茫太空我该到哪里去找河流？我找云朵借点雨水，还是去找银河，顺便挖条小沟渠引水来制造一条瀑布？我得保护我的隐私，我是不是得弄块什么布来遮挡，或者至少像狗一样，得找一棵树把脚架在树根上？我是不是该吃点什么压缩饼干补充一下营养？我是不是得找一张床睡睡，并且在睡前洗澡，把假牙取下来清洗，把眼镜摘下来放在床头柜上？甚至，甚至，我是不是该发情了，作为男人像个动物一样折腾一下性欲？我是不是应该从前戏开始然后慢慢地在后戏结束⋯⋯

　　去你妈的凡尔纳体系和达尔文主义。你们总认为要模仿科学的道路与进化的规矩，人类才能生活与前进。打从我带着我的爱人迈出家门，我就没有打算按照你们地球上的逻辑干。你们见人面就问"吃了没"，如果要像你们一样，我在这宇宙中问谁去？我问冥王星你吃了没，海王星你吃了没，太阳月亮你吃了没，土星火星你吃了没，卫星火箭导弹你吃了没，我想它们一定会觉得今天出门遇到了来自地球上的大傻逼。我倒是可以去问问牛郎和织女、大熊和小熊，"你们吃了没？"可是没过几分钟我就后悔了，"它们也是星座，是一团气、一团矿，从来用不着吃什么饭。笨蛋！"我真想狠狠地扇自己的耳光。

在宇宙中怎么吃，怎么喝，怎么拉，怎么撒，我是不是该对这个有所交代才进行其他的疯狂？我是不是该按照公路片的方式把宇宙见到的风景一一展开，让读者领略这些他从未到达的地方？我是不是该……该死！我只有在我希望谈及它们时我才会谈，我的叙事我的虚构不应该被这些事物来轻易打断。

"亲爱的，现在我们到了何处？回头望去，我看到地球就像一个圆盘，上面像是盛了些闪闪发光的食物。"我的妻子伸了个懒腰，她已经坐了很久，她问。

在我们任何一次旅途中，还没有哪一次超过这么久没停过车。我也想找个服务区、加油站，下来伸伸腿，揉揉腰，抽支烟，撒泡尿，可是我的四周是一片虚空，没有一块坚硬的地方可以下来歇息。所幸，我的膀胱很争气，不内急，我的烟瘾还没犯，手指此时渴望的不是烟卷儿而是方向盘。

"我们现在还在近空，并没有走得多远。那些闪亮的是城市、城池、城邦、国家和组织。在那些亮点之间总有一些暗处，那不是食物的残羹冷炙，而是供应城市和组织的有氧土地。那里是田野、村庄、森林、高山、湖泊、草场。它们隐蔽于亮点之外，拒绝被灯光点亮被砖石、水泥和钢铁鲸吞。真担心哪一天这个驴屎蛋会被他们打扮成一个遍体通亮的火球，那样位于银河左边方向的狮子座就有了玩具了。我怀疑那些地球的灾难如飓风、火山喷发就是这么形成的，那狮子幻化成一个阴影不停地戏弄我们，有时含在口中，有时烫舌头又把它吐出。"说完粒子的故事，我又开始了胡诌。

"亏你想得出，天空中并没有一个狮子座，那是我们女人算命时用的黄道十二宫。"

"哦，我对星座一知半解，我见你常常躺在床上看那些玩意儿，我以为天上必有一颗星与你所说的对应。"

"嗯。不过，在这会儿我真想拿出我的扑克牌，来为我们的前途算算命。"

"你还带了这种消遣游戏？真好，如果到了宇宙的深处，我们遇到了二三与我们同样出来游荡的人们，我们还可以停下来，让我们的车保持同样的速度，一起玩上几轮，斗地主或者德州扑克。不过，我最大的爱好是对弈。"

"那你带了没？象棋还是围棋？"

"我没有带。"

"那你怎么办，假如你犯了棋瘾？"

"那我就以天上的繁星为棋，以宇宙为一个巨大的棋盘。问题是，我到哪里去寻找对手？就好比你带了牌，我们也很难找到牌友。咦，我想起来了，在解放桥上，不是有好几台车，也从那个入口，冲到了宇宙，我们怎么没看到它们呢？"

说完这句，我从后座上拿出一架合用的望远镜，开始张望四方。什么也没看到，我琢磨着，这宇宙没有路，但哪里都是路，那些家伙们一定走上了别的路。

"没有对手。"我自言自语。

"与我对弈吧。"我的妻子接话。

我等的就是这句话，可是我说道："不，你常常悔棋，我下不过你。当我把怜爱带入一个竞技的世界，我就永远是输者。我允许你胡乱布局，我让你三子，并且把先手也让于你，在天元星的附近让你的棋子肆意横行，当你在棋盘上走入歧路，我会提醒你；当你把我逼入死角，我还会热切地赞美你的聪颖；当我本来可以吃掉你的一大片子儿，我却佯装退却，视而不见。我被你步步紧逼，我假装节节败退，为了让你看出我的破绽，我经常暗示你；为了让你不看出我是故意露出输给你的破绽，我故意抓耳挠腮，脸红脖子粗，一副无计可施的样子。我怎么下得赢你呢，宝贝儿。"

"如此说来，你讨厌与我下棋。"

"不，恰恰相反。我乐于为之，没有比你更好的对手了。我与人争胜，得到的不过是赢者的短暂荣誉；我溃败于你，得到的却是你银铃般的笑声。说到底，弈棋不过是一项获得快乐的游戏（挣钱按道理本来也应与此同样道理），但我们在人间把结果看得太重。我工作日久啊，早已对那样的争强好胜丧失了兴趣。我最大的快乐，就是与你在黄昏的落日余晖中弈棋。那时，太阳收敛起了它的火舌，云彩打扮成一个个美丽的姑娘联袂走上天际，我们栽种的花儿使整个屋子芬芳四溢，地球转动不息但又让我们感觉不到任何时间流逝的动静。"

"那好，等我们升上太空，我们就开始对弈。"

"好的。不过，必须等到我们四周的星辰缩成'云子'那般小，我们才用手指夹得动。这需要足够的距离。距离，会使一些东西看上去很小（这与伟人崇拜正好相反，当我们离他很远，我们反而容易把他想像成形象高大的巨人）。如果距离较近，那些大家伙我们怎么搬得动？我们得找多长的杠杆，并且找到一个合适的星球作支点，才能撬动那些充当棋子的星星啊？"

　　"这会变成一种体力活儿，亲爱的，我们会因此失去智力的乐趣。我可不想下个棋都像在搬东西。"我的妻子揉了揉自己的手腕。很奇怪，她年纪渐大，身体看起来还年轻如少女，但手掌、手指却显老，粗糙而长小茧。难道她的衰老从那里开始？

　　"何止如此啊，我们还得担心那些脱离轨道的星星不要随随便便地滚来滚去，我们得把它们放在该放的位置。这时候你不便轻易悔棋了，你的兰花指拈起它们时总要耗点气力。你更不可胡闹，生气地把棋盘一掀，那样的话，我要花多少时间，才能收拾完这盘残局？"

　　"嗯，看来要挪动这些星辰，还真的需要花费一些工夫。在浩瀚如烟海的宇宙里，那些星都灿烂，像一些被日日磨砺而通透晶莹的珠子，如果把它们连成一串，戴在脖子上，那么我就是闪亮的女王。"她想像着那美景，想像把星辰做的珠子戴在脖子上，有些得意洋洋。

　　"不错，然而还是让我们回到对弈的话题。其实除了那些明亮的星，我们肉眼所见的，还有诸多看不见的星辰。它们

没有固定的形状，没有中心，没有那些矿物质（人类别想从它们那里捞到半点好处，想都别想），但它们确实存在，它们流动如烟，只有用一个足够大的容器（大到什么程度？或者需要能装得下50颗地球），才能赋予它们以形状。如果用烧杯来盛（再次提醒一句，那个烧杯必须大得惊人），那么它的形状就是烧杯；如果用漏斗来盛（注意，必须把漏斗的底部封死，用塞子或者蜡、万用胶水，不然它们中一些淘气的分子会从这里逃逸），它们的形状就是漏斗；如果容器是圆锥体，那么它们就是圆锥形；如果容器是圆柱体，那么它们则是圆柱形。总之，要逮住它们，需要一些容器，要看见它们，则需要一些特定的眼镜。因为棋分黑白，假若你要执白，即拿那些明亮之星，那么我将选择执黑，即拿这些空虚之星或者说是虚无之星。当然了，我还得找到各种各样的容器才行，不然，第一，我不能把它们老老实实地放到棋盘相应的位置上，其二，没有容器的有形显现，你怎么会知道我到底下了哪一着儿呢？"

"这个我能理解。如果没有有形的器物呈现，那么我们的这张棋盘，看上去就会有一大片空白之处。整个棋盘的相交的点上，都似乎只有我的棋子在纵横驰骋，它们就像是面对着一些虚无的敌人，在玩一种险象环生的推手。"

"是的，宝贝儿。我的棋子无处不在，它们在又不在，存又不存。你在明处，我在暗处。你进一步，我退一步。你退一步，我又进一步。你步步为营，我却步步暗含杀机。你面对的将是比空气更空的空，比虚无更无的无。"

"太可怕了！"她发出尖锐的叫声，似乎已经看到了这盘棋的景象，在天上。

"请永远放心，宝贝儿。我永远不会对你痛下杀手，即便是在这有与无的对弈中。我只想告诉你，地球上的对弈，大抵就是如此。那些藏在暗处又对你心中无爱的对手，值得留意。"

"谢谢提醒，可是我们已经离开了那里，我们何必再为这可怕的人世再度操心。"

"有道理。现在地球已经退于我们的身后，我们的这辆四轮马车，它澎湃着马达轰轰向前。多么安静啊这宇宙中，静到我们彼此可以清晰地听到对方发出的轻轻喘息。这发动机转动得真快，它难道不知道这样的转动不过是白费劲？难道它不清楚带动它上升的是另外一种力，一种比地心引力更强大的牵引力？"

"什么牵引力？"

"我认为是自由，是那种你不想按照既定生活活下去的愿望，以及希望。你不想陷入泥淖，你就必须找到一根绳子，绑在你的车前，让它用劲把你吊出来，拉起来。"

"那车后是不是还得有推动力？"

"有当然最好。这种推动力是爱，爱可以推动万物移动，群星易位，你我前行。譬如这次出行，就是如此。你忘了，我们用了多少年来养育这种爱，培植这种爱，才让我们达成默契，彼此不需一语，即可说出门就出门？我们让床在卧室里自行躺着，水在灶台上烧着，杯子在茶几上搁着，钱在银行的账号上待着，工作在桌面上摊着。我们说走就走，这都是因为爱的缘故。"

"我赞同你的分析。现在，让我给你加点爱，亲爱的，我紧紧地抱着你，我们的车要加速了，前进！"

第四章　捕捞

　　像一个向上的抛物线，我们的车向着远离地球的方向行去。我的右脚掌在油门和刹车之间来回移动，但对这台机器似乎是毫无意义。它按照自己的想法行驶。我的脚先是感到自由，它开始打起拍子。"多省事啊，亲爱的。"我说，"来唱一首歌吧。"

　　我的爱人、情人、宝贝心肝儿妻子随声附和："24601，还是那一首？"她用手拂了一下遮住前额的刘海，笑眯眯。

　　"不。这时候我拒绝悲伤。你看那天上多美，我们正在逐渐地接近星辰。它们挂在苍穹这棵老树上，这棵树的树冠停满了萤火虫，一闪一闪，树枝上挂满了灯笼，迎风摇荡。似乎我们伸手，就可以摘到它们，用来做饰品，或者做照亮我们道路的工具。啊，小心，一串一串的流星袭来，它们划出道道痕迹，我们得把车子的天窗关上，以免它们误入车中，点燃我们的头发。快，低头，它们就快到近前了，这些带着亮尾巴的家伙呼啸而来，它们就像一枚枚猝不及防的巨大冰雹。"我用手指着前方和周围，说道。

　　我的爱人顺着我所指的方向，一个一个打量，"美轮美奂，亲爱的，谢谢你带我看到如此美景。幸亏这些星辰是在天上，并不是每个人都能随意摘取，不然，它们肯定不能幸免，早就被每个人摘回家去，像到自家农场里摘茄子、辣椒、西红柿，或者像到别人家的果园里摘桃子、荔枝、芒果和柿子。一旦有人发现了如何盗取这些大家伙的秘密，我想，去南非采矿的那些淘金者就得打道回府，把主意打到天上。"

"已经有人看中了这门生意。前一阵我读到一份报纸，《美国科学真实报》（我粗通英语，借助词典，可以看懂个大略），报上说一群海盗出身的家伙正在打天空的主意。他们原先在大西洋和印度洋最繁忙的邮路上四处打量，在深海放下探测器仔细探寻。根据前几个世纪出版的一些书籍记载，以及船长、水手们的一些日志，这些有知识的寻宝家驾着几千吨位的海船，在先祖们沉船的地方不停打捞，不放过任何蛛丝马迹。大多的时间，他们如水中捞月啊，一切都是徒劳。但有时候也收获不小。"

"都捞到过什么东西？"

"古钱币、金条、银锭、红宝石、祖母绿、血钻，成箱成箱的瓷器、古玩。"

"这么多的财宝，够他们的子孙后代吃好几辈子了。"

"这些古物不能够随意地进入市场，只能秘密交易，大多只能藏在家里偷偷欣赏，或者举办展览，靠收门票来获得补偿。"

"除了这些，他们还捞到过什么玩意儿？"

"很多。在有些沉船里，他们会捞到一捆捆的武器，大刀、铁剑，甚至引线还点得燃的手榴弹。据说，有一次，他们中的两名潜水员背着氧气瓶，钻进一艘锈迹斑斑的铁驳船里，正打算取走一些宝藏，一群长着利齿的鱼从黑漆漆的船舱中游出，看到他们，迟疑了一下又游了回去。这些鱼不大，全身发光，他们本来还以为是一些浮动的金币，准备顺手牵羊，取走它们。这两位潜水员摆动着双腿，模仿着鱼类的姿态，尾随这些漂浮游动的金币，逐渐进入船舱的深处。这时候发生了什么——这些鱼游到一个半打开的铁匣子边（这两个家伙还天真地以为这些会动的金币带他们去找那些不会动没长脚或者尾鳍的金币呢），但见它们咬住一串手榴弹的引线，用力拉扯。'嘭！嘭……'几声闷响，那两位鱼类的伪装者被炸得浮上了水面。"

"你在哪听说的啊？"

"我在一次展览上看到的。为了说明寻宝的不易，主办方把这个故事编写进了《寻宝者归来》的展览手册里。"

"他们还打捞到什么有趣的东西？"

"在那次展览上，我还看到过一个夜壶。据旁边的文字介绍，他们是这样来鉴定它是个古物的：此壶来自黄金船1号（它服役于1632-1645，往返于威尼斯与澳门之间，共计八回，最后沉没于马六甲海峡北纬6°东经117°处。2016年，它被寻宝团队找到）。在那个一波万顷的领地，所有的东西都只有一种性别，男性。包括船长、大副、二副、水手、瞭望员、炊事员，以及船舵、帆板、绳索、甲板和铁锚。唯一有性别的都在海中，鱼类、贝类、珊瑚类、海藻类，它们中有一半的是雌性。还有海妖，清一色的女性（它们看不懂男性的性器，视那里为一条黑色的鳗鱼，因而海员们也不必故意遮掩）。因此之故，所有的船员常常赤裸，迎接狂风暴雨。'要死卵朝天，不死又过年。'他们中有个中国人，经常念叨这句土语，这成了这群人中的口头禅。因此之故，他们并不需要使用夜壶。他们直接对着大海尿尿。因此之故，可以判定，此壶是他们从东方的某个皇宫盗取的宝物。"

"这一定是你的胡诌，亲爱的，只有你才想得出这么荒诞的推理逻辑。"

"绝非我的功劳，宝贝儿。这帮家伙的想像力惊人。我举个例子，他们在把各大海洋的沉宝地点通通勘探一遍之后，甚至开始根据小说来打捞宝藏了，哈哈。"

"难道小说里会夹着什么藏宝图？"

"我们也读过不少小说。我的床头就堆满了那些大部头。有些小说里常常有一些情节，写到何处存有宝藏，何处有死人之墓。我想，这些把深海搜刮一尽的家伙，再来把陆地以及虚构中的场景捣腾一气，也不是没有可能。还是在那次展览中，我听一个守展厅的小姐跟我说起，她说在展览中有几样珍品，就是在一些小说中觅得。"

"还真会有所得呀！"

"告诉你吧，好几个世纪以来，我们的小说家以现实主义手法为主，他们精确地描述日常的俗事俗物，从不偏差，每一个细节都很真实，以致如果书中提到了宝藏宝物，按文索骥，定能找到所在之处。"

"这样的小说我也看过不少，可是我从来没有打过它们的主意。早知如此，我们也动手试试，说不定我们也能发一笔小财，亲爱的。"

"我的小财迷，哪有那么容易。我们没有洛阳铲，也没有撬石板门的工具，最主要的是，我们哪次是认认真真地细读过这些书？"

"也是，也是。"

"那位娇滴滴的小姐讲，这些寻宝者翻遍文学史，按照某些专家的指点，寻找能有宝藏的小说。他们到图书馆挑出来一堆书籍，安排人去仔细寻觅。'这是个老实人。'在找到宝物后，他们如此评价。'骗子，完全是在扯谎。'他们撕毁了那些热衷虚构的小说。"

"难怪前几年，我在报纸上看到，有学者把那些写小说为生的人，分为'老实人小说家'和'骗子小说家'呢。"

"我想不久之后，这一分法就将流行起来，并成为某种写作标准。"

"亲爱的，假若我们回到地球，你是不是也可以写一部小说，将你的所见所闻记入书中，比如这样的夜晚，这样的星空？"

"我不是小说家，宝贝儿，我不过是个庸俗不堪的生意人，卖望远镜的。假若要我来写，我兴之所至，必然会采用纪实的方法。你知道我的头脑中装的是计算机和打印机、天平和刻度，而不是什么狗屁的想像力。我写出的必然是货真价实的现实主义，即老实人小说。但是这样一来，那么我们今夜所见的璀璨、所见的明珠，不是要被那些正在觇觎天空的人看到了吗？我不能这么干。"

"你可以写写那些不明亮的星，让他们知道，天空不过是一团灰暗，一团像抹布那样的垃圾。"

"正合我意。这是另一种写实，写我看到的灰暗的东西。我把那美好的事物掩藏，只让它们存在于我们的脑海里。我不会拿出来与人分享，绝不会像那些寻宝者一样，把任何东西都拿来展览。我跟你说啊，在那次展览的大厅中央，于密封的玻璃罩中，摆放着两具紧紧相拥的男女尸首。他们老得不能再老了，皮肤黝黑，颧骨突出，但周身没有一处破损，骨骼也显得极有力量，像两株苍劲有力、盘根错节的藤蔓，纠缠在一起。在玻璃罩旁边，有一行简单的字，标明了这两具已成艺术品的尸体的名称——'盆景：爱'。"

"用爱做成的盆景？"

"对。几乎不用再进行任何艺术加工，这两位就是完美的作品。只需用刷子仔细地刷去他们上面的泥沙、附着其上的贝壳和把吸盘紧紧吸附在他们身躯上的蜗牛即可。根据介绍，他们保持这一姿态已经几百年了，而且经科学检测，这两位有越抱越紧最终融为一体的迹象。那位娇滴滴的小姐告诉我，每当没人来参观，空无一人的下午，仔细倾听，会听到那两千多平米的大厅里回响着骨骼彼此摩擦的咔嚓咔嚓的声音。"

"打住，打住。我不要听这么恐怖的故事。我仿佛就是那位看守展厅的导览员小姐，我听到我们彼此的骨骼在这宇宙中咔咔作响。"

"一点都不恐怖，亲爱的。死亡是不可避免的，但有种死亡会获得不朽，譬如这对男女。几百年过去了，他们肉身不腐，灵魂也聚在一起。"

"不要再谈死亡，我们该谈谈星空。看，前面飞过一串导弹，它们正奔着银河系而去。"

"请容我再啰唆几句，把这个故事讲完。"

"好吧，由你决定。我开始听肖邦了，音乐会让你的话题轻松一些。"

"那位娇滴滴的小姐跟我说，当潜水员找到这两位的骨骸，他们躺在客舱的隔间，就像睡熟了，表情非常宁静。在他触动其中的一具时，这位潜水员听到他打了个哈欠，'终于有人光临此间了，我很欣慰，你们来得不算很晚。嗨，该醒醒了，有人敲门了。丫头，嗨。不，我得叫你老太婆。醒醒！'这时他又听到另外一个声音：'感谢你们来得及时。不然，我们会老得醒不过来了。'"

"死去的人还会慢慢变老吗？"

"当然了，时间对任何事物都起作用。只是，死者的衰老速度比起活人来，要慢上许多。究其原因，是因为死者的新陈代谢缓慢，不再消耗什么能量。但岁月会将它打上烙印，它会越来越苍老，老到只要眼皮搭下，就再也没有力气抬起。亲爱的，倘若不是爱具有让事物恒久的作用，这两位沉在水中几百年的恋人，早该变得老而又老，彼此都很难认出对方了。"

"我相信你所言非虚。现在我没有那么害怕了。一曲终了，我要换光盘了。"

"换一张吧。在前面的盒子里，在《全国简易交通地图》的下面，夹着一张光盘，那是全世界的国歌汇编，放进碟机里，快进到第五首，播放。"

第五章　足球

　　我与我的爱人、宝贝心肝儿在这宇宙中已经走了一个半月。我们就一直这样走着说着无休无眠。我怎么知道走了那么久了呢？开始的几天，还有太阳的每天升起、降落来帮我们算算日子（只是它不像我们在地球上时那样守规矩），后来，慢慢地，它由一个巨大无比的火球，变成了一个镶着金边的圆圈、一个熟透了的橙子、一个红色的乒乓球，直至变成一个红点、一个光斑。它位于宇宙这幅抽象画的一角，先是失去了光芒与热量，最后连作为参照物的意义也失去了。

　　"我们正在往太阳系的外面飞去，我们在前进。"我对我的爱侣说道。透过后视镜，我见到很多地球上的事物在那里不停显现，它们越来越小，有时消失，但有时又如梦魇般印在那反光镜上。反镜总提醒我的过去，让我忘不了言说与陈述它的激情。

　　我有点想抽烟了，伸手去把车上的点烟器按下。半分钟不到的工夫，它弹了出来。我从口袋里掏出烟，放到嘴里，将暗红色的点烟器凑上去。我的妻子正斜靠在座位上闭着双眼。每隔几个小时，她便陷入一阵睡眠。

　　"这是到哪儿了？我怎么打起了瞌睡，我没有一点睡意，但是为何我的眼皮却不自觉地合上了？"她突然醒来了。

"那是眼皮的惯性，每隔一段时间，到了点儿，它就会下垂，然后合上，像个河蚌。"我说。我的手一抖，差点把点烟器掉在车里。

"你要干什么？抽烟？"她盯着我看。

我赶紧承认，"正是，我的亲爱的。请容许我吸一支。跟你眼皮的惯性一样，我吸烟的惯性发作了。"

"你这个惯性不能改掉吗？"像在地球上一样，她立即露出一副沉痛而又鄙夷的表情。

"恕我直言，改不掉的，宝贝儿。就好比你化妆、购物，看见有人遭罪就要掉泪的惯性很难改变一样，我这个多年养成的惯性是身体某个部分的顽疾，很难根治。"

"是我把你惯坏了，打从认识你，你就把烟叼在嘴上；如果那时候我就把你的烟灭了，你可能早就改掉了。"

"现在你再来灭我的烟，那等于是灭了我这个人。当陌习进入一个人的身体，与它的那些组织、纤维、蛋白质合而为一，就只有死才能将它根除。"这时候我嬉皮笑脸起来，我知道嬉皮笑脸会把她那团正在越燃越旺的怒火浇灭。

"真想掌你的嘴。"我的爱人作势要打。

"别，别，别。你打错了，该打的是我左手的食指和中指。你不能抓错了现场逮捕错了主犯。抽烟是手指的饥渴，因为我的左手需要找到什么来与我的右手进行重量的平衡。"我稍稍闪了一下。

我妻子的手掌落在了我的脸上，但变成了一种抚摸和慰问。"你什么时候都有一套歪理。我讨厌这些不正经。那么，你说说，我现在该怪你这张老歪着讲理的嘴巴，还是你那个黑不溜秋的脑袋瓜子？"

"脑袋。嘴巴不过是这些东西的出口而已。就如同倾听音乐的是心灵，而不是耳朵。"

"好吧，我现在允许你抽一支，把车窗打开。"她颁布了特赦令。

我打开靠我这边的车窗，这时候一股风直钻进来，没有寒意也没有温暖，这宇宙的风没有人性，只是一种物理现象。我担心它们钻进来太多，会把我这台车的空间挤占，把我与爱人挤到车外去，于是很快，我灭掉烟蒂，关上窗户。

"这是到哪里了？"我的妻子继续问。

"我也不清楚，但我知道我们正在远离太阳。我甚至不知道我们驶去的是哪个方向，只知道地球从在我们的脚下，变成了在我们的身后。"我回答道。

"随你开到哪里，我都是跟着你。就好像从前我开车的时候，你总是很乐意跟着我瞎转。可是，我想问的是，我们出来已经有多少天了？"

"一个半月。太阳现在不能给我们做计时器了，但所幸手表还可以。每次当你习惯性地闭上眼睛，我便拧它的发条，上弦。它一分一秒，走得还准，按道理说，地心引力的变化会对它产生影响，但现在看来，它根本就没有偷懒。亲爱的，把声音调大些，我想听歌曲。"我对她说。

"嗯。"

于是一首激越的歌曲弥散在我们的耳边。

"现在放的是什么歌？我听出来了，是意大利国歌《马梅利之歌》，我熟悉这旋律。对了，如果计算得没错，这时候地球上正在举办世界杯足球赛。倘若我还在人间世，这时候一定是坐在电视机前，看着那些球星们在为各自的国家抢球。"

我把眼睛微闭。脑海中那些球体形的日月星辰纷纷撤退干净，浮上来的是各种颜色的足球，足球先是像开幕式上那些气球一样，升向高空，接着又被一些粗壮的脚踢来踢去，如炮弹般地在球场上来回穿梭。

我把我的头颅也当成是一个足球，在意识的深渊里沉浸得更久一些。这时候我伸向无涯之宇宙的触角似乎找到了边界，边界从四周合拢，形成一个长方形的足球场。"宇宙是一个足球场。"我在心里默念。"不，一个斗兽场，只不过是方形的。"我在那个句子后又补充了一句。"人与兽的搏击结束了，他们杀光了所有的猛兽，如今开始与人搏斗了。不过这里的搏斗不流血，讲规则，点到即止，按时结束。"我的脸上浮现出欣慰之色，"怕就怕他们把搏斗搬到了足球场外，那广袤的丛林里奉行你死我活的法则，而且永不守时。这些丛林里埋伏的都是人，可是打斗起来却比兽更兽……"

"你在想什么，亲爱的？"我的老情人把我从意识的泥淖中拉了出来。

我刚刚建立的那个绿草茵茵的足球场消失了，站在看台上的观众、球迷们消失了，我的面前展现的是凝固着各种球体的宇宙。

"我在看球，我在看球。"我轻声说道，"来，让我们好好听《马梅利之歌》。我想跟着哼唱了。除了老崔的《假行僧》，我最喜欢的就是这个，可惜KTV里没有它。"

"你唱。"

"意大利众兄弟，看祖国正奋起，已戴好西比奥古头盔，英雄帽。问胜利在哪里，罗马城众奴隶，把光荣带给你，创造者是上帝。我们要团结牢，准备把头颅抛，准备把头颅抛，祖国在号召。对！遭凌夷受嘲讥，至今已数世纪；只因为久分裂，长涣散不团结。高举起一面旗，同信念同目的，让我们联合起，天下谁能敌？让我们团结紧，让我们相亲近，示人民以道路，循天主所指引。齐发誓去战斗，为祖国求自由，在上帝名义下，团结成一家。"

我并不懂意大利语，虽然我也去过那里，在那里有一些顾客和生意，在我此刻心中洋溢的，是这段歌词的汉语——我永远住在自己的母语里。我的眼前浮现了内斯塔、托蒂、马尔蒂尼、加图索、伟大的皮波、皮耶罗、皮尔洛、坏小子卡萨诺、巴洛克利唱国歌的神情，浮现出佐夫、罗西、巴雷西的身影，浮现出圣西罗和梅阿查这有两个名字却只有一块草皮的球场；在观众席上，我见到看球的墨索里尼、伽利略、达·芬奇、凯撒、屋大维、马可·波罗、利玛窦、但丁、薄伽丘、卡尔维诺……他们分属不同的阵营，坐在南看台或是北看台，支持各自的球队。

正当我又一次掉入泥淖之时，我的妻子发话了：

"那么多的夜晚，你守着电视机，从一个频道到另一个频道，意甲、英超、西甲、德甲、法甲，你追逐着足球，好像地球追逐着太阳。"

我抽出神来，接过腔：

"总比我每天关心战争要好，亲爱的。那一年美国人攻打伊拉克，我坐在沙发上不休不眠，连续追着看了一个多月。这是一场漫长的连续剧，直到前几天，它还没有个最终的结局。你听听，把耳朵竖起，即便是我们到了这里，还可以听得到他们旷日持久的厮杀声。炸弹在居民楼下开花，导弹钻进了人群，恐怖袭击在黄昏市场上发生，黑色的面纱蒙住女人的脸，黑色的石油从管道里喷涌而出。你再倾听，又开战了，在波斯湾。那里对立的双方彼此都拿着一本书，持续了千年的战争在休眠了几个月后突然又爆发。'从公元三世纪开始，到今天为止，这里发生了7531次战事，尚不包括那些历史的记忆疏漏，以及零星的擦枪走火。7531次开启战端显得太多了？不，不，不，一点也不多，它们其实不过是一场战争而已。我把这7531次战事或者说这一场战事命名为千年战争，这只是它暂时的名字，如果时间还打算继续活下去的话（时间也可能会死），那么以后它将被称为万年战争。'亲爱的，上个月，我在交通频道广播里听到一个家伙（他是搞历史的），在那里忧心忡忡地絮絮叨叨上述的话。我啪的一声关了电台，因为怕这家伙的话影响我开车。我活到这个年纪，还没有亲历过任何战争，我只与我的小学同学发生过一次争吵，与我们家的宠物猫闹过一次别扭，我对打架这事从不内行，更何况战场上的动刀动枪。我从来不惧怕战争，但不知为何，我总想搞明白为何而战。"

"为祖国啊，为亲人。"

"嘘！小声点，别让人听到我们在讨论这样高尚的话题。隔窗有耳，假如这宇宙中真的有那么一群外星人，我担心他们偷听到'祖国'这样美好的字眼儿，会提醒他们去抢我们地球上的地盘。他们本来在这宇宙中无所事事地游荡，这样一下子就找到了活儿干。我们还是来谈论足球吧。我们的四周如今布满了各种大大小小的球状物，它们悬在太空，像被什么看不见的线系着，高高低低地浮着。我们用手指轻轻一戳，想必它们会左右摇摆，如果我还有更高超的技艺，那么也可以学学球星的样子，用右手的食指顶住其中一个的底部，然后用另一只手去拨动它，说不定它会快速地旋动，直到我再施加一些力量，将它这疯狂的自我旋转加以阻止，它才会停顿下来。"

"像我们在家里旋转地球仪的方式？"我的妻子问。我们的客厅里摆放着一个直径一尺的地球仪，我常常用望远镜眺望天空，但在下班后，却经常拿出放大镜，旋转着看地球仪上一寸一寸的按比例微缩。

"亲爱的，我们离家已经很久，那个地球仪上是不是已经落满了灰尘？记得出门之时，我把地球仪上有中国的那一面，对着窗户。你知道我们的城市雾霾很重，我们看地球仪时，有时都不免看不清那些小国的位置。而且这个城市的灰尘常常扑鼻，我想，假如我们走时未曾关严窗户，那地球仪上的北京一定覆满了尘埃。"我的爱侣接着说，她有点忧心忡忡。

"完全有可能啊。还记得我们所住的那个小区的模样吗？在水系环绕的一个小岛上，遍布着纽约、巴黎、罗马、威尼斯、慕尼黑、新加坡、东京、普罗旺斯这样的名字。我们的开发商为了让我们仿佛是活在一个洋人的世界，给每一片楼房都安了一个洋名字。这一招儿还真管用，当初我们就是充满了这种渴望，然后根据我们的财力，从烈士公园旁搬到了这里的新加坡区。"

　　"嗯。那是我们小区中的次等区域。"

　　"对极了。亲爱的，本来我们以为住到了这里，会获得一些尊崇和平等，因为那些洋名字，给我们造成了生活上的幻觉。后来我才发现，这里面充满了玄机，正如它们名字所代表的国家和地区一样，在发达的资本主义体系里，也有着一些微妙的不平等：纽约区里排列着的，是富丽堂皇、大气威严的单体别墅，有保卫三步一岗五步一哨地严加看守；伦敦区里是一幢幢漂亮的联体别墅，这些居民们站在阳台上可以彼此相望，但又各个自得其乐；东京区是一栋栋花园式建筑，低矮的树荫遮掩着他们宽阔的客厅和卧室；普罗旺斯区，那里是热带风情，一些椰子树和芒果树整齐排列。亲爱的，而我们所住的新加坡区，是一些公寓，在这些火柴盒一样整齐划一的房子里，我们栖息，规规矩矩地过日子。我们在这里住了几年，渐渐，我观察到了一些不成文的生活规则：在这个有着十万人的共同体内，住在每个以不同国家和地区的城市来命名楼房、建筑里的人们，在住上一段时间后，竟然不自觉地模仿起了那个国家、那个城市的生活方式，甚至城市的性格。譬如，住在纽约区的，一般从事的是金融职业，他们西装笔挺，精于计算，热爱的运动是橄榄球；住在伦敦区的，老气横秋，一副贵族的装束，他们在会所里喝着咖啡，把那几张斯诺克球桌霸占得水泄不通；住在香港区的，他们总使用蹩脚的粤语，并且在其中夹杂着一些洋泾浜。"

"这是什么原因？"

"我也并不清楚。我猜想有如下原因：每一个城市的名词都有它自己的内涵，这个名词会对居住于其中的人们产生一种诱惑，诱导他们去按照自身的内涵进行生活（假如这一原理说得通，那么把这些地方命名为查家胡同、马氏窑洞、打铁铺，将会有不同的生活产生，但如果真的这样，估计房子很难卖得出）。我们这里的纽约区人模仿着美国的纽约人，我们这里的巴黎区人模仿着法国的巴黎人。一旦住到这些区域（或者说住到这些名词里），他们就会想尽办法活得跟他们模仿的那群人一模一样。在最初的日子里，也许他们模仿得并不成功，但时日一久，他们就很可能像模像样。并且，据我所知，他们中的很多人，会不自觉地去那些真实的原型城市旅游，经商，投资，交流，学习观摩那个原型城市冠冕堂皇的一切，乃至潜藏在下水道里的秘密。一些有心人，还将挑选那个城市中的某个人，来作为自己的模板（倘若那人愿意，他会请他到照相馆去留影，或者直接在街头与他合影，或者请街头的肖像画师画下他的头像，然后带回我们的小区）。这样，他们回来后，便会拼命地模仿那张画像、那张照片，一言一行、一举一动、一颦一笑、衣着打扮均会越来越像那个原型城市中的人。"

听我说到这里，我的爱人搭言：

"还真像那么回事呢，亲爱的。在我们小区，我有一些玩伴，我去过她们家串门，聊天，确实见过那些男人们在模仿另外国家的男人，我那些闺蜜在试着模仿其他国度的女人，或者那些男主人要求自家的女人去模仿另外的女人，那些女主人让自己的男人去模仿其他的男人——离开她们这么多天，我开始想念她们了，我们本来在这几天有一个社交聚会，我缺席了，想必她们一定会在叽叽喳喳，议论我去了哪里。"

"嗯，女人的聚会永远像一群雀鸟开会。当然，男人的社交也好不到哪里去：喝酒，吹牛，卖弄本领，交换小道消息，不停地谈论异性臀部、胸部的尺寸，以及各自猎艳的事迹，但说到底，不过是为了做生意，找靠山，抱团取暖。如此说来，我更愿意聆听鸟类的啁啾，而非群狼的狂欢。宝贝儿，我原来老是去参加那些饭局，我是他们中的重要一员，我也是这样。如果我还在那地球之上，我的日程说不定就得让酒瓶子和杯子排满。"

我与我妻子、爱人所住的小区名为国际联合岛，位于那个城市的中心地带，四面环水，但到哪里都很方便。我们的小区四周被围墙围着，只有住在二楼以上的人，才能够眺望到四周的水面（一楼住的是车）。围墙中又有围墙，把整个小岛分割成大大小小不同的板块，每个板块有不同的门。巴黎区的门模仿着凯旋门的造型；柏林区的门与布莱登堡门别无二致；纽约区的门上竖立着一个比例被缩小几十倍的自由女神像。但这所有的门均有条条曲径，纵横交错着通往唯一的一个大门出口，所有的人不分男女老幼、高矮胖瘦，像鱼儿一样，从那里游向岛外那由街道、立交桥、写字楼、银行、法院、警察局、市府、公共厕所、火车站、飞机场所组成的巨大的海洋，在那里遨游，徜徉，吐出欢乐或者悲伤的泡沫。

我的眼前出现了那一幅人鱼穿梭的幻境，我与我的爱人也在其中。"真是奇怪啊，我的亲爱的，我们这些大鱼小鱼、鲨鱼乌贼只有在国际联合岛那道大门前，才交汇成没有差别的人，因为他们都得在门卫的看管和放行下，才能够游向各自的工作岗位。亲爱的，你在听着吗？"

"我在听着。请继续。"她在涂指甲油，往脸上扑粉。根据我手表的提醒，此时应该是地球上的早晨。

"那么我就让我的嘴巴继续了。有那么一阵，盛夏季节，我在那大门口的保安亭边等一个伦敦区人。我与他偶然成了球友。我曾到那大本钟模型下等过他（每到整点时间，那钟便悠扬奏响，引得其他区的人很是反感，好像大不列颠帝国的太阳还永照四方似的，后来有人用绳子把那钟的指针给绑住了，它才消停了好些日子），按他家的门铃，没人应答。于是我大声吆喝，可是大本钟模型下看守的门卫上前阻止我，命令我闭嘴。我说我找伦敦区的某人，并且说我是新加坡区的某人。没有用，门卫只相信能够按响那个门铃才作数。我又没他的电话，于是我只能到我们国际联合岛的大门口去等他，我想这个伦敦区人一定会在某个时刻出现，我定会等到他。可是我等了数月（当然了，白天我还得上班，只有利用空闲时间），待我与那些门卫们都熟得像哥们儿，那家伙还没有出现。不过，在那些日子里，我收获不小，因为保安兄弟们掌握着大量的秘密，他们说，只要留意，就会清楚，哪户人家换了新车，哪位先生又换了新娘，哪个女士一天换了几次新妆。

"'嗨，瞧那个神气活现的巴黎区人。'他们指给我看。'哦，那位是罗马区小姐，你看她的细腰，她昨天刚换了一位丈夫。''哎哟喂，刚才过去的是一位威尼斯区女郎，你看多漂亮，屁股大，胸部肥，大腿壮。'

"亲爱的，你别生气，他们是天天在那里站岗放哨的保安兄弟，你不能要求他们与我们有同样的乐趣。他们从不当主人们的面评头论足，他们点头哈腰，彬彬有礼，面部表情和手势站姿经常高度统一。他们只有在主人们走后，才私下里嘀嘀咕咕。'这会儿出去了五个普罗旺斯区人。'一个保安兄弟对我说道，'看看看，现在走进去的是两个伦敦区人。'我正蹲在保安亭金黄色的大伞下乘凉，探出头来。'不是我要找的人。'我说。'是你的朋友的邻居。'保安兄弟说，'我认得他们，瞧他们那副牛逼样儿，这么大热天，还裹得像个粽子一样。他们这是从哪里回来？我闻出来了，带着酒气，一定是参加了某个洋人的PARTY。'

"我对保安兄弟的火眼金睛有点怀疑，'你怎么认得出他们是伦敦区人，而不是其他什么区的居民？''从他们的衣着和神气，绅士们总有一种自己的派头。他们怎么中午饮酒？我得想想，我好好琢磨琢磨。'这位保安中的思想者揉揉自己的太阳穴。我记得那天的太阳很大，似乎要把我们国际联合岛门前的那个洛可可式喷泉烤干似的。'我想出来了，我有个女朋友在会所上班，在她常常站立的身后，挂着一排挂钟，这些时钟指明了现在这个钟点世界正处在时间的哪个位置。新加坡区人，我帮你找到为什么这么久都候不到你那位朋友的原因了，这一原因与我们惊讶于刚才过去的这两个家伙中午喝酒的理由是一回事：这些老伦敦区人，他们把自己当成了真正的伦敦人，他们按照伦敦时间在过日子呢。如果我的数学还算及格，对时间的加减还能用手指扳得清，我猜此时的伦敦还是凌晨，正是夜生活酒酣之时，我想，你那位朋友，此时不是在喝酒，就是在安睡。你应该晚点再来，比如下午，你那位朋友说不定才会出门。'"

我滔滔不绝地说了一大堆，唾沫直冒，唇干舌燥，正打算从后座上取出水壶喝水，我的爱人打断我："亲爱的，你这是转到了哪里？你不是说要讲足球的故事吗？怎么绕了半天，还在与一个保安较劲？"

我赶紧啜了一口，请求她息怒，"我现在就来说足球。这怪不得我，就好比我们小区树荫掩映下的小路，总有很多分岔，而且路牌也不清晰，我们散步时总容易在里面迷失，我要讲的故事也是千头万绪，我这愚蠢的脑袋也一下子很难理清。好，现在开始，我来讲足球。"

"废话少说，赶紧的！"

"那位保安兄弟说得很是有理。我考虑了时差，于是到了傍晚才去那大门口等。不出几日工夫，我就看到我那位圆墩墩的朋友从里面走了出来。'终于等到你了，老伦敦区人。'我上前扯住他的燕尾服。'嗨，新加坡区人。我认出你来了，你的脸上一贯的严谨，让我记起了，上回我们一起踢球时，你与裁判拼命较劲的样子。''是我。是我。我等你好久了，我们想组织一场足球赛，我想请你参加。''啊哦。我现在要去伦敦——不是伦敦区——我要到那里坐几个月的监狱。等我回来，你看，我拖着这么多的行李。''你犯了什么罪？我的伦敦朋友。我还从没见过有自投罗网穿得像你这么隆重的人，你到底怎么了，这么急着去自首？''我说错了，新加坡朋友（说着说着我们都彼此省略了'区'字，俨然我们是活在两个不同的国家），我是去坐移民监。我正在申请去真正的伦敦，按照规定，我得飞往那里，在那里待上一段时间。''我听明白了，我的伦敦好兄弟。那我等你回来。再会。''再会。'"

"后来他回来了吗？"我的叙述终于再一次引起了我的宝贝儿的兴趣，她的妆已经化好，嘴唇涂了口红，很诱人的那种红。要不是故事缠绕着我，我定让她亲吻我的面颊。

"他回来了。三个多月后，他出现在了我们小区的大门处。我照例在那里候着了他。他面带微笑，款款有礼，头戴礼帽，肥大的燕尾服显得有些破旧，但神色看上去却很开心。

"'伦敦好兄弟，伦敦怎么样？'我问他。'很好，很美，那里有美景、美酒，还有美人。嘘，别让我的夫人听见。我到那里按照地图，找到了一个移民中介公司让我联系过的与我相似的土生土长的伦敦人（我有他的照片），我与他聊了很久，了解他的起居、饮食、工作、婚姻状况。我学习像他那样在泰晤士河边漫步，像他那样仁慈地施舍面包给河边躺着的乞丐，培养与他同样的悲悯。我学习像他那样微笑。至于他怎么哭泣，我还没学到，因为他说与我相处太短，不想轻易地在我面前暴露他偶尔的悲伤。对了，我该不该学习他那咳嗽的样子？他的哮喘里有一种优雅的气质。''我的伦敦区兄弟，恭喜你很快就会变成一个很了不起的真正伦敦人。我相信你的学习能力。至于悲伤，我觉得还是得学，一个伦敦人应该哭得像个伦敦人的样子。而哮喘，我想到时候你自然就会学会，因为我听说，伦敦那雾气会让很多人定期发作。这种病需要时间和气候来养成，到时候会够你享受的。'我张开双臂拥抱他，给了他巨大的奉承和鼓励。"

　　"怎么还不说足球赛，我要听足球赛！"我的急性子太太、爱人双手上扬，做出抓狂之状，"啰唆大王，你到底要绕多久，才能来到故事的核心？"

　　我用我一贯的慢性子回答她："好吧。我终于在曲折的迷津中找到了一个线头，现在就来扯清。我与那位伦敦好兄弟约好了，在接下来的月份举办一场球赛，地点就放在我们国际联合岛的封闭式运动场。我们彼此作为联络人，去联系其他的一些邻居、朋友。"

　　"举办得如何呢？"

　　"那阵子你回娘家了，而我在国际天文观测仪会展上的生意也正好告一段落，我有足够的时间来参与组织这种比赛。我重新回到单身汉的生活，于是像只青蛙在岛上的绿荫丛中跳来跳去，聒噪地来组织这种青蛙间的伸展运动会。我本来想通过业主委员会，组织一个国际联合岛上的小小世界杯——按理说这是完全可能的，因为我们这个国际岛上分布着大大小小发达国家的城市，绝不少于50个，有些国家虽然只有一个城市在本岛上被命名，如我们的新加坡区，如摩纳哥区，但有些国家却占据了好多个，形成了一大片区域，像意大利，就有罗马、米兰、佛罗伦萨、威尼斯、那不勒斯。

"'意大利区人完全可以组成一支强大的联队。'我对业主委员会的主席说。这大哥正好也住在米兰区，我想他必然会有兴趣，而且这么强大的实力可以保证他们在赛事中稳赢。'很难组织，新加坡区人。住在这些地方的人热衷于打高尔夫球，我们对这种重体力劳动不感兴趣。如果仅仅是让我们充当观众，我们可以效劳，甚至可以购买门票。''可是，意大利是一个足球大国，你们就没有想过，模仿一下这部分的生活？'我不依不饶，坚持他们不能缺席。'没有几个人有天赋，去模仿那些球星。我们只能模仿观众，顶多模仿一下贝卢斯科尼，那个商人、政治家、嫖客。嗯，他很不错，那么大的年纪，还玩得动女人。'主席笑眯眯地回敬我。

"我与业主委员会主席坐在咖啡馆里，边聊边喝着东西。我继续坚持，希望有理由来说服他。'可是，你们可以代表一个区，乃至一个国家，意大利，为荣誉而战，这会燃烧起一些激情，消耗一些比高尔夫更多的你们身体上的脂肪。'说完之

后，我对着他哼了起来："'我们要团结牢，准备把头颅抛，准备把头颅抛，祖国在号召……'

"也许是我哼唱的调子惹怒了这位主席、米兰区老兄，他突然升高了说话的嗓门儿，那一瞬间，他剥掉了谦虚温和的外衣，露出了他作为本城一个著名的奢侈品牌代理商的本性，'祖国是个什么东西？你说说看。祖国在哪里？'我被他突然爆发出像帕瓦罗蒂那样的高音而感到震惊，显然，这高音一点也不美妙。主席再次申明，'这事儿别找我，我干不了。你去问问其他人，我想你得到的答案跟我的一样。新加坡区朋友，请不要强人所难。我们生活在一个高尚小区，如果要搞足球赛，请到围墙外去找，那里的城中村会有里约热内卢区和布宜诺斯艾利斯区。'

"我无话可说了，亲爱的宝贝儿，我碰了一鼻子灰。作为一个新加坡区人，住公寓的家伙，我没想到我被他的话狠狠地抽了一记鞭子。对，这是我应得的，也符合我的身份。我们新加坡人犯了错不就是应该挨鞭子的吗？"

说完这段，我停了下来。

"这伤害了你的自尊吗？亲爱的。"

"有一点点。后来我们努力了多次，又找了其他区的人问询，打出了活动广告，不过很少有人问津。在那些天里，我得感谢我的那位伦敦区朋友，他是为数不多的对我履行友情的支持者之一，并且他也分头行动，试图发动他身边的朋友。'以城市的名义参加也好啊，像联赛、欧冠。可是他们纷纷跟我说，No，No，No。我们得打高尔夫，小白球，在坡地上、果岭间。来吧，伦敦区人就应该像个伦敦人的样子。我很苦恼，我的新加坡区朋友。我想对他们说，我的纽约、温哥华、维也纳、威尼斯、柏林区这些有着伟大原型的城市兄弟，你们所理解的每一个城市的人的生活，是那样的同构、同质。你们学习的模板，不过是来自房产商提供的资料宣传。你们能否像我一样，找个像样点的移民中介，询问清楚你们所学习的那个城市的人们，到底是怎样活着的？并且最好让他们找一个靠谱的人，仔细交流，以使自己更像他，甚至比他更像他自己。我就是这么做的，我的新加坡朋友，我说这话的时候是不是得为他们而哭泣？你看看我的样子，我现在哭得像个伦敦人了吗？我的伤心里是不是有了点淡淡的伦敦味儿？'

"亲爱的，当我听到这位伦敦区朋友说得如此真诚，我只能拍拍他的肩膀，告诉他不能强求。'我们总能找到人来踢，人数不够，我们就拼拼凑凑，不需要替补，我们才需要22人。'"

"你们踢成了吗？"我的妻子、爱人关心结局。她对于结局的关心总超过过程，在我看球的那些日子里，她说过要陪着我看，但往往趴在我的腿上就睡着了，只有在我关电视机的那一刻，她方从梦里醒来，"几比几？""零比零。"她白了我一眼，倒头就又睡了，"白浪费我给你泡的那些咖啡！"

我回答我的爱人："踢成了。那是秋天来临后的一天，刚下过一场豪雨，把足球场的草地打得遍地泥泞，五个新加坡区人，五个温哥华区人，纽约区、戛纳区、维也纳区、摩纳哥区各两人，慕尼黑区、法兰克福区、里尔区各一人，布鲁塞尔区、阿姆斯特丹区也是各两人。这样，我们还多出了一个，于是我们选出了一个新加坡区人来做裁判。以上相加不是25个人吗？怎么我算得只有23人呢？你问得好，宝贝儿。是因为住在布鲁塞尔区的人同时在阿姆斯特丹区买了住宅，而住在阿姆斯特丹区的那一位在布鲁塞尔区也有个家，因而他们从身份上来算看起来像是四个，但事实上从肉体上来说就只有两人。"

"那这两位先生该算是布鲁塞尔区人还是阿姆斯特丹区人呢？"

"二者都算。他们在这两套住宅里都各有一套家居摆设：餐桌、茶几、电视柜、书架、双人床、保姆、家庭主妇和孩子（一边是男孩，一边是女孩），以及一些洗漱用品和床上用品：牙刷、口杯、沐浴露、洗发精（牌子略有不同，分别产自比利时和荷兰）、被套、床单、双人枕头、避孕套和家庭主妇（家庭主妇既是家居摆设也是床上用品）。他们有时在这边，有时在那边，所幸两个地方（我指的是原型城市）的时差相差无几，因而他们在这种来回穿梭中不太需要倒时差，可以高枕无忧。不过，宝贝儿，我告诉你，倘若一个人要模仿两种生活，他终究会累。他一会儿要学习怎么成为一个像模像样的布鲁塞尔人，一会儿又要学习如何做一个合格的阿姆斯特丹人，揣在他们口袋里的相片要不停地换来换去，我真担心哪一天他们拿错了，以致自己换错了面具。那是他们的家庭主妇和他们自己所不容许的。不过，偶尔的错误也不要紧，因为这两个国家允许双重国籍。"

"又跑题啦，我的新加坡区先生。"

"且回到正题。我们组织好两支球队，在泥巴地里开踢。边锋、中锋、前腰、后腰、后卫、守门员各就各位，各司其责。你4231，我433；你剪刀脚犯规，我背后推人；你进我俩，我射你仨；你带球前场突袭，我无球中场拦截。你假摔，我找裁判施压给你一张黄牌；你不服气故意报复，我再找裁判让你两黄变一红。就这样，我们踢了90分钟，结果是10比10握手言和。但中间发生了一个细节，我的伦敦区朋友与对手球队的一个家伙发生了冲突。'你这个黑鬼，你只配去打橄榄球。'他骂一个纽约区人。我上前制止他突然的粗野，不幸也被卷入其中。'你们新加坡区人只配挨鞭子！'他推了我一把，差点儿让我摔了个跟头。我不能假摔啊，我爬起来，一种愤怒的情绪填满了我的胸膛，可是我没有动手。直到哨子吹响，我才走向他，对着他就是一个抱摔。我们扭打在了泥泞里。'你这个伪伦敦人，祝你早日学会他们的哮喘、便秘、肝病、淋病、癫痫、梦游、艾滋、狂犬病、疝气、肾衰、痔疮，祝你早日实现你的伦敦人的哭泣、疼痛、烦心、酒醉、窝火、失恋、离婚、车祸、走失、火葬！'我像个泼妇，口不择言地骂了一大串。我扯他的耳朵，拉他的肩膀，踢他的要害，使用了仙人摘桃、黑虎掏心和隔山打牛等招式。而他呢，他左勾拳、右勾拳地给了我下巴狠狠的几击，我的眉眼被打破了，十来天里都得像个独眼龙那样遮住一只眼睛。"

"你从来没有跟我说起过，亲爱的。让我摸摸你的眉骨，这里有一块小伤疤，你后来告诉我说，是你走路不小心，撞到了一颗带刺的树上而已。亲爱的，你的这只眼睛是真的吗？"

"当然是真的。你仔细瞧瞧，货真价实，在我的左眼里，映出来一个你。如果是玻璃球蛋儿，那就纯粹是个装饰品。"

"以后再也不要与人动手了。"

"再也不会了。你环顾一下四周，现在我们在宇宙中，除了你我，怎会有其他的活物？我想与人打架，可是我到哪里去寻找对手呢？"

"也是。"

"我与那位伦敦区的朋友对打了几分钟，其他的球友们冲过来，试图把我们分开。可是我们打得越来越起劲，好像有使不完的力气、叙不完的旧情。最后，我们双双倒下，臂膀却还交错在一起。'新加坡区人，你这该死的只配玩乒乓球的人，愿以后永远都踢不成足球。'他的这句话深深激怒了我，我内心的魔鬼在膨胀，它要从我的胸腔里，经由气管、口腔钻出来，我的身旁有一块砖头，我打算拿起它砸向他那圆滚滚的肉球脑袋。但我抬头看天，天使在雨后的彩虹里显现，就像你的脸庞——或许那就是你的脸。"

说到这里，我顿了顿，舔了下嘴唇，才继续讲下去：

"我把伸向砖头的手抽了回来，伸向了他的头部。我帮他擦去那上面的泥巴，我说，'我永远不会做一个只会挨鞭子的新加坡人，因而我也永远不会玩那个睾丸大的乒乓球，而是要玩那种像你这颗圆脑袋大小的足球。但我不怪你，我的兄弟。我们和解，因为这是我们最后的一次见面，最后的一场游戏，最后的足球赛。'说完，我们就抱在一起。"

"你们真的化干戈为玉帛啦？"

　　"是的。我们喘着粗气，从地上爬起来，来到场边的士多店里买了几罐德国黑啤，喝上了。我们共叙了这么些年来彼此住在一起的交情，然后话别。从那以后，我再也没见过他。我只在楼下的信箱里，收到过他寄来的一张伦敦人的面具，牛皮做的，我把它挂在墙上。从那张面具里，我总是想找到他的轮廓、他的表情、他的笑容，可是我找不到了。我失去了一位能与我踢足球的上流社会的朋友，或者说，把'朋友'前面的所有的定语都去掉，是的，我失去了一位朋友，有一阵子我异常孤独。"

　　孤独带有一种巨大的寒意，比这宇宙中的风要凉得多，想必我的爱人也听出了我内心的悲鸣，她说："天下没有不散的筵席，再热烈的酒馆也有打烊的时候，亲爱的，不必介怀。对了，你们打架时，裁判在哪里？他怎么不来把你们拉开？按照规定，你们两个应该各得一张红牌，并罚你们三场以上的禁赛。"

　　"禁赛就不必了，宝贝儿。因为从那以后我们这个国际联合岛上，再也组织不起足球赛了。你问我裁判在哪里？我告诉你，他在打架。我就是那个裁判。"

第六章　圆周

　　"你还想再踢足球吗？亲爱的。"听我讲完上面的这个故事，我的妻子、爱侣怜惜地问我。"我可以陪你下棋，但是却没法陪你玩那个玩意儿。我这小脚丫子可踢不动那些大星星。"她用手指了指天空中那些闪亮的星辰。

　　"不想再踢了，"我看了她一眼，目光顺便落到了她的脚上。"我可不敢让你去踢球，我担心你一脚踢出去，高跟鞋就会像一只宇宙小飞船飞了出去，弄不好，那'恨天高'就会砸坏几颗人造卫星。我想问一句，女人们为什么要穿得那么高，难不成要从这里找到些什么男女平等？"

　　我的爱人、宝贝儿伸出手去，脱下左边的那只鞋，拿在手里，在我面前扬了扬。

　　"必要时可以用来作为敲你脑袋的凶器。"她果真用那个金属跟底向我示威，都快碰到我的鼻子了，"女人的形象本来就比男人高大，用不着高跟鞋来提升尺寸，你没见过德拉克罗瓦的《自由引导人民》，那戴弗里吉亚帽的女人比起那些端着枪的男人们，要高太多。还有美国的自由女神像，站在那地方，高高的，连里约热内卢的救世基督像都要矮上几米呢。"

　　我接过她的腔："但那都是男士们愿意这么捧着对方，德拉克罗瓦和巴托尔迪这两个法国人喜欢这么干，他们热衷于把自由与女人等同。德拉克罗瓦那幅画我看过，在卢浮宫，我差点在画像前被汹涌而来的人群踩死。我不知道那些人来参观的是自由，还是那个袒胸露乳的女子。"说到这里，我顿了顿，"亲爱的，现在你顺着我指的方向看下去，下面就是巴黎。"

我的太太、爱人也把脖子扭向窗外。

"你如何晓得那里就是？从我这里望过去，它与其他的灯火辉煌处没任何区别。"

"拿我的望远镜瞧瞧，那里有埃菲尔铁塔。这个人类做的铁架子，比起其他的那些摩天大楼，还是有些特色的。亲爱的，我告诉你，起初我也不敢确认那里就是巴黎，但经过多次辨别，我终于可以肯定。我还想告诉你，我们的车看似一直在前进，在向着远方飞去，但事实上，到了一定的高处，我们又会下坠，然后再绕着地球飞行。——狗娘养的地心引力，总不让我们逃离。我们走得远些，它就想法子把我们拉回来。"

"难怪我怎么又看到了烟花。那些是不是今年的世界杯闭幕式上燃放的，还是又有某个国家在过什么盛大的节日？"我的宝贝儿说道。

"你看走眼了，那是一些呼啸着飞奔的导弹，它们在没有找到目标时便率先爆炸，像是为这个宇宙放了一个个璀璨的大烟花。那些烟花现在也正在我们的脚下，离我们不是太远。它们也为我们正在做的绕地运动提供了一个证据。其他的证据是：那地球上最高的山珠穆朗玛峰好几次从我们的车下掠过，开始的时候，我还真担心它会把我们的车子底盘刮破，因为有

一次它贴着那高峰飞过去，我想打方向盘都来不及。后来不久，它又出现了，这一回我们安全了许多，珠穆朗玛上皑皑的白雪反着强光，但我们的高度已经超出了它不少。我们越来越高，直到借助我所携带的最高倍的望远镜，才能够看清那地球上的一些轮廓，一些究竟。我可以跟你说，我数过了，我们经过珠峰的上空已经有几百次了，这完全证明我们一直在做圆周运动。他妈的总有一股力量把我们的车死死吸住，我们很难走得进宇宙的深处。"

"别生气，亲爱的，你带我来到了这里，我就已经很高兴了。这样也好，我们一方面可以领略星空之灿烂，一方面还可以拿地球打打趣。有一些力我们无从逃避，即便我们以力角力，估计也好不过哪里去。"

"我明白这个道理，但总有些不甘心。"我打开车窗，往车外吐了一口痰，"问题是我们这样绕来绕去，总有一天会把我们的耐心耗尽。这样的日子与地球上的那些岁月有什么区别，那时我们绕着房子、车子、票子过日子（与朋友们相比，我少了孩子与婊子，因而显得清闲一些），现如今我们绕着地球过日子，我不免有些沮丧。让我想想，看能不能找个地方歇脚，我有些累了，得出去踢踢脚，伸伸腰。"

"在这个轨道上要找到一个着陆之地，比在大海中找到一个小岛要难得多，可以想像，我们的车这会儿就像是一艘无处下锚的小船。不过，我们可以加足一些油门，看能否像超车一样，赶上、碰到些同样的漂泊者、流浪汉。"

"问题是，这时候我们的车轱辘没什么用处啊，它们所做的无非是一些空转。没有一些摩擦力来带领它们做有效的前进运动。"

"嗯，我倒是想到了一个办法：我们车的后备厢不是有些绳子吗？那是原先我们准备着车抛锚后用来拖车用的，有时候在路上车出了故障，我们总能找到几个过路的热心肠。现在我们看看，这些绳子能否用得上。"

我的好妻子说到这里，倒激发了我那不靠谱的想像力，为这个主意不由得连声称妙，"还是你聪明，亲爱的。我们可以试着在绳子的一头做个套，扔出去，看能否套到些什么。就好比在大海中打渔，说不定可以捞到些活蹦乱跳的小鱼小虾、乌龟王八——在海中捕捞，我们为的是把鱼类拉到自己的船上来，在这里，我恨不得有个力气大的鲨鱼拼死往前挣扎，将我们拖着往宇宙的深处游。"

"哈哈，亏你想得出。可是，这里不是海洋，因为没有波浪。这里可不会有什么鱼鳖鲸鲨，我们套来套去不过是白费工夫。"她东张张，西望望，"你看看，哪里有个下套处？"

"这你就不懂了。我们可以套人造卫星、火箭和各种航天器，它们经过我们身边时，我们就使劲把绳抛。你放心，隔不了多久，就有一些金属坨坨打我们近旁经过。"

"那你试试看。"

过不了几日，天气晴朗，没有黑暗，果真有一支火箭急匆匆地往我们肉眼所见之处奔来。

"赶紧下套，抛绳！"我的妻子大嚷。

我打开车窗，系紧安全带（我害怕自己稍有不慎，用力过猛，把自己也带下车去，那样的话，我就得一个人上路了），瞄准了那火箭，使出吃奶的力气，扔了过去。

我这么做，当然是徒劳。倒不是因为火箭的速度太快（从地球上看去，这屁股冒火的家伙一溜烟便可以跑得很远，但在这宇宙里，它与我们的相对速度并不快，我记得很清楚，从那火箭头与我的车头并齐，到尾部的火焰与车头齐平，中间长达五秒），而是我的绳子太短了，根本就够不着。

"别泄气，还会有机会。"我收回绳子时，我的妻子为我鼓劲。

"谢谢你亲爱的，我不会轻易放弃。我也清楚过不了一会儿，就会有新的火箭到来，他们会不停地往宇宙中扔这些东西。我担心的是，我们的绳子太短，根本套不到这些宇宙里的大鱼。况且，更让我担心的，是即便套到了，我们也不知它会把我们带往何处去。"

我的亲爱的老情人提出了更吓人的问题："我倒不忧虑到哪里去的事儿，假如真的能套中，我们便跟随着它一路前行，待到飞到一个可以着陆的星球上空，我们就割断绳子，跳下去，落到那星球的上头。我害怕的是如果我们拴住了火箭，身子被拖在它的屁股后，那么很可能会让那火焰烤成两只香喷喷的烤猪。"

"也是，也是。"我赞同她的想法，并且补充了一句："还有更可怕的，如果绳子被那团大火烧断了，那么我们就只能打道回府，回老家啦，回永恒的老家。"

就这样，我们放弃了打大大小小的火箭的主意（对于那些型号不一的各种导弹，我们压根儿就没考虑过，因为它们太没有出息，永远只知道从地球出发，又落回到地球上去，更别说了，它们来到这个世上就是为了毁灭别人同时也毁灭自己的，我们可不想跟着它们，自寻短见与它们同归于尽），而把注意力集中到了那些已经与火箭分离，开始按照自己的规则运行的航天器上。

"前面有一个黑色的爬虫。"有一次，我正在打盹儿，我的爱人推醒我。

我打了个激灵，睁开眼睛。

"好家伙，爬得倒挺快。"

一只体积两倍于我们这台车，长着好些钢铁蜘蛛脚的玩意儿正在我们轨道的前方，慢悠悠地爬行。

"脚长得太多，未必就能跑得快，看看地球上那些安着几十个上百个轮胎的平板车，你就明白速度常常不与腿脚的多少成比例了。按照我们现在的速度，不出半个时辰，我们便可以赶上它。"我说。

我把绳子再次打了个活结，抡得虎虎生风。靠近了，靠近了，那多足的航天器就在我们的前方不远处。随着距离的缩小，我甚至可以看得到那上面印着的字："蜘蛛侠3号，美利坚合众国制造"。

正当我要出手时，我那多事的老大姐、小姑娘阻止了我。

"我不要到蜘蛛的背上去！我不要！"她发出了几声锐

叫。她想起了地球上的某个夜晚，我们躺在床上，窗外透进来的光使天花板有些发亮，她见到一只蜘蛛在捕食一只苍蝇。她讨厌苍蝇，但第二日早晨，她说比起苍蝇来，她更害怕蜘蛛。

"我讨厌蜘蛛，因为它难看，还因为它把脏东西吃到肚子里。"那天早餐时，她的胃口一直不好。

我忆起了这一事情，没有把绳子扔过去。眼看着那钢铁侠退于我们的身后，我叹了口气，开始去寻找新的航天器。我在地球上看报纸便知道，过几年是太阳风暴的活跃期，为了抢在那宇宙的台风来临之前，各国政府近期正在抓紧时间，把各种计划提前，因而，我要找到些什么来抛条绳、下个套，并不是什么难事。

但后来我一事无成，一无所获。整整有半个月时间，绕地又飞行了好多圈，我都没有套到一个铁坨坨。我扔出去的绳子有时是够不着，有时是套不牢，有时是套不准，有时是那些个航天器太大，光溜溜的身子让我没个下套的地方。我时而见一些铁坨坨从我车旁流星锤般地一甩而过，还生怕撞坏了我这只油老虎，时而见一些大家伙慢慢前进，四平八稳地像在什么康庄大道上行驶。我不知道它们要去哪里，哪里会是它们的目的地，但我知道它们带着各种任务——情报、通讯、天气预报……它们忙着把天上的消息、捕捉到的地上的图景，发回到那个驴屎蛋上去。我真想与我的心肝宝贝儿听到从里面传出几个人声，譬如："洞腰，洞腰（01，01），听到我的呼叫了吗？我是洞五，洞五（05，05），我现在向你报告，撒哈拉沙漠中有一群恐怖分子，正在向东移动，武器装备是AK47加铁棍，防护装备是迷彩服加妇女和儿童；我继续向你报告，我们检测到，亚洲有国家正在进行核试验，当量是美国投在广岛那颗的六十分之一……"或者听到这样的声音："北京，晴转多云，25度；上海，有阵雨，空气良好；广州，台风在珠江口登陆，广大的居民要注意阳台上的花盆……"如果有这样的声音传出，我或许也会激动一会儿："美国参谋总部，我现在有紧急情报向你们汇报：一辆破车正在我所在的轨道，根据热感传导器探测，里面有两条生命！他们是另一个星球上的来客，还是我们地球来的逃兵，我现在无法确定。美国参谋总部，有进一步消息，我再随时报告……"

一切都静悄悄的，这宇宙的静谧，有时不免让人无法呼吸。但这样也好，整个宇宙是我们的，我与我的爱人又感到安心。

我后来确实在运行的轨道上碰到过两个人。有一日，我们的车照例前进，做那无意义的圆周运动，按照宇宙中力的平衡和等距效应，本来我们似乎不应该碰到个从前没有碰到的航天器（我指的是那些已经在宇宙中待了很久的玩意儿，它们早已经有了自己的滑行轨道、运行路线，也就是说，如果没有什么去破坏那种力平衡，它们就日复一日，该干嘛干嘛），但那天我们确实碰到了一个。

因为连续而长久的说话，加上不停地甩绳子，像个渔夫又像个猎人那样工作了很长的一段时间，我的膀子酸痛发麻，决定接下来要好好休息一下，于是打算把座位放平，打个长一点的盹儿，这时候就听到我家的那位发言了：

"前面左上角，你瞧瞧，有一个船形物，在那边飘浮。"这阵儿，我的这位女领航员一直在帮着我发现目标，基本上我听她的话，她指哪儿我就打哪儿。

　　"一根很粗的圆木头，估计中间被掏空了，像古代埃及人在尼罗河口使用的那种。"我趴到方向盘上，把脑袋凑到前挡风玻璃上。我说。

　　"嗨，这独木舟里面会不会有人？你说呢，亲爱的，你用望远镜观察一下，看有没有人，有没有桨。"

　　我举起了望远镜，不停地调适，然后我回答她："我看不见有人，也看不清有桨，但似乎不是独木舟，而是一艘太空船。它似乎失去了航向，有些颠簸，有些晃荡，甚至速度也不是匀速，你看，它与我们的距离越来越近了。"

　　不知为何，我与我妻子的心砰砰直跳。与那些实心的、圆球形的相比较，显然，前方的那个东西看上去更像是一个载人的航天器。

　　"赶上去，看看到底有些什么究竟。"我的女领航员妻子催促我。

　　我下意识地打了下方向盘，并且一脚把油门踩到底。无济于事，只有发动机嘎嘎的轰鸣，我车子的速度一点儿也没提上去。

　　"没有用，宝贝儿。我早就说了，在这儿我的右脚再怎么用力也使不上劲，汽油燃烧的多少和速度的快慢也一点没有关系。不过，看样子那艘太空船不紧不慢的，过不了多久我们便可以接近它。"

"那好，我们就用点耐心，把它盯紧。"

　　花了大半天时间，整整又环绕着地球跑了两三圈，终于，我的这辆车追赶上了那条船。

　　"大约一千米的相对距离，我们却追赶了十万八千里。现在，让我把绳子扔过去，看看里面究竟有什么东西。"

　　这一次很容易，很快，我便得手了。隔四五米的样子，绳子套住了那船头，我用力轻轻一拉，这条懒洋洋的鱼便往我这个方向浮过来，或者说我的车向它迎了过去。这时我看清了，这不是圆木，而确确实实是一条太空船，只是它的上面落满了尘埃。

　　"小心，别太用力，不然它会把我们的车撞坏。"我的太太提醒。

　　"明白！爱人同志。我担心的是它碰触到我们时，反作用力会把它再次推向远处。"

　　我们俩小心翼翼，合力把这船拉到与我们平行的位置，中间只隔着一尺不到的距离。打开车窗，我伸长手臂，用鸡毛掸子不停地掸落在它上面的灰尘（这个鸡毛掸子是某次等绿灯时，一个站在车流中的老汉强卖给我的）。

　　露出了一个玻璃罩，透过那里望进去，里面有两个身穿宇航服的人正在沉睡，一男一女。我与我的妻子吓了一大跳，惊呆了。

　　那时候我们正好在近日点，强光照射过来，他们的眼皮开始睁开，并且慢吞吞地挪动了各自的手臂，把手掌放到了嘴边。他们连打了好几个哈欠。

"怎么办？我们正在吵醒他们。"我问妻子。

"与他们谈谈，大不了我们多了两个伴儿，在这里多了些邻居。"这女人的好奇心燃起，"与他们打个招呼，嗨，嗨，Hello，Hello……"她从副驾驶位置上爬了过来，坐到我的腿上。我的车差点因为重量的失衡而发生侧翻。我指出这一点倒不是说我的那位小妮子很胖，而是宇宙中任何的一点动弹，都足以让我们的车翻转。

那两位彻底醒过来了。他们揉揉眼，又眯眯眼地往我们这边瞧。他们一脸的诧异，过了一会儿，也开始对我们挥动起了手臂。我相信他们非常清楚，在宇宙中，这会儿打招呼靠的是手语，而不是嘴巴，因此，他们一直嘴唇紧闭，脸上带着笑意。只有在他们两个之间，互相商量着什么时，才使用那合了好久，似乎用起来尚不太习惯，几近失灵的器官。

彼此都有交流的欲望。虽然，我对地球那个驴屎蛋上的人完全没有善意，但这一刻我对这两位不仅充满了好奇，还生出不少的敬意。

我们用手语互相传递了如下信息：

"你们来自哪里？"

"地球。"

"我们也是。"

"你们在干什么？"

"遨游。遨游。"

"你们呢？"

"游荡。溜达。没什么正事干。"

"你们是什么……我问的是你们的关系。"

"同事，工作伙伴。"

"你们是什么呢？看起来不像……"

"哎，我们是夫妻、爱人同志、伴侣、两个越狱犯……"

……

为了进一步沟通更复杂的问题，我们找到了一种互相都认可的法子——在纸板上写字，然后举起来，透过玻璃窗和玻璃罩让对方看到（补充一句，我们使用的是英语，虽然那English并非是我们任何一方的母语）。

"你们上天多少年了？"

"刚来，不久，算算时间，几个月，记不太清楚。你们呢？"

"好些年了，十年，二十年？我们先是在忙，为祖国服务。后来，灰尘盖住了我们，我们就睡了，也没信号来打扰。我们睡得很香。"

"你们怎么到这里来的？"

"伟大的科学把我们送上了天。你们两位想必也是。"

"不，不，我们靠的是想像力，或者是幻想力、幻觉、梦……反正我们也搞不清，总之我们来到了这里。"

"你们吃什么，怎么吃？"

"带了一些食物，不是方便面，因为那得烧开水，这里没法进行，我们的车里没有炉子或灶。主要是我们不太饿，很奇怪。我们的嘴巴主要用来说话，不是用来吃。"

"可以问一个隐私的问题吗——你们怎么方便？"

"现在还没有尿意，真的。我的膀胱并没有充盈。你们呢？"

"我们靠科学，有导管。我们有全套的系统、设备。"

"你们吃什么？有些什么餐谱？"

"我们好些时间没吃了，我们一直在昏睡，昏睡可以减少进食。现在我们饿了，看看有什么吃的……"

……

就是在这样的交谈里，我们互相写满了好几十张纸板。有时他们发问，我们回答；有时我们提问，他们作答。说着说着，我们又绕地球飞了半圈。当转到太阳照射不到的另一面时，我们双方都陷入了黑暗之中，这场谈话才算结束。

我记得借着隐约的光线，我问了他们最后的一个问题（它是接着有关肚子饿的那个问题来的）："你们怎么不回去呢？下面有好多好吃的东西。"

我得到了这样的答案：

"告诉你们，我们回不去了。好些年前，我们的祖国把我们送上了天，但后来不久我们就与地面失去了联系。听地面上传来的最后声音，我不确认，但相信很可能是这样：我们的祖国不见了，它换成了别的名字，有了新的代码。捍卫旧祖国和新国家的双方在下面打起来了，与我们通话的那个实验室的小伙子也找不到影子。没有人顾得上我们，也没人来跟我们联系。我们被抛在这里，等待哪一天他们想起我们。在他们想起我们之前，我们就不得不绕着地球先转一转……"

我看到这样的字眼，心底一颤，不知说什么才好。我与妻子以及那两位临时的同行者都掉入了沉默之中，待我想再追问一两句，譬如"你们感到冷吗""体温怎么控制"之类，黑暗已经把我们的车和船死死地包围。我伸出手去，想打个招呼，表示一下"再会"之意，黑暗迅速地把我的手臂染黑，那时候，我突然明白了"伸手不见五指"是什么意思。

按照宇宙中的某些规则，我与那飞船上的两位本应在不久之后有再次互打纸板交谈的机会，因为绳子的一头套在那船上，一头系于我这台车的左后视镜上，因为捆绑，我们的速度得以一致，想必，这新的结合会拖慢我的速度，也加快他们的脚步。但在黑暗里，发生了一件事，让我们双方期待的友谊和谈话没有再前进一步。但我得感谢那意外，让我与妻子得以登上一颗无名之星，并且见到一片新天新地。

事情是这样的：

我的妻子一直坐在我的腿上，她这么做主要是为了参与我与那两位的纸谈。后来黑暗降临了，她则一直赖在我身上，不愿回到她自己的位置上。

"亲爱的，我感到冷和孤独。"她用力地往我的怀里钻。她轻轻地说。

"我也是。"我抱紧她，俯在她耳边，低语。

"我想要你。"她抚摸我，并且开始娇喘，"孤独让我有了其他的一些欲望。"

"我也是。"我也喘起了粗气，"可是，那边有人，就在我们身旁。"我试着推开她。

"可是，我就要，必须要。"她很坚持。

"可是，会有人看到，就在那边，或者地下，地球、宇宙……"我啰啰唆唆，结结巴巴。

"黑暗中什么也看不清，你何必在意别人？"

"可是黑暗中有些东西会发亮，发亮的东西别人就会留意……"

……

我可以告诉你，就是在这样的反复折腾中，我们的车与那船发生了多次冲撞。我们的车荡来荡去，碰撞的力使我们像遇到了一场不大的海难或者一次不太糟糕的空难。当我们的眼睛再一次看到光芒，我们身边的那艘太空船消失了，那条绳子系在后视镜上，长长的拖着，另一头是空的。

我的车已经坠落到了离地球更近的轨道，我得到这个判断是因为它正趴在一朵巨大无比的彩云上。

"我们这是在哪里？"我的妻子醒来。

"不清楚，我们正在一朵云上，它正在随风做无规则的飘浮。"

"那两个人呢？他们哪去了？"

"不知道，昨晚发生了一些事，一些事。"我看着我的小宝贝心肝儿。

她脸红了。

"那边有一头大象。你看那边，那是象鼻子，那四条是象腿。"我的这位小丫头转移开了话题。她指着我们这朵云前面的另一片云。果然很像，果然是一头大象。

"把你的绳子扔过去吧。套住那头象，让它拉着我们走！"她用命令式的语言对我说。

"是，遵命！我的女王。"

我服从她的安排，用了劲甩了过去，套住了那象的一条腿。

那大象形的云彩飘动起来，我们的车在前进。说实话，我不清楚是我的车所在的这朵云在快速地飘移，还是那头云做的大象迈开了腿在阔步前进，反正，我们的车在接下来的时间里发生了巨大的相对位移，那是一定的。

"那里是一条狗。赶紧，把绳子扔过去！"女导航员又发出了指令。她下达这个任务时，正好那大象形的云彩准备变幻，象鼻子正在变短，象腿少了一只，一瘸一拐。这时候我把绳子拉回来非常容易，因为它被套住的那条腿很快也就消失了，我无需解套便把绳子拉到了身边。几分钟后，那头大象彻底散了架，一切都风流云散。

"可是，狗生下来是看门的、咬人的，拉纤可不行。"我嘟囔了一句。

"谁说的！你这个南方人，你没见过狗拉雪橇？"我挨训了。

我老老实实地去套那只狗。那狗没有任何挣扎之意，乖乖地往前奔跑。待狗的形状快要消散之时，我的那位领航员又找到了一头狮子，让我去下套。

"难道你就不担心它会把我们的绳子咬断？要驯服这兽中之王可是难上加难。"我说。

"我担心的倒不是这两样，而是套上它，如果它半天不动怎么办？我听说狮子只有在捕食之时才动弹，其他的时候总是很懒。"领航员小姐笑着。

她说得真是有理，果不其然，我套中了那只威风凛凛的狮子，它却半天没有任何动静（我判断是否有动静的方式是以其他云朵为参照物，来计算相对速度），它的慵懒完全没有王者气象，直到过了一些时候，在它的前方出现了羊群。

那是一群绵羊，洁白的毛，层层地裹在身上。多么肥美，它们奔跑，撒欢儿，还以为自己是在一片一望无际的大草原上。

狮子出击了。它如闪电般地猛扑出去，差点把我们的车拉翻。我与我的爱人胃里似翻江倒海，所幸那里面本来也就没有什么存货。羊群四散，一会儿往天空的左边去，一会儿往右边去，它们惊恐万状，我们也吓得半死。对于我们来说，这场套狮子的行动没有带来任何好处——我们的车老是在一块区域来回打转，相对位移并没有发生多大的变化，而且还险遭车祸。唯一让人颇觉欣慰的是我们驾了一回狮子，我们这两位蹩脚的驯狮者让狮子当了一回坐骑。倘若有人那天正好在地球上观测，会看到我与我的爱侣像一对狼狈地弃宫而逃的王与王后。

我们套啊套啊，就这样，套了狮子套豹子，套了豹子再套雄鸡。后来我们充分运用了对动物习性的了解，有选择地下套，设陷阱。那些天很累，只有在黑暗来临之时才有时间稍加休息，但一旦天上再次出现动物形的云彩，又接着干起来。有时候，这种忙忙碌碌甚至让我们忘记了到底这是一场游戏，还是该有它的目的——我们让动物们引领我们前进，不过是为了寻找到一块栖居之地。

我要说的，是我们最终找到了这么个地方——一个不大不小的星球（远看小，近看大，主要是看你站在哪个观察点），除了能载重，能容身，上面什么也没有。最大的好处是它像一个盘子，可以把我们托住（但也可以说像个圆球，主要也是看你从哪里望过去）。它离地球、月亮和太阳并不太远，显然不是在对流层、平流层、电离层，但也显然依旧在银河系中。它是地球或者哪个星球甩出去的一块，还是一个独立形成的单个儿星体，在我们登上它的那一刻，我无从知晓。

带我们到达那里的，先是一些马形的云彩，后是一些飞鸟形的云朵。那些在汽车诞生之前人类最热爱的交通工具——马匹，把我们带得很远；而那些比飞机要矫健得多，张开翅膀便可以飞行的鸟儿，则把我们带得很高（我怎么套到那些马儿的——套马并不困难，草原上的那些牧民们常常这么干；套飞鸟则要点眼力，因为它们有些太小，根本经不起绳子的束缚，还没有扔过去，它们便鼓翼轻巧地飞走了，不过我可以选择那些大个子的，譬如始祖鸟）。

"右前方有一个星球，灰色的。"我的引航员爱人大叫。那会儿我正娴熟地拉着一只大鸟，像个得意洋洋的古代的飞鸟司机。

"让鸟往那边飞去。"女领航员急得直跺脚，"到那上面去，那是我们要去的地方。"

"我办不到，亲爱的。"我也有些慌了手脚，"只能靠风，靠引力。这里没有电梯，没有直接到达那里的途径。如果有好运气，我们才可以偏离一下航道，让那狗娘养的圆周运动有一些新意！"

　　我再次忙活起来。运气很好，那鸟形之云往那边飘了过去，甚至我感觉它变成了一团鸟形的星云，或者鸟形的星座，它的翅膀奇大无比，刚劲有力，反正我们靠近了那颗星球，到离它不足三米的高度，我看见下面有一块平地，于是狠狠地抖了抖绳子，那拉车的鸟瞬间便烟消云散，我的车轻轻地落了下去。我听到我家的这位好姑娘重重地出了一口气，然后，她说：

　　"终于到了。我累了，我要睡觉了。"

　　她走出汽车，摇摇晃晃，一头栽倒在一块有点坡度的岩石上，睡了过去。那时候，天空逐渐变暗，闪亮的星光开始点点滴滴，微光映上她的脸庞，使其显得美丽无比。

　　而我呢，我也摇摇晃晃，身体飘浮。我的脖子痛，胳膊酸，腿脚迈不开大步。我捡了几块石头，把车子的轮胎塞住。在落地之时，那终于找到实地的轮子拼命地转动，差点把车子又冲出星球，幸亏有个斜坡，才阻止了它那压抑了很久的惯性。

　　我跌跌撞撞，把绳子从车上解下来，走向我的爱人、小情人、宝贝心肝儿妻子，走向我的领航员、大小姐、小丫头，我把她捆绑住，并且找几块石头来固定绳子。接着，我如此这般，把自己也捆绑住。

忙完这一切，看着我的领航员，我想起了我们在地球上的那张床。她一直睡着，睡神来到了她的身体里，将她牢牢地擒住。

第七章　少女

　　我们曾经住在怎样的一个地方？河道纵横，轮船交织，一圈砖石砌的围墙上爬满了蔷薇、水仙、倒刺、防盗网和一触碰就尖叫的响铃，长于墙脚的棕榈树下往往还蹲着一个个神色警惕的制服青年。清晨六点，我听得到他们换岗时规则的脚步声和低声细语，以及接下来跑步前进的短促口令。这些制服青年长得都一个样，好像他们的爹娘把他们送到那个保安公司，经过短暂的两个月培训，便被用模具重新塑造定型了一样。让他们长得一模一样的，是那些有檐的帽子、没肩章的制服、标准的动作和服从的意志。服装和行为可以超过父母的遗传，对这一点我深信不疑。

　　"一二一，一二一，立定。"他们在前进，速度缓慢而有节奏，"稍息。"他们放松表情和腿脚。我在周末的正午，常常见到他们列队从我楼下的花园中走过。窸窸窣窣，花坛里炸蜢、蟋蟀因受到干扰而跳跃，然后一切又归于寂静。他们走远，去到河边，站立在每两个间隔的石墩中间，成为新的石墩。我站在20层的楼上望下去，目光轻易地越过这些坚硬的大理石及其雕像，落到河流中央一艘艘突突航行的船上。货船上装载着大大小小、方方正正的集装箱，仿佛是从哪里拆了一幢幢苏式建筑，要把它们送去出口——沿着河道，不到50公里，那里就是入海口，我曾在黄昏之际，站在那有着上次战争遗留下的巨大炮台的山上，眺望被污染成黑油般的河道，如何带着上游的沉渣，急切地冲向远处的蔚蓝色的海洋，去把自己的血液清洗。

还是让我把眼睛珠子——这能像摄像机般扫描的玩意儿，对准那些穿梭来往的欢乐的游轮吧。每到下午，城市的喧闹、嘈杂在河流上荡起阵阵波纹，那些运载游客的白色客轮便从一个码头，开往另一个码头。从内陆省市被空投或被托运至此的人们，或坐或站，欣赏着两岸层层叠叠高耸的楼宇，他们把这当作是到这亚热带季风气候地区所要观赏的棕榈树中的一种。当日头落下，两岸楼宇上的射灯开启，交织着路边树上缠满的萤火虫般一明一暗的灯光，这条主河道便被汹涌而至的游人塞满。

那时候我总是斜躺在阳台上，用望远镜观看这些为河流激起欢乐的浪花的异乡人。亲爱的人啊，透过这能缩短人距离的镜筒，我希望能将你们的快乐触摸。我绝不是偷窥狂，我只是对你们的欢欣感到欣慰。看着那些站在甲板上静静地看风景的人，我的心也获得了宁静；而那些肆意挥舞着手臂，伴着激越的音乐扭动身躯的人们，我几乎可以看得到他们脸上亮晶晶如凝脂般的汗滴。我的毛孔里渗出一种艳羡之情，而唯一让我不快的是，他们有些人直接把酒瓶扔向河流里。这时候我会不自觉地腾出一只手来，向空中抓过去，说时迟那时快，我感觉我的手已经摸到了那个年轻人粗壮的手腕，但是却没有抓住那个玻璃瓶。

"操蛋！"我突然冒出一句粗语。亲爱的，你在厨房做饭，听到这话你跑出来，盐罐里的盐撒了一地。"怎么了？""瓶子掉水里了。又一个，你看。那些喜欢乱扔东西的人该死。"我说。我的手再次向前抓取，可是我只抓到了一把空气。"明天会有清污船来打捞的，亲爱的。"你看了一下，回到了厨房，油在火上滋滋作响。"但愿这些玻璃瓶漂得慢一些，不然它们去到了海洋，那些人又怎么能捕捞到它们呢？""放心好了，它们没有尾巴，游不了那么快。我听说每到雨季，上游一百多公里处的水库垮塌，那里的鱼游到我们这里，要一个多月时间，而游到下游十多公里外的洄游处，要花上两天时间。""这不一样，亲爱的。那些鱼儿会边游边吃水中的垃圾，而这些酒瓶，它们无需进食，因而会快一些。""总之不会轻易到达大海，你完全可以安心。""好吧，我相信你。根据水文分析，我们这条河段的水流速度在0.3米每秒。河床宽阔，深深静流，河底的沙石平坦。"

就这样，那些酒瓶子让我的心在河流上跟随着漂来漂去，载沉载浮。然后我继续见到他们往河流里扔东西——高脚酒杯、青花瓷碗、一次性的或包着银箔的筷子（一次性的浮在水上，银的迅速下沉）、口香糖纸、鸡腿、沙拉、玫瑰花、郁金香、花瓶、塑料凳子、木头桌子、卫生纸、卫生巾、红领巾、领带、皮带、发卡、项链、钻石、簪子、镯子、金子、鞋子、帽子、假牙、假发、玻璃球儿、上衣、裤子、裙子、胸衣、乳罩、丁字裤、绳子、跳弹、假笑、坏笑、微笑、浅笑、酒窝、媚眼、秋波、吻、抚摸、自慰、他慰、勾引、陶醉、梦、梦想、理想、真理、真善美、美丽、丽人、女人、男人、人类、兽类、肉体、灵魂。

我伸手想去抓啊，可是我什么都抓不到。望远镜延长了我的视力却没有一台长臂起重机来延展我的手臂。我任由那些真真假假、活着的死去的东西掉进水里。此刻我应该像个巡逻的水警，像有人坠水时做的那样，跃入河中将它们迅速捞起；或者我应该像个蛙人，潜在水底，一旦它们落下来，我便如那些训练有素的海豚顶球般，从水中高高跃起；再不济，我也该像个渔夫，手持个破网，往那些东西急匆匆地撒过去，我能捞多少算多少，如果有漏网之鱼，我把它当成是上天与我共同的仁慈。亲爱的，我知道你睡了，那地球上日日八小时的习惯此刻抓住了你，那下垂的眼皮和渴望合拢的睫毛抓住了你，这里没有床不然床会牢牢地抓住你，但是这里有石头和绳索，石头和绳索已狠狠地抓住你。在你沉睡之时，我本可以闭嘴，在这无名之星上，让一切都归于寂静。然而，我的嘴停不下来，装在它里面的马达兀自转动不息。那么，亲爱的，让我接着再讲一下吧。

有那么几个月，我下班回到家里，就在阳台上看那些游船。有一次，一艘名为"爱琴号"的大客轮上，请来了一个小丑表演。我猜测，某个公司正在那里举办年终客户答谢会，因为那上面的人们男的西装革履，女的华服翩翩。我对小丑的演出一向很感兴趣。在本城的歌剧院里，我曾追着一个波斯湾来的小丑表演团，连看了十几场。我始终弄不明白他们其中的一个带魔术性质的剧目，装在彩色箱子里的美少女到底去了哪里——当着观众的面打开箱子时，那里面什么也没有，钻出的是一只鸽子，然而在谢幕时，她又蹦蹦跳跳像只兔子般地走上前台，向观众鞠躬，微笑。

我对魔术从来情有独钟，就像我热爱我的望远镜和显微镜（但我并不热爱这门生意）。十几场，我买了不同座位、不同角度的位置的票去看——在后排，我举起了望远镜；坐第一排，我掏出了显微镜。可是我从来没看明白个究竟。亲爱的，我想告诉你（趁你睡着，闭着眼睛，我想此时你的耳朵的功能也已经关闭），有那么一瞬间我爱、爱、爱、爱、爱、爱上了这位美少女（我说了一连串的"爱"不是因为我对她爱得有多深，而是我突然口吃，卡在了这里）。我说不上原因，但我知道，我爱的绝不是她的消失，而是她的归来，这么说吧，我琢磨了一下，我爱的不是魔术而是现实。不说了不说了，我与她从未曾说过话，亦未曾晤过面，而且反正我再也见不到她了，那个小丑表演团已经离开了我们的城市。等到下次剧目重新再来，那位美少女也该换人了。年龄会决定她不再出演此剧。

回到那游船上吧。同样的剧情正在上演，所有的小丑表演拿的都是同一个本子，只有聪明点的才会另辟蹊径。我熟悉这老套路，但我的心还是猛提上来，吊到了嗓子眼。客轮甲板上留出了一小块空地，小丑的那个道具箱摆在空地中央的一张桌子上，此时应该有疯狂的音乐（我的耳朵也没法延长，给我一个助听器也派不上用场，我听不到，我只能想像），但于我不过是一场默片。观赏的人们离表演台有两三米远，绅士小姐们摇晃着红酒杯，在饮之前把鼻子凑近酒杯的边缘，嗅嗅，闻闻，眼睛不忘盯着那小丑滑稽而夸张的动作。小丑从箱子里变出了一个波斯姑娘，少女双手拍着自己赤裸的肚皮，颤动着身躯，提着小脚走了出来，她沿着船舷走了一圈，进入人群。我的心一紧，恍如重见了昔日的那位少女。

"那高个子的哥们儿，请移移步，别挡着我的视线。"我真想对其中的一个高个儿西装男人大吼一声，可是我清楚，我的喉咙也没有延伸。姑娘在绅士小姐们中间穿来穿去，像条披挂着金色鳞片的鱼，而她那伸展的缠着彩色丝带的手臂，就是这鱼身上的鳍。

"那小姐，穿红色长裙的那位，你能不能别把酒倒在姑娘的身上？"我嘀咕着，举着望远镜的胳膊酸痛，我调整了个姿势，趴在栏杆上，差点把旁边的花盆打翻。五分钟后，姑娘钻出了人群，她游刃有余，再次回到了箱子里。

小丑开始使用他的障眼术，把一些彩条彩带抛向空中，并且放了一束烟花（他放没放响屁我不清楚，在剧院里，这节骨眼上他常常会来这么一茬，还是那句话，我的鼻子不能像木偶皮诺曹那样变长，我的耳朵也还是原样。人类除了在视觉方面取得了一些进步，在嗅觉、听觉、触觉方面还有待科学改善。当然，窃听器据说能帮助人们搜集很远地方的信息，但我还从来没用过，那属于某些有特殊癖好和特殊目的的人用的），烟花绚烂，船上之人与陆地上的人都抬头把天仰望，我知道这是小丑最粗糙的把戏，在所有的观众中，唯有我没有上当。我死死地盯着。果然，等到大伙儿回过神来，把目光移到那箱子上，但见小丑打开箱子，并且横翻过来，里面飞出来两只鸽子。

"有点新意。鸽子多了一只。"我自言自语，"很棒的表演。"然而一瞬间我意识到了额外的新意，这新意让我终于看出了那小丑的破绽，和长久以来我百思不得其解的谜底——在大家把注意力放到天空的一刹那，少女于电光火石之间，翻过船舷，扎进了水里，她娇小的身躯没有激起任何的浪花。我不清楚是否有"扑通"的声音传出，但即便有，也无人听到，因为视觉掩护了听觉。

游轮拉响了汽笛声，渐渐向下游行去。我看见船上的小丑站在桌子上挥舞着手臂，在没有幕帘的简易舞台上，他弯腰鞠躬，有似于一只在动物园笼子里讨到瓜子和花生的猴子。那位波斯少女没有出现。我死死地盯着那船行过之处，在客轮的机械桨带来巨大的漩涡之后，水面归于平静，没有任何痕迹。

亲爱的，当我讲到这里，我的心在猛烈地抽动，如同当日那刻。我本不应该对一个只在镜筒里见过几分钟的异国人心存悯念，或者对一个小丑的道具的下落不明而心存担忧，但不知为何，这样的心情一直盘旋在我的身体里，我四处为它寻找出处。

我这个疯子为此忙活了好多天。

首先，我在我的大脑里寻找。那少女将从哪里上岸呢？抑或她已经溺水而亡，尸体浮向了大海？她是不慎落入水中，还是有意为之？是她自愿这么做，还是被逼殒命？或者她的死本身就是这简单而廉价的游戏的一个设置？我曾听闻有乞丐头子为了让小孩乞讨到更多的钱，把孩子的腿打残，把他们的眼睛挖出。假如那小丑也把这少女当成一个廉价的工具，他完全有理由这么干！我的大脑沟回立马映现出古代的波斯高原，一群人贩子来到穷乡僻壤的牧羊人村庄，他们像买卖牲口一样，买下那些子女众多的家庭中的娇小女童，以及买下那些揭不开锅的牧人家的独生女。我不能再想下去了，我头痛欲裂，我想起几年前歌剧院的那位姑娘。在镜筒里她们长得一模一样，或许她们就是同一位，如果不是同一位，那么也可能是姐妹。

然后，我在报纸上、电视上、广播里寻找，在战争、地震、火灾、洪灾、凶杀、贪腐、情色、美容、婚介、贷款、献血、租房、代购等一大堆杂乱无章的信息里寻找。我不愿意错过任何新闻和提示。我到闹市区的报刊亭，购买本城的全部报纸（它们百分之八十的新闻没有任何区别，只在几条新闻上大同小异），我遍览无余，没有找到有关游船上的波斯少女的消息。我看电视，从一个频道换到另一个频道（当然是本地台），我担心在看这个频道时错过了看另一个频道。我一无所得。

后来我甚至去了本城几个繁华地段的商业广场的男厕所，在那里寻找信息。我也曾想，像我们故乡的那些同龄伙伴们一样，在一次不洁的性爱之后，到电线杆子上去寻找治病良方，那地方常常是信息的集散地。可是，在我们生活的这个繁荣、蒸蒸日上的城市里，那些天空已经给了摩天大楼，电线只能深埋于地下。我得先找到电线杆才行啊！我到哪里去找呢？据我的一位老顾客、一个候鸟观测员朋友说，他发现这十几年来光临本城的鸟类种群发生了巨大变化，那些习惯于在电线上歇脚的鸟类，譬如说麻雀、喜鹊，因为找不到电线杆，而纷纷迁离到了郊外——这些鸟儿，它们本该调整自己的习惯，到广告牌、公交车站台顶、立交桥沿、路灯杆子等处歇脚、梳羽，可是固执的本能又让它们不愿这么干。况且，也发生过几次意外事件：广告牌上呈现的绿色森林、喧哗的泉水，诱导了它们中间的几只，飞了过去，结果一头撞在了电子屏幕上——那是一个矿泉水广告。从此之后其他的鸟儿就不敢这么干了，即便上面播放的是饱满的果实，它们也不敢置喙一啄（那是一个压榨油广告）。只有几只年幼贪嘴的，禁不住诱惑啄了过去，结果啄到了一只甲壳虫上，它们的喙断了（那是一个汽车广告，因为画面播放的速度很快，几秒钟后就变成了另一个广告）。

而在路灯杆子上和立交桥沿歇脚的危险度更高。"有一群鸟排成一排，站在立交桥沿休息，一辆车冲过来，速度太快，它们还来不及振翅逃离，就有几只丧命。"我的候鸟观测员朋友说，"没有人赔偿，这些鸟的尸体只能被扫进垃圾堆。"

"它们不应该待在那里，"我说，"太不识大体，不懂规矩。"

"是啊，它们来到此地非常不合时宜。"候鸟观测员接过我的话，"有一次，雨后的深夜，我在烈士广场旁边的公交车站候车，看见一只啄木鸟沿着路灯杆子，咚咚咚咚往上攀行，那样子，像个矫健的乡下小毛孩爬树。它一边往上攀，一边用它的利嘴啄路灯杆子。那里面当然没有虫子，金属杆子也肯定比树皮要硬。啄木鸟一本正经的模样，吸引了我与其他的候车者，车来了我们都没上车，大伙儿看起了热闹。不出一刻钟，只见那鸟儿顺杆子爬上了路灯顶，站在那亮亮的所在。像曼城队的队徽，也有点像罗马城上的双头鹰样子。我正想发笑，可是一瞬间那鸟儿从上面直坠下来，跌在水泥地面上，翅膀收紧，爪子紧缩，哀哀待毙。作为一个鸟类观察家，我赶紧拨开叽叽喳喳指手画脚围观的人群，上前抱起它，检查它的伤势。原来，它的爪子被路灯烤焦了。我救它回家，帮它包扎，如今，它待在我为它而设计的笼子里，再也飞不起来了。"

"眼下，我们的城市只有猛禽容身了。"我的鸟类观测员朋友分析，"那些飞鹰、秃鹫，以肉食为主、翅膀有力的鸟，反倒喜欢上了这个地方。原先它们在天上高高盘旋，找不到落脚地，现在，只要低飞一丁点儿，就可以落到那些高楼大厦的顶端。在亚洲金融中心、石油贸易大厦和帝国总领事馆大楼这三座呈品字形直插上空的摩天大楼上，你只要留心，便可看到黑压压一片猛禽在此栖身。"

我相信这位鸟类专家朋友所说的话。我的公司在一个视野开阔的公园旁边。立于窗前，我常常看见一些巨鸟一会儿锐叫着冲上更高的天空，一会儿阴沉沉地俯冲下来捕食。它们的眼神太好了，地面上的硕鼠、野猫、流浪狗被它们抓上天去，在空中用利爪撕得粉碎。有一阵子，我听说在公园里遛狗也成了一件胆战心惊之事。一个冬日的上午，天气寒冷，上班空隙，我到公园里去舒展一下筋骨。远远的，一位老太太牵着她的大狗、藏獒在中央公园散步（与其说是她牵着狗，毋宁说是大狗牵着她，因为狗总是走在她的前面，系在脖子上的狗绳由于狗的前冲，而绷得紧紧的，老太太不时被拉得踉踉跄跄），到了一个转角处，她停下来想喘息一下儿，这时候一团黑色的阴影突然从天而降，扑腾到那大狗之上。未等她恍过神来，那大狗肥硕的身体已腾空两三米。"看，有人在放一只巨大的风筝，老鹰风筝。"不远处，一对孪生兄弟在草地上踢球，他们就像是同一年代铸造的硬币，使用的也是同一个模子。其中的一个说道。"不对，是秃鹫风筝，比老鹰的大。"同版本中的另一个说道。"看，放风筝的是一条狗。"一个说。"不对，是个老奶奶。"另一个接腔。"老奶奶在放狗风筝。""狗在放秃鹫风筝。""老奶奶在放狗风筝和秃鹫风筝。""狗在放老奶奶风筝和秃鹫风筝。"他们争辩起来，大打出手。我走过去，拉开了他们。不远处的一对年轻夫妇上前来，向我表示感谢。

"赶紧松手！放掉绳子！"我听到更远的地方，一个扛着锄头的园丁大声呼喊。老太太的鞋子掉在地上，接着她肥胖的身体重重地栽倒在草地里。我、园丁、年轻夫妇，以及更多的人跑过去。

老太太渐渐醒来。"如今它们对宠物也下手了。"她苦恼地说，抬头望天，那宠物在半空中挣扎，不一会儿，一个系着绳子的铁环掉在几十米外的老榕树上，一些红色的布片落在了半月湖里。

"如今它们对穿衣服的也下手了。"园丁黯然神伤。他指指湖中那些碎布片，那是主人为狗御寒而帮它穿上的定制狗

装。这个城市的冬天很短，但只要一冷起来，路上走的狗狗就显得瑟瑟发抖，很缺衣裳。

"何止对穿衣服的下手，它们对有名字的也敢嚣张啊。"老太太带着哭腔，开始啜泣，"罗罗，罗罗，我的罗罗。"她叫唤起来。那是她的狗的名字。

这是让人担心的。因为我们人类不过也就是穿着衣裳，有个名字罢了。我们担心哪一天这些巨鸟们模糊了宠物与人类的界限，向我们扑来，把我们按倒在地，甚至直接带上天去。自此，我们很多人在街道上行走，开始戴起了遮阳帽、草帽，讲究一些的带上了礼帽，有些人戴着帽子的同时还打起了雨伞。我也是这样的装扮，并且大热天还套上一件纳米制的防水塑料衣。我们这么做不仅为了遮挡天上掉下来的鸟屎，更为了抵挡那些不知好歹的猛禽。一时间，我们的城市多了很多打伞带帽、形色拘谨的绅士。

我该坐着轻轨，到郊外的城乡接合部，那些栽满荔枝树和龙眼树的地方，去寻找那些信息交换的电线杆吗？亲爱的，趁你现在沉睡，这星球上的微光涂在你的脸上，让你看上去那么安详，我再给你透露一个秘密。

在那个波斯少女不明不白消失后的半个月，亲爱的，我约你去远足。那是一个本该在床上的周末清晨，我打扮整齐，双腿并立，我喊："去郊外去，呼吸一些新鲜而免费的空气。"你正在一个梦里。梦里潮湿，雾气蒙住了你的眼睛，让你很难清醒。"让我再睡一会儿。求你。"你转过身子，侧身而眠。

"郊外小鸟啾啾，知了叽叽。"我保持姿势，学着鸟儿和昆虫的叫声。"别打扰我！"你对我大吼，"让我在梦里再多待一会儿。""郊外有鸭子，嘎嘎。有大雁，一行大雁往南飞，一会儿排成个人字，一会儿排成个一字……"你翻身跃起，被子抖落了一地。我继续保持姿态，那奇怪的样子把你狠狠地吓了一跳。"如果我再不起来，估计你待会儿会向我鞠个躬，然后把我推进焚尸炉。"你噗嗤一声，笑起来了。

在选择搭乘什么样的交通工具出行时，我们发生了分歧。"轻轨。路边有很多花朵，虽然栽种在水泥槽子里。"你说。"双腿。我们背着包徒步出去。除了花朵，我们还可以看到街道两边的芒果树。我们得让我们的腿脚锻炼一下了。"我坚持。

我们小吵了一架，耽搁了不少时间。最后的结果是汽车，让轮子为双腿代劳。我来到停放在小区榕树下的车边，怒气冲冲又兴致勃勃地启动发动机，驰出了国际联合岛的大门。由于前一晚来了台风，一场豪雨突然而至，我的小车被打落的树叶、枯枝覆满，我只用雨刮刮了下前窗玻璃，那样子，我们的车看上去仿佛是从长满苔藓的原始森林里来的。

我们一路过了多少红绿灯，终于来到了郊外的城乡接合部。

我见到了那些久违的电线杆。果然一些鸟雀站在那上面。我指指它们，"你看，那么多的鸟儿。"你很开心，"多么可爱。"我们走下车去。你只顾着欣赏那些鸟儿优美的站姿，"像一排士兵。"而我呢，我径直走向电线杆。为了不惊吓到那些鸟，我蹑手蹑脚，以奇怪的方式靠近，如果要我现在来回忆那时的样子，我想自己应该很像是一条穿了人的衣服，有着人的名字的四足动物。

为了不让你看出我的破绽，我假装需要小便。

"瞧你那熊样。"你哈哈大笑，差点把鸟雀全吓走。"狗样。"我低声嘟囔了一句。我磨磨蹭蹭地掏出那东西，挤出一些水来，但眼睛却盯着那电线杆子。你知道的，那上面有什么信息。我没有找到我想要的。于是我向另一根杆子走去。

就这样，那一天，你看了很多鸟，却没有看到其他的事物，而我尿了很多次，像狗一样寻找电线杆子。你笑我膀胱太小，前列腺提前衰老。我没有做声。我的笑容灿烂，然而心情却很抑郁，波斯少女的事儿用力擒住了我。

黄昏落下，我们回到都市。就在当晚，我一边磨着咖啡，一边琢磨心事，我想到了还有一个地方，可以去试试运气。翌日一早，我便出门而去。

我来到香榭大道商场（该死！为什么所有的地方都要用外国名字？很快我就想明白了，这里卖的是顶级珠宝、服装，国外来的那种。如果卖的是山药、土豆，或许人家会取名为富贵商场、二愣子购物中心。想清楚了这一点，我的心好过了一些），那里尚未开门，但已经有很多人挤在门口排队。"生意兴隆。"我心里想，"不愧是一个大的商贸圈，几百万人每天在这里行来行去。"十点，远处火车站上的钟声敲响，香榭大道商场开门迎宾。大伙儿鱼贯而入，扑入那些高档店铺，而我则随着一群人，涌向了它的方便处。

"狗找电线杆子，一方面是为了拉尿，一方面是为了看字读报。"我琢磨了一晚上，在纸上认认真真地写下电线杆、尿、信息这三个名词，又用笔画线，终于找到了这三者的关系。"还是狗聪明。"我笑了，"那么，我可以到那些公共厕所走一趟。"

一个上面挂着个金属制的叼烟斗的男人像的门下，照例排了长队（操！那烟斗男人为何也是个外国人？），我想插队啊，不停地提裤带，扭动身子，伪装成一个内急的人。这一招让人识破了，因为大家也都开始扭动身子，提裤带。终于轮到我了，我钻进了一个隔间。

有关男厕所这一公共空间，我不想赘述，那不仅事关我个人的隐私，还牵涉到所有的MAN。我只想说，在那里，我看到了一些奇妙的信息：打倒×××！×××万岁！♀♂♀♂♀♂……迷药135……枪支130……要按摩吗？上门服务186……同性恋DVD请联系132……高利贷找王小姐400……此处让我的嘴巴略去1005个字。在这个既隐秘又公共的格子里，人类（我说错了，应该是MAN）的一些内在隐秘被赤裸裸地呈现，它们需要被人看到，就好比在同样大小的一个格子里，它们需要被神父听到一样（原谅我这种即兴的比较，我无意辱圣，而且我明白这两者有巨大的差别，后者恰恰相反，是为了忏悔）。但我不能讲太多啊亲爱的，每个上过公厕的男人都见过这些文字，但彼此心照不宣。亲爱的，我想女厕是不是没有这等文字？它们不需要打扫卫生的工人在第二天把那墙面和木板再粉刷一遍。这或许就是男人与女人的区别。男人总是把世界上的任何地方都弄得很糟。

当然，再一次，我没有找到我想要的。那些信息发布之处，不会为一个异国少女的失踪提供任何线索。我哑然失笑，一个生硬的声音在催促我，用力地敲隔板。我急匆匆起身，把位置让给他。我差点落荒而逃，那样子就像干了什么坏事被抓住了现行。我既不是个在那上面乱刻乱画的人，也不是个来抄电话号码的家伙。我不过是来探听一个人的消息而已。

亲爱的我的老情人，这宇宙何其广大，我们现在歇脚的这颗无名之星，不过是沧海一粟、汪洋一滴。如果把宇宙看成是一片海洋，我们的这颗星绝不是浮在那水面上的皮球，而仅是海洋深处的一枚指甲大的贝壳。如果这一假设成立，那么地球在鸿蒙太空中与它不过是同等的位置。地球这驴屎蛋一直以为自己是无穷之大，以为自己就是上天的全部，但我们现在看不到它了，我们要捕捞它的话，无异于大海捞一根针，森林中找一棵树。

对于那位波斯少女来说，也是如此。我徒劳地四处寻找，就如同要在这宇宙中找到一颗无名之星。如今我登上苍穹的拱顶，眺望这地球的全息，我不知道她的身体在哪，灵魂又在何处。

第八章　婚礼

"谁把我捆在这里？这是什么地方？"我的爱人、心肝宝贝儿睁开眼睛，睡眼惺忪的，伸了伸腰，踢了踢腿。"为什么我还穿着衣服？咦，为什么我没有盖被子？"我的爱人真像个好奇的孩子，提出了一连串的问题。

"这不是在床上，没有被子可踢。"我把头偏过来，看着她。她一脸的惊奇。

"假如你现在没穿衣服，加上我现在的这个样子，你一定会吓得要死。"我慢慢松开自己身上的绳子，斜斜地坐了起来。此刻太阳像一个火龙果，挂在宇宙的上方，月亮则像一个古旧的银盘，摆放在宇宙这张大餐桌的正中央，而地球呢，地球最好的比喻还是驴屎蛋。假如它们位于一个平面，我用线将它们与我们所在的无名小星连起来，会发现月亮与我们最近，这四者构成了一个变形的梯形。

"我们现在在一颗星上。此星尚未有名。是我把你捆起来的，为的是在你睡觉时，不至于像在河流中仰泳，打一个盹儿就被流水带走。这宇宙中虽然风不大，但亲爱的，不知为何，人总感觉有些飘浮。你忘了？大约在上一次太阳落山前，我们的小白驹把我们带到了这里。然后我们发现这里可以暂时歇息，于是便双双连人带车驾临了此地。下车后不久，你就想打瞌睡（这是你到宇宙来的第一场完整的睡意），于是我就找了块平整的石头，让你可以躺着休息。至于你旁边的那块石头，我刚才说了，相当于锚，可以让我们这艘船平稳停靠。"

"我完全记不起来了。亲爱的，你的记性现在如何？我担心记忆是不是跟地心引力有关，这里没有多少引力，因而我变得有些失忆。"

"我的记忆尚好，宝贝儿。我想记忆与地心引力并无多大关系，因为我现在与你同在一个地方，按道理地球引力对咱们的干涉，应该难分伯仲。但你提出了一个很好的问题，记忆的引力问题，这给了我启发。我认为，记忆力其实是一种心引力，每个人的内心都会建立一个磁场，这块磁铁会把与它相关的事物吸附于其上，并且在大脑中留下这些事物的形象。每块磁铁只吸引与它互补的东西，并且每块磁铁的吸附能力不一样。这也就是为什么我记住了一些东西，而你常常遗忘，或者我拒斥的一些事物，在你那里却历历在目一样。"

"那你说，咱们这两块已经在一起多年的老磁铁，还会不会互相吸引？"

"我们有时排斥，但更多的是互相吸附。请允许我说一句该掌嘴的话：假如有一日我先你而去，请你不要把我忘记。"

"掌嘴！"

"遵命！"

我就这样，与我的爱人你一言我一语地斗嘴。这时候她似乎想到了什么：

"刚才我在睡觉，我隐隐约约听到，你在讲一个什么少女？这是什么故事？把它重讲一遍我听。"

"刚才我什么也没说啊，我的好姑娘、小丫头。你在睡觉的时候我也眯着眼睛。你不信，瞧瞧这些证据。我有眼屎，糟糕，得到哪里去找水来洗？"

"我明明听到你在说什么。你敢撒谎，有你好看。"

"难道我在独语，还是梦呓？宝贝儿，你知道我有说梦话的习惯。我说话成瘾，在梦里都戒不掉。少女？在哪里？这里除了你，还会有谁？我说的少女，难道不是你？肯定是你！我做梦了，亲爱的。梦里的罪过和犯错，不应该在醒来后入罪。况且，你有什么证据？凭口供，还是我的自白书？哎哟，你别动手，这是严刑逼供。"

"快说，刚才你嘀嘀咕咕了什么！"

"我从实招来。但是，再好的故事也不能承受第二次复述，因为它在第一次讲述之时已经耗尽了灵魂。请允许我讲一个与此类似的，并且用新闻的简略来进行陈述。"

"我不管你用什么方式来唧唧歪歪，我想知道的是，你刚才说到了少女。"

"少女。这里面一定有少女。故事是这样的：有一天下午，我坐在我们家的阳台上读报，抬头看见河流里有一条船，被彩条、彩带和鲜花打扮得喜气洋洋。我还听到了小提琴的悠扬和圆号的兴奋，船上正在举办一场婚礼。待我放下老花镜（在我三十余岁的年纪，我就患上了老年人的这毛病），举起望远镜，那场婚礼正好到了高潮。男女对拜，交换戒指。此时突然发生了一个小插曲，一群伴郎弄起了恶作剧，他们拼命跺脚，左右摆动身躯。那船不大，船身摇晃，那戒指滚落在地，沿着船舷往河流里滚去。我听到一阵乱叫，但见大家都手忙脚乱地涌过去，新郎和新娘在最前头。后面汹涌而至的是伴郎和伴娘。我看得清清楚楚，也听得明明白白（因为船已经向我们楼下的码头靠近，并且停靠），突然，人群中引发出阵阵尖叫——那新娘不知为何突然栽进了水里。有人赶紧施救，投下救生圈，并且有人跳入了水中。但是，丫头，我想告诉你，那位新娘消失了，人们甚至都没有找到她的尸体。十天后，我看报纸（本城的小报对这种社会新闻最感兴趣，它们的存在就是为了迎合像我这样有恶趣味的读者），说与我们相邻的那个住宅区，举办了一场没有遗体的葬礼，因此之故，连火葬场都不用去了。亲爱的，这里面有少女，千万别再鸡蛋里挑骨头，就是那位不幸的新娘。"

"这个故事让我震惊。亲爱的，能拉着我的手吗？"每当我提到死亡，我的这位家中的大姐就显得立马小了十几二十岁，需要我的慰问。

"当然可以。我跟你说，这事儿还没完。那条豆腐块大小的没有遗体的葬礼新闻，在本城引发了巨大的议论。人们在茶余饭后，不停地将新娘之死的事儿进行演绎。有人说纯粹是一场意外，有人说是新郎与他的伙伴故意设的局，有人认为航运公司该负责任，但另一拨人则认为那些捣蛋的伴郎必须被扔到大海中喂鱼。有人信誓旦旦地把自己描述成一个在场者，说那天见到的新娘一直强颜欢笑，在戴戒指的那一刻，她想起了自己的前男友，那巨大的阴影让她投身于河流。有人联想到前几个月，就在这条河段，发生的一个波斯少女的失踪之谜。他们认为此处有魔咒，每一个湿淋淋的鬼魂必须找到另一个替身，才能转世投生。有一回，我陪一个外地的朋友晚上登上游船，朋友的朋友喝了太多的酒，便到船边去对着河水撒尿。'我尿得太久，以致腿都有些酸了。突然，我感觉有什么勾住了我的脚踝，差点让我摔个趔趄。借着对面楼上射来的灯光，我定睛一看，一只长长的洁白的女人手，正细细抚摸着我的脚踝，并且往上移动，快到膝盖处。妈呀！我头皮发麻，大叫了一声。这时候你知道发生了什么？那只手突然缩了回去。随即，我听到水里也传出了一声尖叫，是个女人的声音。接着，我又听到一声忧愁的叹息。'在一次饭局上，那个我朋友的朋友绘声绘色地这样说道。'你让女鬼失望了，她没想到你是个男的。'我的朋友说。'不错。救了我的是我的大叫，让她知道我不是她想找的人。'朋友的朋友总结道。'照理说那女人早该发觉弄错了目标——你的腿上难道没毛？'朋友的朋友陷入尴尬，'呃，呃……'他吞吞吐吐，装着喝酒，躲开了这句话。'不对呀。男人撒尿的动静要大得多，而且会尿得很远。那女人早该看破这一点。'同桌的另一个朋友指出了破绽。'呃，呃，呃……'那家伙只顾吃菜，再也没有回应。"

"这多么可怕。亲爱的，你不是说，要讲的这个，会像新闻一样简洁吗？"

"原谅我又燃起虚构的热情。我总是做不到按照事物本身的样子，来进行描述。况且，如果记得没错，此时的人间，大家正在过中元节。确切地说，应该是那些鬼魂，正在过这个节日。我们总是说我们这群人过于世俗和自私，发明出一些节假日，为了自己享用。有时还嫌不够，又从国外引进一些，增加乐趣。比如说情人节就有两个（情人不够，也可以再来一个），DOULE，双份，像三明治。可是仔细想想，咱们这些人还算仁慈，每年专门定出来一个节日，给那些死者留出时间上的一个位置。中元节就是。这一天的前后半月，据说鬼魂会四处乱窜。孩子们躲在屋子的角落，会看得到它们好心地帮助原来的亲人拭擦餐具，扫去灰尘，或者看见它们恶狠狠地把追着自己影子狂吠的狗杀死。成年人没有这等好眼力，他们的瞳仁灰暗，映不出任何幽灵的影子。

　　"这个时候我想到了鬼魂，因为倘若我们现在还在那个城市，这阵子我一定异常忙碌，生意兴隆。有一些年头了，我的生意上的一些伙伴，或者竞争对手，打出广告，四处宣扬，说中元节前后十五天内，如果拿着显微镜，并且同时配合购买一些混合粉末，抛向四周，可以让一些幽灵显像。是否真的有此效果，我本人并不清楚。但有一点是确定的，从四五年前起，我们这个行业的一些巨头，开始牵头搞起了一个中元捕鬼节，在媒体上造出了很大声势。他们甚至把主会场安排在了本城的会展中心，那里是全球贸易的一个窗口。一年一度，这一活动吸引了很多眼球，大伙儿的各种牌子和型号的显微镜销量很好，邻近几个城市的百姓纷纷前来观展，采购。亲爱的，诚如你所了解的，我是这个行业的边缘分子，我服务的公司并不大。中元捕鬼节那阵子我干什么呢？我也趁机多赚一些家用，多拿一些提成。'如今鬼也可以用来赚钱了。'我们行业的一位兄弟，他参与了前几年这一节庆的筹备工作，有一天沾沾自喜地对我说道。'很对。如今所有的节日都变成一门生意了，连中元节也不放过。我们再也不用羡慕那些做蛋糕的、卖鲜花的、做炮仗的了。'我这么对他说道。对于他们的大力张罗，我既不热情推销，也不使劲吆喝。我的公司只是在会展中心里租用了一个小摊，雇了几个短裙子的姑娘戴着面具在旁边发传单。那半个月我一般也能赚平时三个月的钱。倘若有顾客问我那玩意儿真能'见鬼'不，我既不否定也不肯定，我只是哦哦哦的，或者介绍一下显微镜的使用功能。"

"有人用那东西，真的抓住鬼了吗？"

"我不清楚。反正我没见过。据说有人买了它后，拿着在刚买的二手房里走来走去，四处寻找鬼魂，结果撞见了前房主，一个八十多岁的老先生，在房间里颤颤巍巍地挪动，寻找拐杖，他差点被老人绊倒。另有一对年轻夫妻，半夜回家，一进门就各自拿起了一个显微镜，摆弄起来。结果在卧室里，他们发现一对中年男女，正在肆无忌惮地肉搏。这对夫妻中的女性，吓得魂飞魄散，把她手中的仪器打得粉碎，尖叫着跑出了门（这动静打扰了那对中年男女，他们停了下来），再也没有回到这屋。而她的丈夫呢，则发现了这玩意儿的妙处，第二日壮着胆子又进了门。他看到了他想看到的。就在中元节的当天，人们发现他躺在床上。他死了。警察来调查了半天（照例使用显微镜），提取指纹和痕迹，除了一些显影粉末，还有两个陌生人的体液。"

"就没人用这玩意儿找到好东西吗？"

"有。又据说，有个家伙拿它在一段老街上行走，在百多年前，那里是几十个外国金融机构的驻地（你知道，我们曾经是个半殖民地），他在那里，找到了成捆成捆的钞票，有美元、英镑和马克。他开心极了。"

"终于有人发财了。"

"嗯。可惜当晚他回到家里，把那些钞票铺在床上，发觉不对劲。"

"难道是假币？"

"不，是冥币。"

"我很害怕，请抱紧我。这里没有风，为什么我凉飕飕的？"我的妻子、爱人、宝贝儿瑟瑟发抖，走向我，"我有些飘浮。"

"完全不必。因为鬼魂来不了这么高的高处。"我也走向她，把她搂紧。"是什么让我扯淡扯到了这里？我想想，对了，是那位朋友中的朋友，于酒局上所讲的新娘之死的故事。我扯得太远了，像一个在黑暗的森林里，要从悬崖的这边走向那边的夜行人，他在过独木桥时突然滑了一跤，便跌入万丈深渊。亲爱的，在他下坠的过程中，你听到了吗，他讲述的故事在山谷中回荡，鬼魂也跟着应和，参与了这声音的延展。"

倘若我们现在人世，我怎能有如此大的胆量，来讲那些鬼魂的故事。有人处必有鬼魂，人居者亦为鬼家。人与鬼如此之近啊，有多少人就必有多少鬼。人死后为鬼，鬼投生后为人。

倘若鬼投生的去路全部是人类，而不是畜类与植物，那么人与鬼必然相等，就如同生与死必然相等。到底是先有鬼啊，还是先有人？到底是先有鸡啊，还是先有蛋？这问题我在人世，很难分辨清楚。可如今我已经身临宇宙的高处，四周空无一活物（除了我的爱人），我想，鬼魂尚不能到达这里，他们还没有在此处建立生死循环（除非他们也找到了解放桥的那个入口，不过我想，人世间那么美好，有足够多的肚子供他们转世，人类作为整体将短暂不死——一亿年吧，如果他们不瞎折腾——他们也就完全不必担心没有出路），那么我大声谈论幽灵、鬼神，我也就不怕有什么东西来半夜缠身。

半夜？这里经常没有夜晚和白天之分。太阳转动，似乎永不落下，但也没有了我们在地球上驻足观看它时的神气。它这会儿没有吐出巨大的火焰，烘烤万物，它更像是一个装饰物，高挂在宇宙这面巨大的墙上。那么月亮呢？月亮也没有阴晴圆缺，没有什么能把它遮挡，因而月食从未曾发生。它倒是一副懒洋洋的模样，亮晶晶的，一直为我们这颗无名小星供电照明。想用它来生火？这不行，它的光是冷的，不能产生让我们暖和的热量。

亲爱的，我只想说，我们在这里，有什么好怕的呢？让我们大声谈论鬼魂吧，起码在我们活着之前，它们不会在这里出现（如果我们死掉了呢？那我得想想，按照地面上某些人的逻辑，应该会产生两个幽灵。但也不一定，因为地球上的那些理论啊，在我们这里未必能通用）。

你说什么？我听不太清楚。上帝？上帝也到达不了这么高的高处。你也看到了，这里一片死寂，什么也没有，玉皇大帝也不在这里筑屋、栖居。你又说什么？我还是没听清。哦，皇帝老子也别想死后能来到这里。我们有什么好怕的呢？只有死亡能把我们逼上绝境。让我们来大声喊：去你妈的达尔文主义和凡尔纳体系。

"你们所卖的那些光学仪器，惹出了那么多的事儿，没有警察来找你的麻烦吗？"我的妻子问。

"不是我卖的。那死在床上的，不是我的买主。我的公司做的不过是小本买卖，在这行业里我们的生意相对平淡。不过，确实有大盖帽来找过我，但这是因为其他的一件事情。"

"哪件事？"

"让我们继续回到船上婚礼的那个故事。"

"请讲。"

"就在全城人对那位新娘之死莫衷一是之时，有一天下午，我刚回到家，准备做晚餐，有人按门铃。'哪位？'我问。'新加坡区人，本人是楼下的保安。'我打开门，进来两个保安，他们的后面跟着四位大盖帽，其中一位是姑娘。两个保安站在门边，像我们大门口那两尊不怒自威的石狮子被搬进了门内，而四位警察则没有落座，只顾在客厅、卧室和书房转悠。他们的目光锐利，看到了我们家摆放的大大小小型号不一的望远镜等科学仪器。'这是你用的？'一个大盖帽问。'我是一个观测器商人。''它们用来干吗？'另一个年轻点的盖帽追问。'看星星、月亮、太阳、土星、火星、卫星……还有不知名的星星。'我唯唯诺诺。'还能看什么吗？''这……当然可以。只要给它们足够的距离，它们就可派上用场。太近了不行。''能看多远？'还没有发话的那位男警察摆弄着其中的一台，它把镜筒对向窗外，动作迅猛，就像战场上一个投炮手把炮筒突然瞄向敌人的阵地。'最远的射程达几十万千米，最近的五百米。''嗯？''不。我说错了。应该是它们最远的可以看到几十万千米。我说的射程是指光照射的里程。要有光照射过来，它们才能捕捉到，看得清。不是炮弹的射程。'我惊出一身汗来。'那对面的楼房看得清吗？'那位炮手一脸专注，面部严肃地问，顺着那镜筒，我知道他所说的楼房，是河流对岸的那几栋建筑。它们就像一个个蜂巢，很多人在那里面居住，酿一种叫生活的蜜。'能，能吧。能看清！'汗滴打在大理石地板上，我简直要听到汗滴与地板接触那一瞬间因为太热而在滋滋作响。'那么，你看过？''我……我有看过。但是，我从来没有留意。我一般只把它们对准天空，你们知道，天空很了不起，天空很美。我只在没雾霾的夜里，才用它们。''白天不用？''偶尔。偶尔。''那么，白天，如果一艘船在这河流中游荡，那么，你又正好举起这东西，你是不是看得清上面发生的事情？'三位男警察同时用他们那标准的职业眼神看着我。他们来到了问话的核心。"

"亲爱的，这唱的是哪一出？什么时候你还卷入了一场刑事案？"

"那阵子你不在家，你正好出去度假，去了马来西亚。亲爱的，那次我差点陷入麻烦。我被两个保安、三个男警察看管在自家的客厅中讯问。我真该在他们进来之时就询问一下他们的身份（虽然我知道这属于多此一举，因为那些人的胸前都配带着警号），借此在讯问中占得一些有利的位置。或者我该请他们喝点咖啡、茶，再来几颗薄荷糖，以此缓和一下气氛。但是我什么都没做。他们问什么，我就答什么。

"'我想问你：上上个月，前面那条河流上，举办了一场婚礼，但是也发生了一桩命案。那时，你在做什么？''我在做什么？我什么也没做。我在做饭，切菜，煮咖啡，收拾房子。我还做了什么？上厕所，我在厕所总待很长时间，我有便秘的习惯，医生和我太太可以作证。我还干了啥？接了几通电话，其中一个电话对方喊出了我的名字，但是是推销保险的，我很生气。''请别绕来绕去。我问你当时你使用过望远镜没有？这个家伙在没在你的手上？'那炮手把镜筒突然对着我，我往后一退，靠在沙发上，好险！感觉他要用那玩意儿来射我，向我发射一枚足以洞穿我的心脏的火炮。'不。不。我没有用它。''嗯？''我用的是另外的一副。这距离不需那么大的家伙。'我低头承认了。我好似一个犯人。我犯了无缘无故的观察罪。"

"你交代你观察到的情形了吗？"我的心焦的妻子连忙追问。

"我交代了。不过我说可能是这样，可能是那样，可能先是这样，然后才是那样，可能先是那样，然后才是这样，可能先是这样然后那样最后又这样，可能先是那样然后这样最后又那样。我扯来扯去，三个男警察显得很不耐烦。'新加坡区人，'他们其中的一位这样喊道，'你不要推理分析。那是我们的事。你老实交代看到了什么就行，不能撒谎！不然，我们会把你带回去，让你也尝尝我们的仪器的味道。''什么仪器？''测谎仪。'"

"他们把你带走了？"

"没有。作为一个合法的新加坡区人、公民，他们哪敢！我用不着吃牢饭，亲爱的。我说了一堆哲学式的废话，他们连记录都没做，在夜晚到来之前，离开了。"

"咦，你刚才一直说的是三个警察，还有一个呢？"

"她一直没说话，只是在我们的卧室里转悠。那么小的地方，她踱来踱去，就像一个囚犯在囚室。警察头子喊撤的时候，她还在那里。我走进去，看见她坐在梳妆台前，发呆。'这是谁的？'她指着你挂在壁橱里的睡衣，最性感的那件，绸缎的，轻如蝉翼。'我太太的。'她浅笑着，面部的表情放松。'这是谁的？'她又指了指旁边抽屉里你的内衣。那些贝壳状的东西码得整整齐齐，但显然被人动过了。'我太太的。'我不知道她要打听什么事情，也不知道她这话的主旨在哪里，我只能据实回答。'这是谁？'她拿起一个相框。'我太太。'她把全屋子再次打量了一番，没有再问，走了出去。警察先生与警察小姐走向门口，两个石狮子拉着门把手打开了门。我礼貌性地说：'下次再会。'那小姐回答：'再见。'她回过头来，脸上浮出奇怪的神情。而那三个男警察却突然停下脚步。'嗯？'我意识到自己讲错了话。'不见，不见。'我有点结巴。亲爱的，对警察不能说再见，而只能说拜拜。就好比只能听他们说请你喝咖啡，而不是请你喝茶一样。"

"那个女警察为什么要这么问你？那不是明摆着的吗？"

"警察常常这样，亲爱的。他们明明清楚你叫什么，家住何处，籍贯哪里，但必须让你亲口确认。他们喜欢把一切事物都弄得有板有眼。亲爱的，我还得感谢你，假如没有你那几件睡衣和内衣，我差点被当成了爱偷窥的色情狂。因为，在他们走到楼梯拐角的时候，我听到那警察小姐说：'一个正常的新加坡区人。有太太。女主人很漂亮，标准的美人胚子，身高162–164之间，体重45–49之间，三围90–60–88。'她冷静得像个会计，冷冽得像个法医，报出了一连串的数据。'你如何知道的？''通过她的睡衣的长度和码数，以及内衣的尺寸。'"

第九章　银河

　　我们得感谢那把我们带到此间的四轮小马驹。它不用吃草，凭着肚子里的一点点油水，竟然把我们带到了这么遥远的距离。自从讲完那个故事之后，我与我的妻子、爱人、宝贝儿又拥抱在一起，眯了一小会儿。让我来检查一下它，它趴在那里，四个轮子终于停下了飞速的运转，因为在来到这个星球时，我熄了火，不然，它一定会像四个风火轮，不停地转下去，或者像一只真正的小马驹，即便是被拴在远处，明知无法前行，它也会低头奋蹄，把脚下的土地刨出一个大坑。

　　啊！我们的小马驹身上落满了尘埃。我用手一抹，手指上全是黑漆漆的粉末。幸好我关窗了，不然这些粉尘物掉进去，会把座椅弄脏。这些粉尘是从哪里来的？我看看，我抬头瞧瞧，啊！有什么掉进我的眼睛了！亲爱的，快过来帮我吹吹。眼泪快出来了，赶紧过来帮我处理，这么做是为了保护水源！在这无名之星上，水多么稀缺，我们就拥有这么四个宝贵的泉眼，得好好地珍惜。

　　不是说没有风吗？这些尘埃是从哪里吹过来的？其他的星球离我们都很远，它们上面的垃圾也扔不了这么远。是地球上刮起的一场猛烈的沙尘暴来到了这里？我想不会。我们不能什么事都往地球上推，这于它太冤屈。我见过最大的一场尘暴袭击，它们不过只是把我戴的礼帽打了个洞，把沙子装满了我的西装口袋而已。那次我下班回家，等计程车把我载走，可是等了半天也没见到它们绿色的身影。大伙儿都很焦急，不停地跺脚，骂娘，诅咒这狗日的天气。我没有骂。有什么用呢？这坏球不过是代人受过而已。我决定走回家去，于是我撑开伞，身体保持前倾，顶着尘暴往家里赶。很多人也学我的样子，跟在我后头，我们在大街上自动构成了一幅《伏尔加河上的纤夫》的图像。沙尘打着我们的伞啊，风拼命地刮，我们有时像一朵朵自备降落伞的野菊花，在城市的大街上被吹得飘飘荡荡，七零八落；有时又像一个个英勇英俊的跳伞队员，被卷到天上后又从天而降。沿着人行道两边栽种的树木，成了不太管用的防沙林，但又始终把大家约束在人行道上。我找空儿瞄了眼双向八车道的公路，妈呀，一辆辆汽车搁浅在那里，一丁点儿都不能动弹，它们的轮胎陷在沙子里，打滑的打滑，挣扎的挣扎，僵持的僵持，使那些车辆看上去仿佛是被潮水冲上海滩的鲸，只能等待下一次涨潮时能有什么动力把它们带走，等不到的就只能等着渔夫们拿着刀子来把自个儿大卸八块，把身上的零部件拆下来搬走。我好不容易到了家，在门口抖抖头发和上衣，然后来掏口袋取钥匙。亲爱的，你知道发生了啥？我的几个衣服袋子里全装满了沙。我的门钥匙在沙子里埋得太久，插入匙孔转动时，只听见沙磨着蛋球的咔咔声。

我确信地球上的沙尘暴刮不到此处。它们的目的不过是填平那些江河的沟沟壑壑和海洋湖泊的坑坑洼洼。它们还没有力气没有想法要来到这宇宙中撒欢。那它们是从哪儿来的？让我戴起我的老花镜看看。这会儿上空中灰蒙蒙的，世界正在下一场固体的豪雨。它们为何要往我们这儿下？我猜测乃是因为引力，在所有的科学家中我最相信牛顿的聪明。这无名小星一定用引力把这些小尘埃、小颗粒吸附到了自己这里。我再仔细瞧瞧，上空中突然有了一些大的玩意儿，拳头大小的像冰雹，哇，差点砸中我，亲爱的赶紧来我的身边，让我们钻到车底。快点，不能犹豫。钻好了，我们把脑袋探出去。一枚冰雹一样的颗粒正往我的脑门上飞来，我赶紧躲，来不及了。它击中我的眉心。我想我必死无疑，按照牛顿那老爷子的理论，当一个硬物以多少秒的速度下坠，速度达到多少，其产生的单位面积力量有多大，我想我必定脑袋开花。我用手一摸，想必是鲜血淋漓，说不定还会夹杂着一些白色的浆汁一样的东西。嘿，没事儿！那大家伙竟然像乒乓球一样，弹了出去，落在不远处的一个坑里。紧接着又来了一颗，击中我的眼镜。我这下可完蛋了啊，那破碎的镜片必然会扎进我的眼球里。嘿，又没事儿！它再次滚了出去。亲爱的老婆大人，我们爬出来吧，那些鸡蛋大小的玩意儿不过是些棉花团、乒乓球，它们伤害不了我们。来，让我们并肩站立，看看到底还有些什么东西。

来了一团牛屎一样乌黑的玩意儿。看，在左上方。嗯，又像牛屎菌，或者像一颗巨大的灵芝，越靠近我们，就越显得大。快到我们的头上来了，要担心，它可不会像那些乒乓球样弹来弹去（因为它不是一个球体，而是个梯形体），我们还是躲开为好，且让我们绕到车后去。"砰！"它掉在我们前方不远处，尘土四溅，我的嗓子呛得不行。让我前去看看。一块陨石，亲爱的。热热的，刚刚燃烧未尽的样子。我只见过一次真正的陨石，在我们所在城市的自然博物馆。那天外来物就与这一块不相上下，它被陈列在一个角落里，上面还有绛红的颜色。"在一片森林边缘的开阔地带，我们找到了它。它把那地方砸出了一个直径300米、深250米的大坑。三户农家正好住在那里，半夜里听到轰隆隆的声音。一户人家以为要下大雨，赶紧起来收拾晾在马厩边的玉米。一户人家以为发生了爆炸，因为几公里外，有一家芳烃提炼公司。这家人男女老幼，用被子紧紧地裹着身体，并且拿枕巾塞住口鼻，就差去水缸里舀水，把床上的被子和枕巾浸湿了。而另一户人家呢，另一户人家什么反应都没有，他们什么也没有做。因为，陨石砸中了他们家，他们与牛羊、鸡鸭等牲畜、家禽都丧命了。"在陨石的旁边，一个电子屏上，播放着专家们捡到此陨石的纪录片，那里面的人如此说道。"因为百万年来，陨石很少光顾我们这片土地，它们大多都落在另外一个半球，因而，这块重约600公斤的陨石显得十分珍贵。"一个现场讲解员补充。

如今我们不费吹灰之力，就得到了一块陨石，我到后备厢里去找找有没有扳手，敲一敲，看看它的铁含量高不高。不过管它是铁还是石头呢，即使是块大钻石，我们也没法把它打磨出来。还是用它来当桌子用吧，它镶嵌在那块地里，正好可以用来摆你的化妆品，和我的大口杯。

再来看看，还有什么玩意儿过来。哇，怎么回事？好多的东西过来了，它们与其说是飞过来的，不如说是飘过来的。今

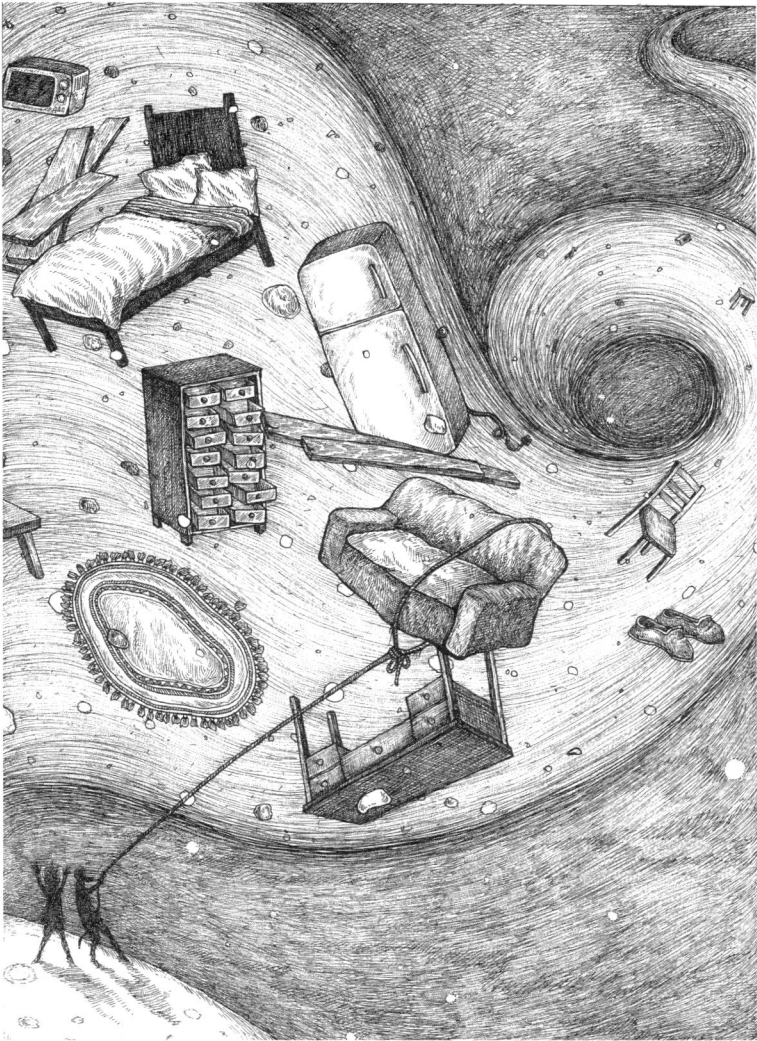

天晚上宇宙中好似发生了一场山崩地裂的洪灾，很多东西顺着银河这条宽阔的河道漂浮了下来。且慢贪小便宜，让我仔细瞭望一下，那些鞋子状、被子状、桌子状、床状、杯子状、电视机状、电脑状、马桶状、沙发状、竹席状、毯子状的东西到底是些什么东西。根据我们在地球上观察的经验，这些玩意儿不过是些大、中、小不同尺寸的云团而已，一阵风就可以让它们变形，并且风流云散。亲爱的，它们冲着我们漂来了，今晚的银河改了道，怎么分出一条支流向我们这里倾泻而下？它越流越快了，简直就是漫到我们的头上。我们无法躲藏，只能双眼紧闭，俯首听命，就像那一年黄河决口、长江决堤一样，人们往山上奔跑也无济于事。亲爱的我们命丧于此真有些可惜，我们刚刚才来到一个无名小星，我们还来不及给它命名。来吧让我抱紧你让我亲吻你让我抚摸你。

别瞎绝望。那熔岩一样、红色的河流从我们的头顶流过，却没有止息，一直平行着往远方，另一些群星所在之处流去，看起来就像是一条红绸缎被鼓风机吹着在空中飘扬。让我定睛仔细看，啊！那绸缎般的水里，浮着的真他妈的是鞋子、床、电视机、茶几等各式各样人类使用的器具。感谢他妈的达尔文主义，帮助人类进化出这么多的东西；感谢他娘的凡尔纳体系，我们本来在这星辰中快要陷入生活的窘境，我发现我有时骂你们骂得没有什么道理。

亲爱的我们来捡东西吧。把毛毯、拖鞋、拖把、柜子、床等等物什我们捞下来（其实是"取"，因为它们在高处，只管往下拿就行了，只是有时候要踮起脚，还得注意别扭着腰），放到该放的位置。还有烤箱、冰柜、微波炉。这些需要用电的家伙，我们拿到有什么用处呢？且不管，捞起来作为装饰品，或者做储放食物的柜子（可是食物又在哪儿呢）。那边过来了一个大东西，像一座冰山，摇摇晃晃，原来是一个巨大无比的洋娃娃，我们借着浮力，把一根绳子打个结，做成套，扔过去。试了几次，终于套在它的脖子上，来，我们使点劲牵引，把它拖到那圆形山下。那边又漂过来一堆东西，门窗、木梁、塑料板，合起来就是一个简易的房子。我们赶紧动手啊，用我们的劳动来搭一个遮风避雨的地方（其实这星球上没有风，雨也没有）。先别忙着安装，先捡便宜再说。那银河泛滥，不知从哪里带来了如此多人类的东西，且不管是不是人家用过的二手品，或者是谁在处理垃圾，我们淘到再说。此时我就是一个地道的达尔文主义者，和庸俗的凡尔纳体系的拥趸。我们夫妻俩手忙脚乱，忙着往地上搬运。那边又过来一张床，上面还铺着被子和床垫，这银河的浪花竟然没有把它打湿打翻。我们整个搬下来，接下来的晚上我们就有了安乐窝。我们可以躺在上面数星星，看银河，干一些该干的事情。这银河还有完没完，又送过来一些什物？那是什么？办公桌、文件夹、账本和电脑、打印机，那是成套的办公室设施，就只差一个电话，"喂，这里是看得远仪器销售有限公司，你发来的订单已经收到，请提前付款，把钱打到我的银行账号4216789054344124。"这些玩意儿千万不能要，我们好不容易摆脱了，我们又怎能重新戴上镣铐。

　　什么？那些账单里可能会夹有一些钱或者存折？有可能。

我常常是这样。在地球上我的那间办公室里，我常常把一些钞票塞在抽屉里、文件夹中，有美元、欧元、韩元、日元、泰铢、越南盾，以及那些闹饥荒和闹瘟疫的非洲小国的纸币。为了推销我那不起眼的生意，我走过了地球上的一些国度。我走过多少国度就有多少国度的货币。没事儿时，我把腿架在办公桌上，翻看我这些零零碎碎的财产。我用一支笔，来回计算它们彼此之间在当天的汇率。我这么做不完全是为了生意，为的是从中找到一种计算的乐趣。一个生意人最喜欢玩的就是数字游戏。这些钞票颜色不同，尺寸不一，但大同小异，都热衷把他们领袖的头像印在那上面。这些民族英雄、开国元勋、帝国基石们用这种方式，活在人世。他们有些长着大胡子，有些人的头发根根竖立，看上去坚硬得像豪猪的刺。有些人着戎装，有些人衣服朴实。有些人立下万世之功，有些人不过是大恶魔和老流氓。有趣的是，这些大头像们在生前并不都交情深厚，大多数老死不相往来，好些在战场上还交过手，彼此瞧不上对方，但如今他们却在一个叫市场的场子里经常碰面，彼此交换，某些人还成为好友。他们偶有摩擦，抱定决心不再聚会，可是总有一些中介，比如美元上的华盛顿和富兰克林，出来做和事佬。他们有时也在一起讨论各自的遭际，有些人天天待在富人的袋子里，有些人却被穷人脏兮兮的手紧紧地握着，上面布满了油渍和汗水。有些钱年复一年躺在银行的地下金库里睡大觉，好不容易让点钞员拿出来放放风。"我宁愿被人用烂，让穷人缝在严严实实的衣襟里（他们会在晚上把我拿出来细细摩挲），也不愿意待在那囚牢里无所事事。"有个老人头说。

"这想的跟我一样。我曾在富人的保险柜里待过很长时间，我理解那黑暗的滋味。但最难忍受的，是有一回我又被送回银行的地下室，要待在那里还罢了，据说，我的身份被一串数字取代了。那存钱的老板是一个富翁，他从来不知道自己有多少银子，出门也只带几张卡片。假如人人都像他一样，那么我永无出头之日。所幸有人把我解救了出来。"这些钞票的对话让人唏嘘，这些牛逼哄哄的大人物渴望被有钱人提取、使用，却又在有钱人那里遭受了冷遇。这就如同那些花枝招展、自认为身价很高的女人们，她们对大款们热情迎逢，却未曾想到最后被打入冷宫。钞票与女人其实在穷人那里能得到更多的珍惜，两种境遇，两样人情，让人不得不为之叹息。

我脑海中的思绪像一条肆意奔流的大江，常常把我从一个地方带到另一个地方，它里面不停地跳出各种念头，各种想像。我现在扯到哪里了？文件夹、账单、钞票、老人头、钱币。别再惦记着那些钱了，在这里你拿着它也没地方花。用它买不了彩票、股票和青菜、萝卜或纽扣、发卡，这荒无人烟的地方不认它的账。这次出门前我把嵌在皮夹克内里的那枚硬币终于抠出来了，这一元的玩意儿在那里面待了两年。我的内口袋破了一个小洞，它顺着那洞口滑了进去。有一天它被一根金属探测器发现了，那东西发出锐利的叫声。"这是什么？"机场安检员指了指我的身体。皮带扣？它在肚脐眼的位置。心脏起搏器？我32岁那年装了一个，我以为那玩意儿会让我的心脏好受些，同时也想让我的心肠变得硬朗一些——它在胸口的位置。我不得不脱下衣服，仔细检查。那洞口太小，我怎么也够不着。最后我放弃了，把衣服放进框子里过检。两年里我都没想到要把它取出来，它就这样一直待在布料的夹层里。但这次出门前，我想到了它，我将洞口剪大了一些，它开心地跳了出来，在我们家的大理石地板上滚动着，最后消失在电视机柜下。我不想把它带到宇宙啊，我不想带任何在人间牛逼、在此处全无用处的东西。

我不能掉到钱的漩涡里出不来了，在这个意念上我停留了太久。亲爱的，就在我离题万里之时，好多东西漂走了，过去了一把藤椅，本来我可以靠在它上面欣赏星空的。又过去了一个橡皮酒桶，本来我们可以摇一摇它，如果有酒的话，可以在某个时刻一醉方休的；即使没有酒，说不定可以骑着它，徜徉一下银河啊。又过去了一把扫帚。本来可以用它来打扫地面的，那是女人除了发卡、头饰之外，伴随一生的工具。再说也可以骑着它，绕着某个星球做环球旅游啊。还错过了好多好东西，就在我心里念着钱、钞票的时候，一些我们在这星球上生活所需之物，随着水流往下游漂去了。这银河不可逆，如同时间不会在哪个地方发生弯曲。我们想得到那藤椅、酒桶和扫帚，除非银河倒流，但那需要多大的引力，把这条河的下游抬升，让它再一次经过我们在这里的家门？

我最大的遗憾是没有拾到一种在人间看来是微不足道的东西——一本书。就在我惦记着钱，念念不忘钞票的时候，一个长约一米，高、宽均约两尺的木头柜子一沉一浮，漂到了近前。"皂荚木做的，好古董。"我趋前瞅了瞅。里面有两块石板，上面密密麻麻地刻着数十行字。"看不懂。"我对你嘀咕了一声。我懂得现代汉语，对古代汉语粗通文墨，对英语和法语略知一二，因为生意我还稍稍学会了点祖鲁语，并且知道用毛利人的话说你好，用印第安人的方言说再见，但这石板上的文字我未曾见过。"我们已经有柜子了，不够放了。亲爱的。"你说。"嗯。也是，这柜子我们也没有钥匙，搬下来我们也打不开。"我没有动，我的膀子酸痛，下肢因长久的站立而有点颤抖。就在那一瞬间，那红色而浑浊的旋流把它带向了河流中心，此时我瞥了一眼，见到那柜子上面的隔板上，孤零零地横放着一本书。那书我似乎在哪见过，有点眼熟。我犹豫了一下，但已经完全够不着了。

这错失的书籍成了我在这星球上后来的心病。当我以数星星来温习我的数学，用在那些密密麻麻的球体间连线来复习我的几何，以把石头推上斜坡，看着它滚下来，接着我又推上去来验证在这星球上我的物理知识也还有效，用这星球上的土壤来论证是否适宜植物生长，来发挥我的生物学所长，在我把一些掌握到的人类知识实验一遍之后，我厌倦了，然后我就想到了阅读。

"要有一本书就好了，宝贝儿。"在适应了这个星球的引力，不再飘浮之后，我在几块岩石上来回踱来踱去，把这当成是一种休闲运动。我想起那些地球上的夜晚，我们对书并没有什么敬意。我把客厅让给了电视机，把书房让给了电脑，把卧室让给了你，把思想让给了行业协会，把灵魂让给了垃圾。我只在厕所里，在牙刷、卷纸和你的一堆化妆品之间，为书腾出了一个小小的地方。我从来没有连续地看过一本小说。"亲爱的，告诉我，诺拉女士哭了吗？"你一边往脸上扑粉，一边问我。"我不知道，我还没看到那里。""亲爱的，告诉我，梦里杀死的那个人醒来了没？"你开始擦口红，戴假睫毛。"我不知道，我还没看到那里。""还有那个人，他走出沙漠了没？""哪个人，有这个人吗？""你到底看到哪里了？""我不知道。我翻翻看，第十页，第十二行。""两个月你才看到那里？要我说脏话吗？占着……""千万别，刚刷完牙，免得说了还得再刷。""你……""哦宝贝，这本《花与舌头》的作者一定是个神经病，他的语言粗鄙，一定是个乡下人。""那是一定的。他唯一的自知之明，是把每一篇都写得很短。想必他清楚，自己只能加入厕所文学的大军。""很可能，很可能。算他识相。我也是看上这一点才买的。"

　　这里要是有一套《大不列颠百科全书》该多好，或者来一套《剑桥世界史》，我会像啮齿类动物，把它全啃光。来一套《凡尔纳全集》也好啊，我们可以海底两万里之后又环球八十天。来套儿童识字大全也不错啊，我可以慢慢拼，"T-U土，D-I地，T-IAN天，K-ONG空，RANG WO MEN DANG QI SHUANG JIANG（让我们荡起双桨）。啊博撒德一饿副歌，欧也。让我们再来一遍：ABCDEFG……"再不行，来本《论工业社会的科学发展》或者《酸雨对我们精子的影响》。再不行，来本《SO_2与氮氢化合物的解析基础与崇高之间的关系与社会的纵横之比较》或者来本《淡出鸟来的食品如何变成美味让你的味蕾满足性欲高涨欲罢不能》。总之，只要是字，印在书本上的那种，包括那本写得庸俗不堪屁话连篇的《花与舌头》，我都想掩鼻一观。我该赞美那操蛋的达尔文主义，让人类进化出文字这样美妙的东西。可是，现在我们只能拿着当初与那两位宇航员对话留下的纸板，一遍遍重温自己写下的那些句子。

想做一个文明人的念头死死抓住了我：我想在这个星球上有房有屋，并且有文字阅读。可是这完全违背我的初衷，我来到这里不就是为了像一只狼一样地生活吗？此时我应该发出"呜……呜……呜……呜……"的叫声才对。亲爱的，你别笑，此时我应该就这么叫。我叫得如何？不像？那是因为我还没有爆发内心的野性。我必须做一个野人，至少在明天之前，在房子搭好，所有的家当都安排妥当之前，做一回野人。我该怎样叫喊才像个真正的野人？与你、你们所有人一样，我从来没有见过野人，那据说与我们同祖同源，却沿着另一条小路前进，拒绝被驯化被进化，拒绝接受达尔文先生的归纳的低智能灵长目动物。与你、你们所有人一样，我没有见过野人是因为动物园没有野人。如果哪家动物园能关上一只野人，那么参观者就可以多长些见识了。动物园，你他妈的为什么不能提供野人呢？这么大的一盘生意你们也不去努力钻营？我知道你们努力过，但为什么这么久没效果？

我曾听我的一个顾客朋友说，他曾受雇于我们城市的一家动物园，去非洲捕猎野人。这一支手持大网、拿着铁链和绳索、配备高精度望远镜以及猎枪的小分队，在当地向导的带领下，进入原始森林。森林里藤蔓绕树，没有一点路，四处是毒蛇匍匐，猛兽奔走。远远的，他们看到有直立动物出没。

"那是野人。"

向导示意。他们围了上去。那直立者觉察到了危险，打算上树。他们把网撒开，扔出去，他们打算像在水里捕鱼一样，在旱地里捕到它。没有得逞。那直立者反而被激怒，它勇敢地迎上来，投掷石块。

"砰！砰！砰！"

猎枪响了，直立者倒地，变成了一只爬行动物。

"谁放的枪？要活的，蠢蛋。"捕猎队队长开骂，"谁愿意到动物园里去参观野人的皮？那里又不是皮毛加工厂和奢侈品服装店。"

捕猎队继续前进。他们时而潜伏在地，时而化装成壁虎样，攀援在古树上。几个月下来，终于逮到了三只野人。他们给了向导一大笔钱。这些我们血缘上的近邻，因怠于进化而遭此命运的活标本，被大轮船和铁笼子，运到了我们这个城市的动物园。在洗刷干净后，终于得以分笼展览。

"看啊，那是野人。"

孩子们都很兴奋，那些陪同参观的家长和老师们，则负责解释。"我们血缘上的堂兄弟。"大人们说。孩子们颔首。

"如果偷懒的话，就会变成它这样子。如果不努力进化，我们就跟它们一样，丑得像个动物。"一位戴眼镜的老师说，"所以，我们必须学习，增长知识，不停进步。懒惰是没有出息的。"

孩子们点头。动物园热闹了整整大半年，参观的人络绎不绝，其他的动物都没有了什么观众，它们也打不起精神。

后来我才知道，那纯粹是一个巨大的骗局。我了解其内情纯属偶然。有一天，我的那位顾客，也就是去非洲猎捕野人的成员，来我们公司的店子里维修损坏的器材。无意间我们谈起了报纸上最近沸沸扬扬报道的动物园里引进了野人的新闻。

"嗨，朋友，你们上一次的收获不小。"我翘起大拇指。

"还不赖。捉到了三只。"

"你们一定奖金丰厚。"

"不错。但是说实话，我所得到的不多。我与那些家伙分账不均，还差点动了手。"

"怎么回事？"

"一言难尽。那些家伙可比野人狡猾多了，对付野人还没有对付他们困难。"这位老顾客朋友愤愤不平。

"听说你们在抓野人的时候，遇到了一些麻烦，有人擦枪走火。报纸上说的。"

"是有这么回事。死了一只。不过这算不上什么大事，我们很快摆平。烦心的事在后头。"

"怎么呢？有动物保护学家找你们的麻烦？"

"没有。这事他们管不上。我指的是那些野人的同伴，好不容易我们才与他们达成协议……"

"什么？与野人达成协议？"

我听迷糊了，惊讶万分。那位顾客朋友犹豫了一下，陷入沉吟，很快他就抬头看我，把我拉到店子的里间（外面有几个店员小姐与一个仪器修理工人，我的办公室在里面），他说：

"告诉你吧，那三个并不是野人，是当地的土著。"

我惊呆了，手中的杯子差点掉在地上，"什么？也就是说，它们，他们……"

"不错。我们与当地的土著头目达成了交易，这么做双方都避免了冲突。我们给了他一大笔钱，他挑选了三个，冒充野人让我们带走。"

"可是，这么做，这些假扮者愿意吗？"

"有人愿意。因为动物园方不仅管吃（有时不免吃些香蕉、坚果什么的，与猩猩的待遇不相上下），还管发工资。也有不愿意的，但哪轮得上他说话呢，还不是也被装进笼子，运到了这里？"

"你们就不怕露馅儿？不怕他们自己走漏了风声？"

"不会。那三只野人中，一个是非常乐意来到我们这里的，另外两个，一个是哑巴，他什么也不会说，况且他说了，谁又听得懂呢？另外一个，就是个神经病。"

"后面这两个不需要发工资吧？"

"完全不要。他们没有亲人，独自的一个。我们只给他们的首领付了一笔钱，给他们戴上镣铐，就把他们带到了这里。"

我遇到了匪夷所思之事，我想。但那家伙肯定的表情，告诉我这一切如磐石一般，确切而真实。我清楚进口动物是一件手续繁琐的事儿，所以不由得继续询问，"没有海关人员把他们拦下，检疫检验没发现什么不对劲？"

"没有。除了捉掉了他们身上的几只虱子，那些人没有扣留任何东西，直接放行。"

"你们真是拥有一颗颗豹子一样的胆子和猎人一样的胆识，我佩服你们。但是就没人看出过破绽吗？那么多的观众。"

"我听动物园的饲养员说，有人瞧出了端倪，并且找到主管，指责他们弄虚作假。"

"他怎么发现的？"

"动物园主管也很奇怪，这位负责经营，只与人打交道的男人自己也不知底细。他认为这个指责他的人一定精神有毛病，觉得自己受了莫大的冤屈，于是让他拿出证据。但是半个小时后，他服服帖帖了。"

"什么证据如此有力，能够将人与野人分清？"

"那人是如此来证明的：他在第一个笼子前观察良久，与野人1号对视，发现他最后害羞地低下头，转过身去，并且用一块芭蕉叶遮住了自己的那东西。由此他认为，这绝不是兽类，因为只有人类才懂得害羞，对那器官有羞耻感。对于野人2号，也就是那个哑巴，他是这么做实验的：给他从池塘里弄了一只鸭子，丢了进去。六天的时间，这位社会学家偷偷地藏在笼子边的树林里，每当饲养员给笼子投食（他只在晚上投食，因为白天总有游客投香蕉，他们为此可以节省粮食，可是殊不知野人2号从来就没吃饱过，他打着手势，指指肚子，没人能看懂他要表达什么。那位饲养员是个粗心汉子，从来都是投完食之后转身就走，回到他的小木屋内看他的动物饲养方面的书），这位老兄就把那些食物抢走（他带了个一头拴着绳子的钩子）。

野人2号整整饿了一周，都没有对那只鸭子下手，而是饥肠辘辘地抱着鸭子躺在草垫上睡觉。他据此认为，这绝不是野人，因为他太仁慈，而显得不够残忍。他认为，只有人类，才具备一些仁慈的美德。至于野人3号，他戴着斗篷，披着长衫，照着1号与2号的方式进行观察和试探。他蹲在笼子前，与3号对视，野人3号看着他，痴痴直笑，并且对他毫无廉耻地玩弄起了性器，那玩意儿勃起，一柱擎天。倘若那是人类，那他的这动作将是对我们这位学者最大的侮辱。'没有羞耻，很好。'学者反倒乐了。接着，他扔进去一只小鸟。那鸟儿的命运真是悲惨，不到一分钟的工夫，让那野人逮住，先是两个翅膀被撕得离开它那瘦弱的身躯，紧接着爪子被折成几段。再过了一会儿，野人3号将小鸟连皮带毛塞进嘴巴里，他咀嚼的样子看似在享受一顿美餐。目睹这血淋淋场景的学者很是高兴。'很棒的残忍。'他开心地说着，把手伸进笼子，想表扬一下这难得的珍稀动物。他的手被咬住了，剧痛让他的面部表情显得狰狞。然而他笑起来，'太好了，终于有一个真的。完美的残忍。'他为这家著名的动物园能有一只真正的野人而感到欣慰，'他们虽然撒谎，但终究有一只是真的，没有辜负那些父母、老师和孩子们。偶尔的欺诈和掺假是允许的。'他捂着手臂，自言自语。就在这时候他听到了野人3号突然冒出了一句我们这个城市的土语：'我操你妈！'这位来自北方的学者没有听清，他一度以为那不过是这位野人发出的动物式的呜咽。过了一会儿他感觉不太对劲，这句问候对方母亲的话他在这个城市的很多地方都听过。'这是人的语言，只有人才会因仇恨一个人而牵扯到对方的母亲。'他的心跌入深渊之中。'又上当了，他妈的。'他也骂了句粗口，'没有一个野人！这家动物园的老板是畜生，畜生养的。'他在心里暗暗地骂道。可是一瞬间另一个不死心的念头又跳出来，'我听说野人们虽然尚未进化到具备完整的语言能力，但他的智商最接近于人。如果人类的智商平均指数在100的话，那么野人的智商最高的可达30。相当于一个三岁小孩。'侥幸心理慢慢地占了上风，'那么，假如有人常常在他的耳边重复这句话，他模仿并学会是完全可能的。'这脏话可能来自饲养员，或者来自那些大人家长（不会是老师、孩子，他想），他推测。'很可能，很可能。简直是一定的。'他又高兴起来，并且仔细观察，寻找野人之为野人的另外的旁证。这时候，那野人3号张开了嘴，突然又吐出一句话，这让他吓了一大跳，从地上蹦了起来。那句话是这么说的：'鸡腿的味道真好。'他咂巴着嘴巴，用手指把挂在嘴角边的羽毛也塞了进去。我们的这位大学者的心彻底掉落在冰窟里。'这是人，确定无疑。'他得出这一结论的原因，一方面来自'鸡腿的味道真好'这句话的不可模仿性（假如他不具有更高的智商的话），他由此判断这野人具有完全的语言能力（弄得不好他还具有完全的法律能力），另一方面，他是这么认为的：'他撒谎！那明明是一只鸟，而不是一只鸡。那明明味道不好，他却说味道鲜美。撒谎是人类的本性，只有人才懂得伪装自己，且讲了假话还镇定自若。'"

"我的老顾客朋友，你这个故事中的那位社会学家，他的眼光真毒辣，我想问，他既然看出来了，为何没有举报？"在内室里，我与那位讲述者喝着茶，我问他。

"哪能让他乱讲话。我们让他闭嘴了。"

"啊？你们把他干掉了？他可是真正的人类啊。"我惊恐万状。

"怎么会呢，我们尊重有知识的人类。动物园给了他一笔封口费。"

我的智商真低，应该想到这一手比刀子管用。人类并不时刻使用暴力，有些手段比动刀动枪高明。但我突然感到一阵恶心，这难受的生理现象一般只在酒后才发作。我站起来，对着那位老顾客朋友说道："其实，让那位大学者将他的观察公之于众也没什么威力，因为他的论点、论据很成问题。除了撒谎是人类的天性这一条正确以外，其他的两条纯属扯淡。像我这样正常的傻逼都知道，人类中有露阴癖的家伙不在少数，而且不知羞耻的更是大有人在；说到残忍，还有哪种动物能超过人类呢？狮子？猛虎？豺狼？金钱豹……我无需举例，你我都一目了然。"

我的那位顾客朋友听着我的声音越来越高，他赶紧拉了我一把，让我坐下来，让我平息一下情绪。他不停地说："也是，也是，也是。"

"你为什么要告诉我呢？本来，我打算这个星期的周末，去那里凑凑热闹。"我说道。

"与你做生意这么久，你的口风一向很严。我琢磨着，你不会说出去。就像你刚才说的，说出去又有谁信呢？"他答道。

这回轮到我点头了，"也是，也是，也是。"

亲爱的，在接下来的那个周三，我一个人去参观了动物园。我怎么能带你去呢？那里有美丽的孔雀，整日睡觉的狮子，伸着脖子想够着天上的大饼（那其实是太阳和月亮）的长颈鹿，顶着驼峰散步的骆驼，钻铁圈的猴子，滚铁环的狗熊，把床单裹在身上的斑马，睁一只眼闭一只眼的鳄鱼，爱烂泥塘的河马以及围墙和笼子，但是现在呢，还有一些人的不知廉耻、残忍和谎言。

那一日天空阴沉，游人稀少，整个偌大的动物园似乎都属于我的。我参观了各种笼子，然后来到野人谷。野人1-3号分别在各自的地盘上，相邻而望。我径直来到野人1号的面前，学着那位传闻中的大学者的模样，与他对视。他也盯着我，目不转睛。起初我不敢看他那下面，我想我的脸上一定布满了一种知道秘密后的羞涩。后来，我渐渐将目光往下移。那家伙怔了一下，突然做出了猥亵的动作。"一定有人提醒他这样干吧。"我想，"提醒他更像他该像的样子。"我心里说："去你的，能把无耻弄得更无耻些吗？"我走开了，移步到野人2号的视野所及之内。一群蚱蜢在草地上一跳一跳的，闻着青草的清香，这些弹跳力极好的跳高冠军们跳到了野人2号多毛的腿上。它们被吃掉了，野人2号看着我，得意洋洋地嚼着那些没有血的植食性昆虫，简直是开心极了。"好家伙，"我自言自语，"今天吃上素食了。难道斋戒节要来了吗？"

到了野人3号的笼子前，那家伙正在做的事儿不用我多言语，我不必也不忍用什么笔墨来描述他的状况。我只是静静地坐在旁边的假树桩上（一个垃圾桶），默默地抽烟。他露出灿烂而纯洁的笑容，而我则被烟熏得流下了眼泪。"可怜的人，他全然不知他在受罪。"像我这样正常的傻逼，我想有一天不至于落到如此田地；或者，假若有一天我变成一个神经病，我想我绝不继续待在人间，落在他们的手里（但是当我是神经病时，我又怎么能逃脱或者做决定呢）。想到这，不知为何，我突然悲从中来。为了掩饰我的羞涩、柔软，我大着胆子，递给他一根烟。根据我幼时观看耍猴的经验，我知道猴子与人类一样，爱吸烟。这一刻我把他视为更近于猴，也就是说更近于我们祖先的物种。我从口袋里掏出打火机，想给他点上。他笑着，把烟卷揉碎，将烟丝放入口中，咀嚼起来。那烟丝呛得他流泪，一如烟呛得我流泪。

第十章　假设

　　我是说假设。假设我们要在这无名小星上定居，而不是把它当成通向宇宙的一个中间站，那么我必须进一步假设（或者说想像），这个地方应有空气、水源、可以转化为胃中之物的食物，等等，来满足动物界脊索动物门脊椎动物亚门哺育纲真兽亚纲灵长目类人猿亚目人科人属人种——也就是人——的生理需求。我是说假设要有空气，那么就应该假设要有植物与光芒进行光合作用，分离出氧气（当然了，也可以像在病房里，戴个氧气罩子帮助呼吸）；我还是在说假设要有空气，那么得先假设要有大气层，像棉花、棉被的那种，将整个星球包裹起来，既能透气，又不至于让近星球的大气逃逸（我不需要你的提醒，我知道防止空气逃逸的是星球本身的重量、质量、靠的是它的引力，但是我坚持认为应该有大气层），连同我们一起覆盖在这块冰冷的土地。

　　"不能捂得太厚了啊，不然会长出痱子。"亲爱的我的宝贝儿，我假设你现在不是在安睡，而是在听我的假设，听我用假设来对在这无名小星上的生活做虚构的安排。我假设你能够回答我，与我一起参与这艰难的假设。"我最担心的是，太厚了会把鸡蛋捂得孵出小鸡了。"我假设你会这么说。"那倒不怕，我可以假设这里没有鸡蛋，但我担心把你捂得怀孕了。"我假设我自己这样来回答你，"更麻烦的是，那样就得再假设有一台空调，至少也得要一把风扇。"

　　我是说假设，假若要有水。那么我得先假设有一处泉眼，从那里能汩汩地冒出水来。水逐渐积聚，终成一条涓涓细流。我还可以假设在此泉眼的周围有多处泉眼（或者直接假设是个泉眼群好了），每一个泉眼都贡献一些力量，那么最终它们将汇成一条大河。我假设这条大河离我们登临这个星球的居住之处非常遥远，有上千公里之遥，而我又想从它那里引水过来，那么我得先找来一些竹子，用铁丝将那些关节处戳穿，然后把竹子一根一根接起来，它们要有足够的长，也必须保证一路上不渗漏水（竹子的密度我完全不用担心，我只担心接口处，那么我再假设我有黏合度很好的胶水和胶布，能够将那些接口处封得严严实实）。我可以利用一些山势，比如，把这些竹管搁在两座山峰之间，以山峰为架设的支点，这样可以省一些事。但是，我必须在两座山峰之间的峡谷里，再砍伐一些竹子，把它们用绳子绑了，捆起来，连成足够的高，在最上面的地方绑一个枝丫，将架在山峰上的竹管支撑起来，以防止竹管因重力的原因而下垂、断裂。好了，这些我都做到了，竹管正翻过一个又一个山峰，来到了离我们五百公里的地方，碰到一个实在是太宽的峡谷（它是一次大的宇宙运动形成的），我怎么办呢？我只能让竹子做的管道先沿着峡谷的一侧缓缓地往下延伸，让它输送水流到一个低洼处。我可以假设那里正好有一个深潭（肯定没有水，如果有水的话，我何必做了五百公里的假设才来到此处，那真是吃饱了撑着），水流可以先储存在此，如果没有一口潭的话，那么我可以修一个小小的水坝，这样一来工程可能就浩大很多，我得耗费不少的气力。我开始做水车了，肯定不能直接假设有抽水机，因为我不可能先假设有电，像我这样科学素养如此之低的正常的傻逼，怎么知道发电呢？我只能想像，借由自然最初给我们的一些馈赠，来做一些事儿。

我砍伐一些树木，用它们来做水车，很快便做成了大大小小好多台水车（别问我为什么不能假设有树木，既然我都能假设有竹子，那么假设这个星球上有树木并不太困难）。好了，水车可以将水从深潭或水坝里抽到更高的平台上了。我在那个平台上又挖了一口人工深潭，然后又用另一台水车往上抽水。如此这般，几百台上千台的水车日夜不息开始工作，水从低处往高处一层一层搬运。水车需要人来踩踏提供动力？到哪里去找人啊，这星球上的活物就你我两个。可以假设有一些猴子或猩猩，或者类人猿？我思考一下，能不能做这样浪漫的想像和假设。也不是完全没有可能，假设有一些生物在进化的链条上正距我们上百万年之远，处于我们的生物进化链条的上游，还未曾聪明到如人，这个可以浪漫主义地假设一下，可是，这样一来，假如我们在这个星球上活千万年而不死，假如它们又按照他妈的达尔文主义不停地在进化前进，并且跑得比我们快（达尔文说不可能，不过我认为有这个可能性，进化没有终点，谁说他妈的就只准人类进化到高等级动物，就不准其他的东西再往前迈进一步、两步、千万步？达尔文先生太自私了），那么有一天我们是不是得与它们相遇，并展开竞争？我可不想有东西来打扰我们，因此之故，我们还是不做这样的假设为妥。我再想想，哦，我想明白了，亲爱的，你没见过在很多旅游景点，有那种装有很多水槽的水车吗？像风车的那种，它们就是完全靠水流的冲击而自行转运的啊。我们就假设是那种水车，这个问题便解决了。

翻越了一座座高山、一道道峡谷，水终于来到了我们的近处。费了九牛二虎之力，这珍贵的生命之源终于让你看得见了。它就在前面的那座山上，你看，从那里伸出一根管子，水正在往下流注。它太细小了，就像人体内的一根毛细血管。且让我休息一会儿，我喘口气，再去想办法把它接引到我们的小屋边。我不辛苦，不用帮我擦汗，在这里劳动根本就不会有什么汗水，如果有的话，请让汗滴来滋润我的皮肤，在这里，凡带"水"的东西都很珍贵。

让我休息一下，宝贝儿，我的大小姐、小姑娘，现在轮到你来假设一下，把它想像成一个瀑布，飞流直下三千尺，疑是银河落九天，你可以站在瀑布下沐浴。先洗你的长发，清洁的水儿掉进你乌黑的头发里，头发疯狂地吸水，就好比把一支羊毫插进一只墨水瓶里。它们干枯得厉害，太饥渴了，如果我在你旁边，准备帮你搓背，我一定会听到头发汲水的声音。这些人类身上长着的水藻啊，见了水就拼命汲，很多器官都等着它们来提供水分呢：心脏、肾脏、肝脏、食管、口鼻……水通过头发进入人体，人体迅速成为一个储存的水囊。别喝得太饱啊，不然，你苗条纤细的身体会变得丰满，影响你一直在意的美观。

再来洗洗身子吧。我必须跳过这段，因为这牵涉到你的隐私。反正，我希望你能享受到淋浴的快感。可以想像一下你站在咱们家浴室水喷头下的情景，让水流覆盖你的整个身子，直到漫过你的脚掌。什么，你想选择一个月夜再来此沐浴？可是月亮有时很短就下去了，只有太阳在我们的头顶长久地放肆。你担心被人看到？这里没有一个人，除了我。我刚才说了，我不会假设有任何的活物在此星球上出现。你害怕我说话不算数？我爱开玩笑爱搞恶作剧，但是我从来都是适可而止。你不相信我假设的能力？是的，在地球上我从来不是上帝，我不能说要有光，就有了光，但是在这个上帝还未曾踏足之地，我可以假设自己就是上帝，是个万能者，至少在它还没出现之前先行一下号令。我要没有光，就没有了光！我要黑夜降临，黑夜就必不敢姗姗来迟。我要太阳落山，太阳便骑着它的马车匆匆往家里赶。我要天上有一轮月亮，月亮便高高地挂在天上。我要星光灿烂，星星便一个个睡眼惺忪地起床，然后揉揉眼屎再赶紧把它们的大眼睁开，把天空装饰得像梦一样。宝贝，要假设这一段我需要多么的大胆！我需要胆大能包天，肚子能大到容得下一艘航空母舰（因为胆长在我的身体里，这么大的胆必须要有巨大无比的皮囊来装它）。权且这么假设一下吧，既然人类可以假设自己无所不能，我作为人类的一部分，刚脱离地球上的那群人的序列不久，想必也会在某一瞬间有这点能力。

沐浴到此为止。我休息得也够了，我的四肢有力，腿脚灵便，该继续把水往这边引了。把竹管顶过去，接好，然后顺着山势，一节一节连过来。在一些不平的地方，我可以堆积一些石块来垫管子，在离我们小屋不到一公里的平坦地带，我让水流平安着地，然后在那里用锄头或用手指，往我们的这个方向挖出一条沟来。这个时候我不担心这星球上的土地的渗漏性了，它只要不是一个巨大的漏斗，水抵达之后就全部被它喝掉，我就可以放心地让水损失掉一些。水渠会蜿蜒曲折，逐渐接近我们的屋子。终于到了，我开始挖一口池塘了，不需要太大，两百个平方就足以让我们俩取之不尽，用之不竭。

我们从来没有这么珍惜过水。我们要建立一个封闭的水循环系统：用洗澡水浇地，地里可以长出庄稼、粮食（我必须假设我从地球上带了种子，可是我走得太匆忙，几个行李箱塞了几套换洗的衣服，几卷卫生纸，几包茴香豆、花生米零食，其他的东西就没什么了。实在不行我可以假设那些茴香豆与花生米还可以发芽——这一假设只能在此地才敢进行，如在地球，那么那些茴香豆和花生米会在我们的肚子里生长，那太危险了，会撑破人类的胃，顶破人类的肺，直到找到人类的嘴——从牙齿的缝隙间找到出路，当然了，也可以从鼻子里找到出路，就像那些印度耍蛇人玩的那些银环蛇一样）；用洗菜、刷锅子的水冲马桶（我在后山挖一个深坑，架上两块板子，搭上一个茅棚，这样就做成了一个简易厕所。这旱厕让你每次方便时都得掩鼻，为了便利你，我必须开动脑筋，做一个抽水式的）；用淘米的水浇花（我们的车上有一盆月季，我常常放在后排左边的座椅下，让它释放自然的香气。粘在副驾驶座位前的太阳花，它是塑料的，不必浇它）。总之，我们绝不浪费任何一滴水，每一滴都最终还给土地。

　　什么？你嫌我太啰唆，干活的速度太慢，为何不把水源假设得近一点，最好就在目力所及之处，一丈见方的距离？本来我也是这么想的，这样省事儿。可是，亲爱的丫头，自从出了门，我的想像力总是走得很远，它喜欢翻越千山万水，在遥远的不可知的地方驻足停留。大多数时候，它像一匹吃饱喝足等着上战场的快马，只要主人的鞭子挥动，它便疾驰而去，我无力挽住马缰。对于近在眼前的事物，我的想像力总是打不起精神，它喜欢冲刺，向往远在天边的虚幻之物。我再说一遍，想像力就像一匹马儿，要给它充足的驰骋空间。是的，拥有想像力的人会比没有、缺少想像力的人累很多，然而这种累是值得的，不然你看，如果没有这种力，我又怎么能把你带到这么高的高处，让你得以一览日月的璀璨光华、宇宙的另外一角？另外，在这里，我们总得找些活儿干，充满劳绩，然后我们才能在这个星球上留下痕迹。还有啊，谁叫我是个卖望远镜的人呢？这种职业害了我，就好比那些年我们谈恋爱，你明明离我很远，我却以为你近在眼前。你明明对着别人微笑，我以为那对象是我。而当我偶尔拿出显微镜，你明明很美，我却看到你脸上的雀斑。这些玩意儿伤害了我对距离的认识。

　　你认为我的假设没有逻辑？在假设有泉眼之前必须先假设这里曾下过雨？好吧，我可以开始往前假设，要实现一个假设必须找到它的前提条件，但是这个前提条件又必须靠更前提的条件来实现，于是必须进行一而再再而三的假设，假设就是X，是数学中的变量，为了这个假设，我们必须不停地求解，不停地去追寻这个X。宝贝，在地球上，我们的生活似乎什么也不缺，达尔文先生在我们来到这个世上之前，就准备好了无穷无尽的生产资料与生活资料，作为我们来到人间的前提条件，作为我们美满生活的铺垫。他为我们铺垫了日常的一切。先是铺垫出我们双方有曾祖父、曾祖母、祖父、祖母、父母、兄长、姐姐（没见过那些遥远的血亲？曾祖父祖母没有在我们的生活中出现过？那是因为他们早死了，但没见过不代表他们就不存在，他们是我们血缘铺垫上必要的一环），弟弟、妹妹是在我们出现之后才被父母铺垫出来的（有些人家会没有铺垫出更多的兄弟姐妹，因为计划生育），总之，地球上会在我们的周围铺垫出七大姑八大姨、远亲和近邻，铺垫出各种各样的血缘关系、人情关系。在我们彼此遇见前，早已经铺设好了好几个家庭，好些种关系，这些前提条件会决定你对生活进行何种大胆还是谨慎的假设。在地球上，要完成一次假设其实并不困难，因为经过多少年的进化、发明、繁衍，各种物质与精神的前提条件已经准备充裕，唯一需要的是假设的勇气，而在这里呢，这里一无所有，除了虚空，我们所有的物质假设必须从零开始，一步一步逆推至零。这需要何等的智慧和勇气（所幸还有你，那么我就将这个X设定为你，即等于你，就是你好了）。那么让我尝试一下，运用我的假设力。遵你的要求，来假设在泉眼之前，这星球上有水……你继续安睡吧，保证你这次睡眠有足够的时间，因为这段假设一定很长。

我假设这里曾经像地球上一样，分春夏秋冬季，而在春夏之交，常常豪雨倾盆，把整个星球像汤圆般地泡在宇宙的这口大铁锅里。由于下得长久，这些汤圆经常被煮得软趴趴的，包在里面的芝麻溢出来，以至于锅子里的水浑浊得不行。这个星球上的远古居民拖家带口，扶老携幼，纷纷向高处搬家，迁居（这时候我可以假设有活物，如大象、恐龙、猛犸，甚至人，甚至凡地球上有过的一切生灵。我们不必担心这个假设会影响我们在此地的生活，因为反正它们会死，在我们到来之前的好几百万年之前）。那些猴子往树冠上爬，豹子往树上钻，狮子吼叫着找枝桠，老虎趴到蜂巢下把头四处乱探。矮脚马嫌自己的腿短，有些肥胖的马（河马）干脆学会了游泳以躲避灾难，斑马滚得一身泥没地方洗，长颈鹿卖力地伸长脖子，以便把头能伸出来透气。那些两条腿的恨不得赶紧长出四条腿，四条腿的希望立即能有双翅膀。总之，那些偷懒的家伙此时恨不得进化得更快，拼命地长。当然，有些明事理的则恨不得退化到从前，因为按照他妈的达尔文主义的规章，四足动物的前身是鸟类，它们的祖先懂得怎样高高飞翔。

　　可是有什么用呢？这宇宙烂了个大窟窿，不停地往下面灌水。即便是登上高山，扑过来的巨浪也会把山峰削平，把你卷到汪洋中喂鱼。唯一不会死的是鱼？是那些本来就靠水生存的生灵？不对，它们也必须死，因为岩石和泥沙会把它们包裹起来，做成坚硬的化石。逃掉一劫的那些水生动物，也不会有什么好下场，水太多了，太多的水会把它们淹死。就好比我们吃了太多的食物，却最终成了饱死鬼。

它们可以呼救？向谁呼喊呢？大伙儿要不在水里挣扎，要不就是忙着搬家，一个个自顾不暇。必须得呼救？向另外的星球呼救，比如说地球？那好，听你的话，遵你的命，让我来好好地假设一下：

它们拟好了一封很长很长的求救信，把这个星球上正在发生的事儿、惨象详细罗列，希望借此打动收信者。

"我们正在受难。"

"太阳埋到泥土里去了。"

"天暗得不行，我们现在借着闪电一瞬间的光亮来给你们写信。"

"水已经到了我的脖子，待会儿接着写信的人是我的兄弟，我撑不住了。如果笔迹不对，那是因为我们在接力写信。"

"这封信的前半段有很多水渍，您看不清的话就请从这段开始。"

"啊！一条蛇游过来了，背上负着一只龟和老鼠，这奇景我第一次见到，希望能跟您分享，让您不至于太过悲伤。"

"快来搭救我们，我们这里缺筏子和食品。我们紧紧地抓住一只鲸的尾巴，在一群海豚的带路下，终于找到了一块巨石。巨石翻滚，一只熊正在上面滚绣球，我们赶走它，继续给您写信。"

"快来人啊，救救孩子，我死了不足惜，可是我不能没有子嗣。"

"救救我们，老天开眼。"

"救我们。"

"救我。"

"救。"

……

这封花费了不少时日、厚达几十页的信儿终于写成了，在结尾处，它们没忘了写上"此致敬礼"。所有的族类都在上面发了言，能写的自己动手，在上面留下了自己的诉求。不会写的，比如那些不识字的，就进行了口述，由他人代笔。连话都不会说的，像猴子、狮子这些动物们，就只能在后面按一个爪印，而那些动都不能动，只能听天由命的植物们，则以它们的沉默来行使权利——它们投的是弃权票，既不赞成也不反对。

这封代表这颗无名小星上所有的生命共同体的邮件，要寄往何处？它们还从来没有过往其他的星球投递的经验。况且，又到哪里去找邮递员盖邮戳呢？最后，通过一圈漫长的讨论（所幸幸存者已经不多，不然旷日持久的你一言我一语将没完没了），它们决定用漂流瓶的方式将这封信发出去。

"既然我们的这个星球正在下雨，那么其他的星球应该也在下，水在宇宙中终有汇集的机会，其他星球上的活物会看到的。"它们找到了这次行动的理由，并且完成了论证。

好不容易把一个椰子壳掏空，把信塞了进去，并在上面写下了如下文字："来自另一个星球的求救信。"那些幸存者们击掌相庆，看着椰子壳一沉一浮慢慢远去，它们松了口气，继续在水中挣扎。

等待是漫长的。整个洪水期持续了一百万年，等待就持续了一百万年。有些活物熬不了多久，就死去了，如果它作为这个星球上那个品种的唯一一个，这种死去就意味着一个种族的灭绝。

最惨的是那些雌雄异体的族类，死到只剩下一只母的或一只公的，它在性上面的孤单就彻底显露出来了。活着还有什么益处呢？原先的性是一种审美和娱乐，生殖只是审美与娱乐的副业，后来洪水来了，性变成了一种功能性的事儿，配偶，乃至一切异性也都开始互为工具了。在那美好的前洪水时代，一只公的遇上一只母的，大多数的时候还是彬彬有礼，慢吞吞地说些情话，卿卿我我，做爱之前有很多调情和前戏，你摩擦我，我摩擦你。在这过程中还会反复地说"我爱你"（假如它有张嘴巴，且会说话），倘若语调不对，会遭致对方的呵斥，严重的会终止交配。没有谁说"来，我们做爱，为的是生个后代"（至少在高智能动物那里不会如此，在不会说话的动物那里倒是有可能的）。可以说，那时候一切都还井然有序、温情脉脉的样子。

然而现在呢，彼此会急不可耐、一言不发地直接进行。

"看，它们多么恩爱。"一只公乌龟指着激流中两只紧紧抱在一起的小爬虫（我假定乌龟能言，为了让叙述显得像样，我可以动用一下拟人的手法），"太让我感动了，这个时候还能如此甜蜜。"

"你瞧仔细些，它们不是在搂搂抱抱，是叠在一起，一只在另一只的上面。不过我也感动了，为了让另一只可以透口气，让它活得久一点，下面的那只用力地往上顶，以让它浮出水面。"另一只公乌龟接腔。

"我看不对劲。那上面的那只是公的，刚才它露出了它那丑陋的性器。多么自私的公爬虫，为了自己活命，竟然把自己的配偶狠狠地压在水中。"旁边的一只公乌龟叹息。

"是那母的愿意这样也说不定。你知道，在两种性别中，雌性往往比雄性具有牺牲精神。母性之爱光辉灿烂。"一只老王八分析道。

"话虽如此，但大老爷们儿做事不是这么做的，你家母爬虫愿意做牺牲，你这公爬虫也不应该这样啊。"又一只乌龟插话。

"王八羔子，你们瞎扯些啥？那老爷们儿正在干它该干的正事。你们吃饱了撑着，就挪挪你们的小步子往高处再爬一爬。看清楚点，它们正在交配。你们懂吗？交配，繁殖后代。"一只绿毛乌龟脑袋一摇一晃，训斥那些不明世事的东西。

"还真是的，操！乌龟王八蛋。那家伙在往外排东西，它们在下蛋。"又一只老乌龟说道。

"不错，不错。很对，很对。可惜下的不是乌龟王八蛋。"老乌龟、老王八，小乌龟、小王八们一个个把头探来探去，议论纷纷。

接着就是长久的沉默，伤感流淌在乌龟群里，因为显然，这是一群公龟，它们中没有一只是雌性。

"我连恋爱都没谈过。它是什么味道？跟浮萍、青叶的味道一样吗？还是像蜗牛、蚱蜢的味道？"一只年轻的乌龟问道。

"我也不知道。我还年幼。我只吃过浮萍，偶然一次吃下过一只蟋蟀，味道鲜美，我每天夜里都回味它。我想，爱情的味道可能就是那个样子。我想再吃一次蟋蟀，父亲。"它的哥哥说道。

"只能吃浮萍，小子。这年头哪还有蟋蟀，它们的洞穴早进了水。"这一家的当家的严厉训斥。

"可是我要吃，必须吃。"小的叫道。

"我要吃爱情，蜗牛味的。我只吃过一次，我不能靠回味它来过一生。"大一点的乌龟也大喊大叫。

"没什么好吃的，谁他妈的说是蜗牛味的？倒是有点像，黏黏糊糊的，藕断丝连的。但是味道极苦啊，像苦楝树的树皮。我啃过。"这个家的老大教训它的弟弟们。

"别他妈的谈什么爱不爱，现在连做爱都没有了。"一只中年乌龟跳出来骂道。这是这一家子爬行路上遇到的一位同路人之一。它孤身一龟，怒气冲冲，骂骂咧咧，似乎一团火烧着它的心。

"可以靠手。哦我错了，那是人类中的雄性才使用的工具。我们应该是靠爪，靠磨蹭。你懂得的。"一只很有经验的老乌龟说得头头是道。这老光棍一边说着，一边缓缓地把厚厚的龟头在石头上蹭来蹭去，龟头死劲地往岩石的罅隙里钻。

"可是现在我们做爱的目的不是寻找快感，我们是为了下蛋。那不是爪子能解决的问题啊。"一只壮年乌龟快快说道，"有了蛋，我们才能使自己延绵不息。不然，我们全得完蛋。"它的声音里带着一种灭种的恐惧，击中了大岩石上所有乌龟王八的内心。

大家都沉默不语，连那个老光棍也停下了爪子的活计。所有的龟都低头无声地叹气，只听得到洪水越来越激烈地拍打石头的声音，突然，有一只稚嫩的声音发出：

"快看啊，那两只爬虫沉到水里了。"

所有的乌龟王八抬起头，它们什么也看不见了，只见一个个漩涡，越旋越快。"任何的交配都是徒劳，灾难可不分你是怀孕的还是含苞未放的。有什么用呢，刚才它们忙碌了那么久，一点用都没有，还不如省点力气，像我们一样，找块靠得住的石头暂时一避，至少还活得久一些。"一只德高望重的老乌龟发出长长的叹息。

于是所有的乌龟把头缩进龟壳里，把爪子也缩了进去，它们就像是一些圆贝，挤在一起，附在礁石上。它们的耳朵再也听不到浪涛声，眼睛也看不到天上升起的是太阳还是月亮，它们开始进入梦乡，梦见水退去，一群母乌龟被搁浅在沙滩上，等着它们去交配、媾合；只有在梦里，那些小乌龟王八们才品味出爱情那种从来没有经历过的滋味；只有在梦里，那些壮年乌龟王八们，才再一次射出那些白色的汁液，将它们涂满整个礁石。

在它们龟缩的世界中，万籁俱寂。每当波浪拍打一次礁石，带走一只两只趴在边缘地带的乌龟，这时候才会传出轻轻的声音：

"向你们告别，我们将永不再见。"

那些浮在水中，像它们热爱的美食浮萍一样没有根基的乌龟们，此时回头向它们的亲人和朋友做出告别的姿势（那无非是把头摆一摆而已），然后就任凭波浪把自己带往永远没有岸的地方。它们抱着一种将死得很晚的信念（因为终究水不至于一下子就结果它们的性命，会水性总比那些旱鸭子动物要好得多），同时也抱着一种必将死的念头，与所有的亲戚们告别。

亲爱的宝贝儿，我刚才假设了一群乌龟王八和两只小爬虫被毁灭的故事。这个故事如此之不真实，破绽百出，美感全无。那么趁现在还有点时间，我再来假设一下，如果繁殖能力超强的生育能手，譬如蚜虫，能不能战胜这场灾难呢？我给出的答案是：不能。

我假设一只蚜虫在不停地受孕，那么它在四五天的时间就将生出一代，再过四五天，这些女儿辈的蚜虫又将生出下一代，下一代再生出下一代，代代兴旺，外婆在生，女儿在生，外孙女也在生，外孙女的外孙女也在生。我们可以想像它们子子孙孙无穷匮矣地庞大（有人估计，一只母蚜虫可以在150天内生出672623338074292603508个卵来）。这是一个多大的数目！况且在昆虫界，也没有实行计划生育。但是，又能怎么样呢？它们生一只，就让浪花带走一只，生一万只，一万只被浸泡在洪水里。水对它们活着的没有杀伤力，但是却可以把它们的后代淹死。出生多少就杀死多少。它们想尽办法，想以数量的激增来战胜死亡的数量，我告诉你，没有用处，这场水灾过后接着就有旱灾，旱灾之后接着就是大地开裂，巨石翻滚，总之，不把这些活着的玩意儿全弄死，这个星球的折腾就没完。

"一切都得死！"

早有个什么恐惧的声音下了命令，这个星球被死神作了诅咒（感谢它的诅咒，让我们现在能清净地独享这片土地）。

亲爱的，除了蚜虫，可以见到很多自视为生殖能力不错的动物也在水中瞎折腾。这简直是造孽，因为每当它们生下后代，就眼睁睁地看着这些新生命的鲜血把水染红，尸体漂浮，四处发臭。它们的心肠真硬啊，如果说做爱是一种寻求快感的欲望，那么这时候繁殖的欲望牢牢地控制着它们，它们明知这些小动物们即将面对灾难，它们还这么干，让我感叹它们平日里那副假惺惺疼爱的怪样。我真想说，面对必将到来的死亡，那些追求快感的欲望，要比繁殖的欲望在道德上高尚得多！我们怎能忍心，在末日之前把一群孤儿抛弃在这些宇宙的孤岛之上，让它们独自承受灭顶的恐惧和悲戚，这不是爱，是罪，是血缘冲动带来的罪。无耻，无德！这时候它们的疯狂，让我鄙视。

我不忍再说这些，这个假设到此为此。

让我们再回头来看那些等信的"人"们。对，我说的是那些向其他的星球发出又长又臭的求救信的"人"们。它们一方面在进行上述我说的这种无谓的繁衍后代的游戏，一方面在焦急地等待来信。很多活物等不到了，它们把等待这个姿态传给了自己的后代，有些寿命长，而且洪水也暂时没有要它命的家伙，则一遍遍地张望，看看水中有没有漂回来的椰子壳。

"来了，那边有一个椰子壳。"

终于有一天，有一个活物大叫。所有浮在水面上、趴在木头上或者岩石上的"人"一边大口喘着气，一边急急地往大叫的"人"所指的方向望去（我假定终有一些"人"还没死去，它们没死去是因为我的叙事还未完结，在等待我把这个故事继续。说实话，比起动物来，"人"作为叙事的主体还是相对容易一些）。

有个擅于游泳的"人"，用了仰泳、蝶泳和狗刨几种方式，向椰子壳所在的那片水域游了过去。终于抓到了，它把它推到了"人"群聚集的岸边。一个完整的椰子壳。失望的表情已经出现在几个最靠近的"人"脸上。为了不放过任何可疑的希望，它们用尖锐的石块狠狠地但又小心地砸开一个口子。椰子壳里面流出来一股发臭的椰汁。什么也没有，除了几条在里面避难的蛆虫。它们把椰子壳用力地扔向远处。

"操你妈的。"那个善泳者咒骂道，其他的"人"则纷纷叹息。

远处又漂过来一个椰子壳。善泳者咬咬牙，又游了过去。这次有收获，打开壳的时候，流出的椰汁散发出阵阵清香。它们非常气恼，但又感到欣慰，因为终究有点什么东西来解渴。它们把这个椰子从一个"人"的手中传到另一个"人"的手中，大家一"人"啜了一小口。

"总算没白浪费气力，又可以让我们活上一阵了。"有"人"这么说，安慰大家。

“我也是这么想的。”善泳者答道。

后来，又有很多椰子壳漂向它们这里，有时甚至一来就是几十上百个，铺满了整个视野所见的水域。前几十次，它们急切地游过去，总是一个一个砸开，后来，就干脆等着巨浪把这些椰子壳推向它们，直到用手轻轻一勾，就够得着。还是没有信，但总算有椰汁可饮，这已经是巨大的安慰了。

后来，在这种重复捞椰子、砸椰子、吃椰子的日子里，它们又发现了椰子的新用处——把好些个椰子壳用绳子串在一起，做成一个个不沉的筏子，有些“人”径直躺在上头，仰面数着夜晚的星斗发呆，白天则躲在下面乘凉。

“我们怎么就可以确定，人家的回信就一定是藏在椰子壳里的呢？假如那个星球上根本就没有椰子树，他们可能用其他的方式来传递。”

多少年过去了，终于，有个数星星数厌了的家伙想到了这一点。幸存者的营地出现骚动（这个营地在不停地往高处搬迁，且越来越小）。“很有道理。所以，我们得扩大范围，凡漂过来的任何东西，我们都不能放过。”一位长者建议。

大家同意了，然后就分头忙开了。于是，那些水中的垃圾也被它们翻遍了：铁皮罐头、破篮球、木头盒子、浮尸（有可能这是另外星球的邻居的尸体，它是一个送信人，信正好装在它的口袋里，它在送信的途中淹死了，遭遇了事故——有“人”这么想，所以，这些尸体也被它们捂着鼻子一一解剖）。还是什么也没有，没有丝毫能获得回信的迹象。

多么考验耐力的等待啊，我的亲爱的太太、爱人、宝贝儿、心肝儿，有些活物与其说是被洪水杀死的，不如说是被这等待折磨死的。有一个"人"率先自杀了，就是那位最善泳的"人"。它跳入水中，想把自己淹死，可是本能又让它浮出了水面，它的手臂和腿部的肌肉记忆实在太好，想忘记那些游泳的技巧，却又实在忘不掉（就如同我们闹分手的那阵儿，我想忘记你，可是怎么也做不到，我的身体、我的器官里布满了对于你的记忆）。最后它想了一招，把自己的手脚捆住（也不知是它自缚的，还是有"人"帮它），才死成功。

善泳者的自杀产生了不小的传染效应，甚至比瘟疫更严重。很多"人"把自己干掉了，采取的方式并不多，因为没有什么死亡的方式能够供它们选择了，所幸还有水，水让它们死成功了。

幸存者的群体在不断缩小。幸亏，我是说幸亏，幸亏活下来的都是耐力惊人同时有头脑的聪明"人"。

"我想，很可能我们的信太长了，万一人家又不懂我们的语言（这简直是一定的），人家破译就需要很长时间。他们又怎么能及时地来施救呢？"有个满身泥泞的家伙像悟道般的，这么说道。

非常有道理，幸存者中的很多"人"都如此认为。于是它们中有些"人"开始想着法子来把信写短，这个过程又耗费了不少时间，因为写着写着它们又把这种等待的凄苦写了进去，写着写着止不住地又把它变成了一封又长又臭的哭诉信和哀求函，就好比它们止不住自己的眼泪一样。

"必须简短，谁要是再敢加一段，我与它没完！"

有"人"跳出来，摆弄手上削椰子的刀子。于是，当初做加法的过程现在倒过来，变成了做减法的过程。这段要保留，那段要删，大伙儿争论不休，最后，删到了只有一句话：

"救救我们。"

这句话写在一张防水的羊皮上，再次被装进一个坚硬的椰子壳里，让它漂向洪水的深处。

又一轮的等待开始。只有几个"人"活着了，足够的椰子汁供给它们，它们对食物已经不再忧虑。亲爱的，我想说，这几个优秀的"人"种如果能够保留，那么它们的后代将比那些死去的"人"更为高级，因为如此大的折磨，已经把它们锻炼成了妖精。上帝啊，万能的造物主，如果这几个家伙能得以侥幸生存，并且能够让它们到地球上去生存繁衍，那么我们的那个驴屎蛋将美好得多（不过也说不定，我想它们干坏事的本领也大得多，这简直是一定的，在地球上我见得多了，这样的老妖精基本上已经嗜血成性）。

我是说假设。假设这个星球上最后死的是人（我必须假设那时候已经有人类，并不只有地球才有。其实我不必刻意去假设人才是最后的灭亡者，且为做这个假设而觉得理不直气不壮，因为显然，凭人类的聪明狡诈，总能撑到最后的关头），那么我可以进一步假设这个人群大约是十来个的样子。这一假设方便我的讲述，因为人群一大，我就犯怵，不知从何说起。

有一日，洪水涨得比平日更快一些，来到了此星球最高山的顶峰，只有一个不足十米高的尖顶露出水面，这十来个人就攀援在那里等待最后的时日到来。已经没有地方来晾晒湿衣服和被子了，想埋个锅造点饭也找不到柴薪了。

"给我们来点硬的，别每天都来软的。"有人叫道，"来点干饭吧，椰子汁喝得我肚子咕咕直叫，黄泉路上我也不想耽误时间，到处找地方撒尿。"

"没有干柴可烧了，况且打火石也没有。做个饿死鬼上路吧。"斜靠在这人旁边的一位说。

"前几天那个干瘦的兄弟还在自言自语，说自己是捆干柴，在等待烈火。把他拆了烧就成了。"另一位一本正经地说。

"可是要到哪里去找烈火呢？你们也不想想，现在就剩下咱们几个了，多少年了，连个娘们儿的影子都找不到。钻燧取火也得找个洞啊。"

他们就这样你一言我一语，不着边际地说着，好像嘴巴皮是唯一还能让他们开心的玩意。我羡慕他们面对死这个东西的那股子流氓而又优雅的劲儿，如果他们能活到如今，一定是人中俊杰老妖精。可是死亡就要到来了，这老天把好人胚子弄没了，连点坏种都不给这个地方留着，看来是要动真格的了。

且慢，且看那边，我准备假设有一封信正在漂过来，我保证这一回椰子壳里装的是他们想要的。

漂过来一个锡皮易拉罐，逐渐上涨的洪水把它推向了这群人的身旁。有人懒洋洋地捞起它，用牙齿咬了咬。"来硬的了，可惜吃不了。"他的嘴角流出一些血，牙齿崩坏了两颗。他把易拉罐丢回水中。

"且慢！这玩意儿我们这从来没见过。"一个善于观察的单身汉扑腾过去，"我们这里的文明也算发达，已经出现了椰子树、苹果树、蕨类植物、苔藓植物，还出现了大象、恐龙、蚂蚁以及，我们，"他重点强调了一下"我们"，"顺便还出现了性、手淫、自慰，这些高级而有趣的个体劳动，以及生产卷烟、唱歌、跳舞这些集体劳动，但还从来没出现过这种玩意儿。"他把易拉罐牵引到岸上（我假设的这个易拉罐很大，是一个可以盛50磅黑啤的那种，讲白了，就是个金属酒桶），琢磨了好久，然后拉开了那个拉环。他用棍子伸进去捅了捅，没有蛇或者蝎子在那里面盘踞，然后他就把手伸了进去。一卷像卷纸那样的东西被扯了出来，上面密密麻麻写满了字。

　　我必须假设这封信使用的语言与这个星球上的没什么区别，不然我还得假设这时候同时漂过来一个翻译，你知道要假设个翻译有多么困难，他得背词典，花费好些年时间在两种语言中反复修炼，最主要的是，他得到另外一个星球上去拜师学艺，有什么样的筏子能渡他漂流银河系？所以我决定，不再纠缠语言的问题了，同时也假设这十来个人中，总有一个识字的。

　　"老天开眼，在我们要死的时候，等来了信。快，读给我们听，那上面说了什么？"

　　"是不是正在派人赶来搭救的路上？他们出动了多少人，想用什么法子？用船还是其他的交通工具？带了绳子没有？"

　　"有食物吗？天上除了下冰雹和雨，能下点其他的东西吗？他们是不是准备投下些能饱肚子的东西？"

"……"

所有的人都焦急地等着这位识字汉读那封信。

这位识字汉半天没有出声，他快速地浏览，一节节往下看去，不放过任何有效的信息，也不愿意在任何一个地方停留太久。他一直默不作声，他这么做的原因倒不是因为他想独享这封信上面的信息，而是他打算把那失望的情绪尽可能地推迟，让那等待了无数年的结果延得更久一些。

"赶紧念啊，来不及了，水快漫到脚掌了。"大伙儿都催他。

"你们是想直接知道结果，还是一段一段地往下读？"

不祥之兆笼罩着这个小尖顶。大家同意一段一段往下读。

"亲爱的邻人，允许我们这么称呼你，虽然远隔一条银河，但很荣幸，我们能共处一个宇宙，共仰满天星斗。我们所见的，必也为你们所见，我们神思的，必也为你们所神思，因此，海外有知音，天涯若比邻，我们的心紧紧连在一起！亲爱的邻人，在我们这里，你被称为外星人，此一称呼的由来，是因为你们与我们不在一个球上。长期以来，我们把你们想像得眼睛突出，四肢细长，长相丑陋但又无所不能。现在我们知道错了，理由有二：一、顺着银河漂过来你们同胞的大量尸体，我们捞起来，发现你们其实长得不错，男的魁梧，女的俊俏。在此我们要向你们致以歉意。二、从你们发出求救信这一行为，我们知道你们也并不能解决自己的问题，甚至可以判断，你们还处在进化的低级阶段，不像我们已经发明了电波传信。对于你们的遭遇，我们深表同情。"

"继续，他们还说了什么？"

识字的汉子白了催促者一眼，接着朗读。他的朗读使用的是几千里外一个小地方的方言，是水把他冲到了这里。聚集在幸存者营地的人们常常讥笑他的口音，但现在大家都把他视为优秀的播音员：

"同情归同情，但是我们必须感谢这场水灾，让我们确切地知道你们存在。我们花了很多工夫在四处找寻你们，为此耗资巨大，却一无所获。但现在这祸害把你们同胞的尸体和信件送到了我们这里，让我们一颗探索外太空的心落了地。这绝非幸灾乐祸，而是我们真实的心情。同时也让我们明白，银河这条无涯之河，不必靠飞船，只要靠筏子，就可以泅渡两岸。感谢灾难，让我们取得了联系。现在，让我们向你们回顾一下，收到你们信时的情景……"

"什么，还没进入正题？没想到另一个星球上的人们也是些慢性子，如此啰唆而不着调。"一个人不耐烦了。

"不着调的是那个慢性子的假设者。且看他如何假设这封信。我继续念，千万别打断我，不然，我不知道我读到了哪里。"

"请念。"

"……我们正在日光下晒衣服，从漫过来的水中发现了一个椰子壳，一个小毛孩顶着它，以为是可食的玩意儿。拿榔头砸开一看（我们这里有榔头，就是铁质的那种，铁，是一种矿物，我们这个球上有，不知道你们那有不），哇！里面有一封信。我们打开了，看得懂（得感谢那个假设者，不然假如你们使用其他的文字，我们将错过了解你们的机会）。我们就开始读了，太感人了，如此哀告而又幽怨，只有我们这里的爱情小说才能媲美。得提醒你们一句：下回写信来时，能否简洁明快些。这太费事了，我们花了几天才读完。哦，这句提醒是无用的，因为很可能你们在收到它之前，就已经死了。另外，我们不会来搭救你们，你们死定了，不可能再给我们回信。"

"去他妈的，什么玩意儿！要我们吗？不来搭救我们，却写来这么酸溜溜的东西。撕掉它，赶紧。"听众中的一个急性子发作了，作势要上去抢，可是他不敢松手，因为洪水已经在拍打着他的身体。随时，他有被卷走的危险。

"这已经是我们唯一的安慰，请继续。"有人横了那急性子一眼。

"请息怒。我们知道你们得知这一消息，会怒火冲天。请不要怀疑我们的仁慈，自打有了上帝和佛祖，以及父母和长辈，我们就得到这方面的辅导。我们常常为一只流浪狗痛哭流涕，更为一个在桥洞下安身的流浪汉有动于衷。我们要告诉你们，亲爱的邻居、外星人，我们此时无法施舍我们的同情，更谈不上施以援手。因为，因为，因为我们这里也正在下雨……"

"难道宇宙下的是同一场雨？就没有一块干地？"有人绝望地喊道。

"很可能，而且我们正好处于银河系的下游，当那些星球开始下雨的时候，我们这里的河流、沟渠便暴满，河水漫灌，最终就是这个下场。看看吧，这水患待会儿就让我们洗个大澡，泡个好汤。读信的，赶紧念，在我们死之前，也且让我们听听他们的惨状。"

识字的那位被众人推着，顶着，立于小尖顶上，他继续念信。

"我们的状况并不比你们好多少。一场豪雨下了几百万年，五湖四海早装满。我们这些人生下的时候就长在水中央，像一朵睡莲那样。大量的牛羊早先于我们而亡，鸡鸭猪等家禽中只有鸭子还保留了几只。我听我的祖父说（前半部分信是他写的，临终时交代我把它写完），很多活物都死于内心霉烂，因为这雨水搞得人心烦。我在写此信的这会儿，洪水已经来到了我的肩膀。我现在写下最后一笔，把它装在一个锡皮罐子里。愿什么力量能把它带到你们那里，让你们这些宇宙中的邻居，能够接收到我们地球人的心意。此致敬礼！"

当念信的念到这里，一个浪打来，他低头一看，脚下的兄弟们纷纷被卷了去，很快洪水就把他们灭了顶，只见到那些干巴巴而又粗糙的手指，向着水面之上不停地抓取，但是它们抓到的是空气（在这里我的假设还算富有同情心，假设的空气中有二氧化碳和氧气，总比虚无、什么都没有要好）。再然后，又一个巨浪扑过来，那个念信的滑了一跤，栽倒在水里，他没有像那些老少爷们儿一样，做那些无意义的抓取事儿，而是静静地把自个融入到水里，直到他开始打起饱嗝。

他每打一个饱嗝，水面上就冒出一串水泡。饱嗝很响的时候，会有一根细细的水柱喷出。如果此时还有人活着，会误以为那是一条正在顽皮换气的鲸。

第十一章　梦游

　　我是说假设。假设这颗星球上曾经存在过水，但是我却假设发了一场大水，这大水还淹死了芸芸众生。亲爱的，在这假设中我犯了大罪，我弄死了全人类。不，凡那些需要靠氧气生存的，肚子里要有货的，都被弄死了，无一能免，这个星球被清理得干干净净，似乎专为我们的到来而打扫的。如此待客太有礼数了，唯一的遗憾是没有一个主人跳出来欢迎我们。一只猴子也好，一头野猪也行，一只鸡一只鸭也不错。可是我不能做这样的假设，因为一旦它们出现了，紧跟在后面的就是人类，这是他妈的达尔文主义设置的陷阱。

　　可是又能怎么样呢？我们要在这个星球上活下去，总不能什么也没有吧？现在就遇到了问题，忙了这么久，我们的肚子开始叫了，呱呱，呱呱，叫得像池塘里的青蛙和癞蛤蟆。这时候我至少得假设有点西北风，来吧，让我们先喝西北风充饥。

　　"不要，我要吃米饭、烤饼。"我的妻子终于醒来了，她脸上的倦容褪去，巴掌脸显得有了红光，眼睛睁得大大，"你在讲什么？吃饭？我饿了。"

　　"那好，就让我假设有米饭和烤饼。但是我得提前假设有大米和小麦，在它们出现前我还得假设有绿油油的稻田与金灿灿的麦地——在做出这个假设前，请给我两季的时间，一季用来种稻，一季用来种麦。"

"等到两个季节过去了，我们早饿死了，亲爱的。"我的妻子、宝贝儿抱怨。

"我倒是没有想到这点，那么好，我就假设在我们来之前，已经有稻田和麦地了，并且只等待收割，颗粒归仓。谁种的？管他呢，只要不是人就行。我可以假设有其他星球的旅行者经过这里，顺便到这里来干了一些农活，种下了这些。按照我们老祖宗的想像，也可以假设有一路神仙，在哪个朋友家吃饱了喝足了，醉醺醺、东倒西歪地来到这里打个盹儿，他鼾声阵阵，结果不小心嘴角上挂着的一粒米掉到了地里（这位神仙一定很邋遢，吃完饭从不擦嘴），于是那里长出了粮食。"

"这太荒唐。脱了壳并且煮熟了的大米怎么能发芽，再结出稻穗来呢？"我那傻大姐、笨小姐平日里总是很支持我的想像力，很少点破我的胡言乱语，但现在，她的肚子提醒她回到现实主义。

"有道理。有关神仙的假设失败。我假设飞鸟把种子从地球上叼到了这里，它还拉鸟屎给它上肥。"我继续我的超现实主义，我知道必须这样，才能抵挡那一阵一阵袭来的饥饿。

"完全不可行，亲爱的。没有一只鸟能够飞得这么远，除非在地球与这个星球之间有无数的小星球，不停地给它提供歇脚点，那血肉长成的翅膀没有那么强的续航能力。再就是，一只飞鸟在路上，它得给自己带多少干粮上路啊？它那弱小的身躯又怎么驮得动呢？"我的爱人善意而温柔地提醒我。

"你把我难住了。不过，我听说七夕之时，雀鸟们不是一只只赶往牛郎星和织女星之间，扇动着翅膀，搭成一座临时的长桥，让放牛仔和织布女得以相会吗？既然传说中有如此美事，我们何不假设有几只鸟也顺便来到了这里？我找到逻辑了——为了报答鸟们的大恩，放牛哥送给它们一些自己种的稻子和麦穗；同样，织布女也送了它们一些桑麻布匹，不，送的是桑树的种子和蚕茧。太好了，这一假设同时解决两个问题：有了稻谷和小麦大麦等各种农产品，还解决了我们的穿衣问题。我们尽可以把牛郎织女想像成慷慨的施主，因为，他们清楚，相对于长久的分离而言，这些馈赠根本不算什么。如果是我，我也愿意奉献我所有的产出、一生的辛劳。"

"那么这样，我们是不是有饭吃了啊？可是我不会烧菜，摆弄锅子、瓢、碗不是我的长项。我唯一的长项是化妆。"

"用不着你来下厨，宝贝儿。顺着原先的民间传说假设，我们还可以假设有一个田螺姑娘，她勤劳善良，美丽健康，每当我们起床，总有一顿丰盛的早餐摆在木头桌子上。而当我们吃饱喝足，总会出现一个看不见的姑娘，那些脏碗筷便被她洗涮一清。那些地板，那张床铺，那些挂在墙角的蜘蛛网，会被她打扫得干干净净。你可以闭着眼睛想一想：当我们在这个星球之上，劳顿了一天（我们就把劳顿当成是必要的锻炼），回家一看，所有的一切都收拾停当。"

"你不是说要没人吗？你怎能又假设有一个女人存在？你违反了假设的大原则。难道除了我，你还嫌不够？我清楚你们男人的德行，总吃着碗里，望着锅里。"

"请息怒，宝贝儿大人。我绝无此意。虽然说男人总有一个梦想，要有两个女人，一个用来爱，一个用来做家务，有时候，甚至是一个用来爱，一个用来做爱……我说到哪里去了，这不是我说的，我恰恰与他们相反。这么多年我爱与做爱的都是同一人，我的灵肉总在一起。我是说有人——别打我，这星球上没有医院，连个赤脚医生都没有，我脑袋让木棍子打破了还不是得你来包扎，如果流了血，我们又造成了水资源的浪费。我说过，在这个星球上我们最该节约的是水，所以我们还是别打嘴仗了，我们得节约唾沫。让我重新来捋一下，刚才我们为何吵架。捋清楚了，我不该假设会有什么田螺姑娘，那好，就让我们自己来动手做饭。我保证，当你把饭菜端上桌，我会极尽赞美之能事。赞美与夸奖是调节任何咸淡的调和剂。放的盐多了，我说好吃，那么它就会变淡；炒得太老，我说不赖，那么它就会变嫩。"

"这还差不多。我原谅你。"

"不过，我还得说一句：我假设的是一个看不见的女性，她与你完全没有竞争关系。你犯不着为一个隐身人动怒。"

"老娘的眼里揉不进沙子。谁知道哪天你想出个什么法子让她显形。况且，多么可怕的事情——那些摆在桌子上的碗自动地回到碗柜里，那些地板上的足迹被一块无人拿着的抹布突然之间擦得一尘不染，那些散乱的弄脏的床单被换洗，然后干净的又被换上，我们留在上面的痕迹……多么让人难堪！尤其是，假如我们正在……一只眼睛在旁边注视，我们怎么还能进行下去？"我的这位清纯的姐姐、单纯的妹妹捂住了自己的脸。

"说得太对了，亲爱的。我没有想到这点，这种虚幻会彻底搅乱我们的生活。那么好，现在就让我们来埋锅造饭。我先用黄泥巴砌个黑灶，但愿好心能有个好报。然后，我去捡柴薪，采蘑菇。我假设满足口腹之欲的一些物什，都按需可取，这样，我们就做出来了一顿美味。"

"可是我还要吃水果，而且还要保证品种繁多。"

"这个要求不难达到。我可以假设因季节的变换，而有不同的水果搬上餐桌。桃子、李子、梨子、杏子、葡萄、荔枝、龙眼、苹果、柿子、枣子，应有尽有。我甚至还可以假设有一些坚果，譬如说松子、杏仁、核桃，等等等等。当然，有些季节水果会大量产出，我们吃不完，得想一些办法来尽量储藏，比如说将它们晒干，做成干果，然后用坛子来装。我们可以把葡萄做成葡萄干儿，把柿子做成柿子饼儿。如果肚子里满满，坛子里也满满，那么我们只能把它们还给大地了。这看似是无奈之举，但实际上会有额外的欣喜——来年会长出更多的水果树，几年之后将会结出更多的果子。亲爱的，我必须澄清一个事实：我憎恨地球但我从不憎恨大地，或者说我憎恨那个驴屎蛋上的人类，尤其是我自己，但我对能长出植物，能让动物们自由奔跑的土地一向心存敬意。我们展开想像吧：一眼望去，在我们住处的周围，布满了各种各样的果园，它们在不同的时日、季节把自己的果实向我们奉献。在不奉献这些之时，则向我们奉献绿色的树叶、高大的树冠、健美的枝桠。我们可以在果园里散步、荡秋千、做游戏。在所有的职业中我最想做的是果农，其次是一个猎户。做猎户我得担心伤到那些小动物，做果农我则没有任何挂碍。在更远处，我们可以想像一下，那里是针叶林、阔叶林，是松树、枫树等各种树种的天下。在它们的腰上，缠绕的是各种藤蔓；在它们的脚下，是低矮的灌木丛以及动物。我得补充一句：栽在我们果园里的那些树，是经过驯化的，不然它们的果子很可能涩口。我们驯服这些树按理说得花很多年的工夫，但为了让你立即有可口的东西进食，我假设它们非常识趣，懂得我为你效劳的心意。当然，对于那些未被我们驯服的植物，我们也不必歧视它们，就好比我们不应歧视那些人类中的无用者和反抗者。我们必须容忍那些异类。总之，在这里，我们必须重新订立很多标准……"

"说得真棒，亲爱的。你的假设渐入佳境，帮我们解决了不少的生活难题。现在我有个建议，我们是不是该走到你假设的那个世界里去，看看它们是不是一片新天新地？"

"很对。走吧，让我们携手同行，瞧一瞧，按照他妈的达尔文主义来布设的这个星球，会不会与地球那个驴屎蛋比较，会有什么新鲜的玩意儿。"

我的那辆老爷车，把我与我的妻子、爱人、小心肝儿、宝贝儿带到了这颗无名之星之上。它本是一颗无法安居的星球，没有氧气没有水没有果腹之物，没有工业、农业、服务业，没有蜗牛般的房子，当然也没有蜗牛；没有火柴盒式的建筑，当然也没有火柴盒；没有像鲜花一样漂亮的美女，当然也就没有鲜花（除了我的爱人她是美女而又像鲜花）。反正，就像我们站在地球上仰望的那些星球一样，它黑漆漆的，灰蒙蒙的，土地不肥，山河不壮（如果它还算有土地和山河的话，我真担心一脚踏空，就跌入到它那个漏斗般的虚空中去）。它如此之小，只容得下一个祖国、两个人、一张床、两副好心肠。我真疑心它是地球在某次自转中，不小心甩出去一大块儿，掉到了这里，然后构成了这个小小的星球。我的这种怀疑不无道理，只是我对它到底来自太平洋的那一块，还是大西洋的那一块，或者印度洋还是北冰洋的那一块，无从考究。

　　凭我瞭望太空的经验，我明白这颗星不过是弹丸之地。那些伟大的星星都拥有广阔的腹地和博大的胸襟，上面山峦起伏，旷野万里，说不定物产丰富，猛兽成群。而我们抵达的这个星球，我总要担心，一阵稍大一点的风就可以把我们吹到宇宙的悬崖下去。它有多么小？我可以告诉你，当我白天在上面行走时，得把步子迈得很碎很碎，因为稍不注意，就可能走到它的外面去。你试过在一个圆滚滚的篮球上立定脚跟吗？对，就是那种感觉，摇摇晃晃，随时得伸出双手来平衡，或者在手上拿一根棍子。我没有这么干，因为我想到了一个办法，把绳子系在腰身上，从一抵达这里我就聪明而识相地这么做了，这样我晚上翻身也就有了一些保障。我跟你讲，有一晚我睡觉，醒来时发现自己的脚已经伸到了这个球的外面，凉飕飕的，来自宇宙的风把我吹醒了，我惊出了一身冷汗。还有一晚，我也是半夜醒来，结果发现自己的身体完全悬在空中，正荡来荡去，所幸绳子将我牢牢地拴紧，我就那么摇晃着睡了一觉，第二天我的妻子发现我失踪了，她对着宇宙大喊、哭号，她的声音全部掉进了宇宙的深渊，久久没有回响。

"是谁在哭丧？把我吵醒了。"我嘟囔了一句，打了个哈欠，哈欠慢慢飘去，形成一股淡淡的雾气。这时候我发现自己双脚腾空，像个小偷被吊在树上那样。我太瞌睡了，整日的劳动、收割，让我疲惫不堪。

"你在哪里，你在哪里？"哭喊声中夹杂着这样的问句。

我发现自己正身处险境，并且也知道妻子正在四处焦急地找寻。但我突然有了一个坏主意。我打算先玩一下失踪，听听她说些什么。

"你到哪里去了啊？你死了还是咋的？"我听见上面有脚步声，来回不停地徘徊，有时还跺脚。

我真想告诉她我还活着，只不过像个冰棍般地挂在星球的边缘下，那里正好是悬崖，凹进去的岩体正好掩护了我的身体。然而我想把这恶作剧延续得长一点。

"你跳星球自杀了？不至于啊，昨晚我不过是拒绝了你亲热的要求而已，我不是说了，我很困，等过了这几天，我们就进行吗？"

这小妮子自言自语，又像在与我对话。

"你让什么东西抓走了？我们刚来到这里，照理说也没得罪谁。这里应该没有警察和打劫的。"

她气急败坏，越说越离谱，我有点听不下去了，真想赶紧爬上去，捂住她的嘴，然后把手指放在她那没遮拦的地方，

"嘘！"

"你让我怎么办？你把我一个人抛弃在这里，你这个混蛋！王八蛋！"她开始想到了自己。这是何等的孤独，一个弱女子，在一个空无一人的星球上。我想到此点，我的心尖儿都在发颤，我听不下去了，准备沿着绳子往上爬。我怎么能让一个女人对生活绝望呢？我腾出一只手来，对着自己的脸轻轻地抽了一下，心里暗骂自己的混账，骂自己是个老流氓、小混蛋。

"我不活了，我也去死……"接着上面就传来一阵阵哭号，到后面变成了一句句含糊其辞的呜咽。

这世界上我最怕的是听到啜泣，那啜泣就像锯子一样，来来回回割着我的心。我的手勒着绳子，向上攀援，有点费劲，因为绳子很软，荡来荡去，比引体向上还要困难。我打算喊我的妻子、爱人来帮我一把，可是另一个念头又出来了，"我应该给她一个惊喜，以作补偿。"于是我决定暂不开口，一个人拼命往上面攀。我想像着当我出现在上面，冒出一只手来，又冒出一个头来，我的妻子将是如何地吃惊，接下来又会如何地欢喜。

这时候我听到她止住了哭声，然后是一声叹息，"不管他了，我先把地打扫干净，然后去做饭。我的肚子又呱呱叫了。"

这句话让我何等地失望。这老娘们儿这么容易就治好了她的哀伤。一股酸楚涌上，从爱情滑向吃饱饭，只坚持了十分钟不到的时间，我这么一次恶作剧式的丈量，便知晓了夫妻之间相处的凄凉。

这回轮到我着急了，我想用力呼喊，可是刚一张口，一些尘土就从上面灌下来了，掩住了我的喉咙；我的眼睛和鼻子也无从幸免，头发上、身体上沾满了垃圾——我那臭婆娘正拿一把扫帚在往我这个方向扫地，我真后悔当初不该假设这里有扫帚，我那么假设不过是为了让她多做一些家务。

更惨的还在后头。正当我呸呸地吐掉口里的灰尘，憋足一口气，使出吃奶的力气往上攀爬之时，一锅淘米水又泼得我像个落汤鸡。我的娘啊！这遭的是什么罪！最可怕的是再也听不到什么声音了，显然，我那小婆娘已经专心烧饭去了。如今我陷在这里，膀子开始发酸，手上勒出了血泡，更严重的是，一股绝望充满了我的胸膛——我将死在这里，再也没有什么来搭救我这个害人终害己的混球。

至于结果，我当然得救了。我哀号了好久，后来已经没有任何的力气，我也不得不放弃挣扎。我吊在那里，就好比是一个木偶，风一来就吹得我直摇晃；又好比是被判了死罪，送上了绞刑架，最大的区别是，绞刑架上的囚犯套住的是脖子，而我吊住的是腰身；我与那些死刑犯还有一个区别是，我还没有断气。我把所有的意志力都转移到默念上，回想自己上半辈子犯下的罪：撒谎，胆怯，不爱卫生，不叠被子，脚臭，假正经，对真理毫不忠贞，背后骂娘，工作不努力，生活不积极……总之，这个正常的傻逼罪恶满盈，活该有如此的下场。我的心里充满了悔恨，最大的那一块痛楚，来自于我还没好好地爱过一个人，我便半路翘了辫子，撂了挑子，抛了责任。

就在我静静地等待着死神的判决之时（我的假设在死神面前是无效的，我不能假设没有死亡甚至没有忧伤。我这个狂妄的假设者对于众神中最黑暗的神无能为力，我必须一再注明此点），一锅发烫的脏水泼了下来，我这只浸泡在死神煮好的一锅温水中的青蛙突然大叫了："啊，啊，啊……"随即我不知哪里来的力气，大声喊："救命！救命！"

我那勤快的婆娘刷完了锅，把刷锅水倾倒在我的身上。她正要离去，听到了我的声音。

"啊，你在哪里？你在哪里？我听到你的声音了。该杀的，你怎么了？咦，声音来自下面，我看看，有什么蹊跷。"

好不容易，她俯下身来，发现了我。她先是发现了绳子（绳子绑在一块巨石上，但是它因绷得太紧而陷入到泥土里，很难引人注意），再顺着绳子顺藤摸瓜找到了我。这老娘们儿欣喜万分，喜极而泣，那一刻我才知道她多么爱我。我不该试探她对我的爱，我得出了一个结论：上帝与女人都是不可试探的，不然你就会遭殃。我活该受此皮肉之苦。

她安慰着我，可是很快她又犯了愁。因为凭她的力气，决计是不能把我拉上去的。这时候我发现她是多么的聪明，平日里那掩盖在化妆品和漂亮衣裳下的智慧现在全凸显了出来。她做了两件事：一、做成个吊篮，给我送下来一些食物和水，我借此狠狠地补充了体力。二、牵来一匹马，套上轭，用扫帚拼命地拍打马屁股。那马终于把我拉了上去。我跌倒在地，与她紧紧地搂抱在一起。

我后来还掉下过这个星球吗？肯定，起码不下十次，因为我睡觉有爱翻身乱动的毛病，听我的妻子说，我甚至在梦里常常踢床板，作势要跟人家动刀子。每年总有那么一段时间，我的梦游症便会发作（那常常是春天）。这方面的证人还是我的妻子、爱人、情人、小心肝儿、宝贝儿，她说我有一回爬到了窗户之上，在梦里拼命地摇着那铁护窗，护窗咔咔作响，把她弄醒了。同时我的嘴巴嘟嘟囔囔，她听不太清楚，但大意是如此："我要出去！谁把我关在这里？放我出去！来人，典狱长，你不能这么对待你的囚犯……"

　　"你把家当笼子了。"第二天我的爱人冷冷地说（那会儿我正在扎领带，准备赶往一个生意场），"那么我是什么，你的狱友，还是你的看守？"

　　"白天是狱友，晚上是看守。总体来说，我们是生活的共犯。"我嬉皮笑脸赶紧跑。

　　"去你的，下回我卸掉防护窗，看你还敢不敢半夜身体不着床！"她狠狠地威胁我。我知道她不会这么干，一个狱友，怎么舍得把另一个狱友放走，而自己独自一个待在那黑屋子里呢？或者说，一个看守，又如何愿意自己失业，没有一个属于自己的犯人呢？

　　还有好几次，我闹出了一些笑话。一次，我半夜起来，照例踩着凳子，爬到了阳台的护窗上，我手里拿着望远镜，对着黑咕隆咚的对面楼房望（那边是巴黎区）。我弄出了一些声响，正好被经过楼下巡逻的保安听见，他手电筒的强光射过来，照见我那愚蠢的模样。那天凌晨，我被带到了警局，差点被当作偷窥狂而记录在案。到了那里，我被他们按到座位上，几个警察问我，我完全答不出，我手上依然拿着那仪器，对着坐在对面的两个男警察、一个女记录员眺望，就好比在眺望无垠的大海、无尽的深渊和无际的天空。说实话，我依然在梦境，我的眼睛里其实是一片茫然。

幸亏我那傻样子救了我，不然急匆匆穿着睡衣赶来打探我为何被带走的妻子一定很抓狂。据我的妻子说，他们问了我很多句，我只是痴痴地发呆，保持僵硬的固定动作，什么也没有回答。

"他有梦游症，他是个卖望远镜的。"我的妻子头发蓬乱，顾不得形象，说出了我的毛病。

"我相信他太太的证言。我与他一样。本来今晚我不用值班，可是我半夜披衣起来，就往这里赶。进了办公室的门，我就直奔枪支管理科，去拿枪。还好同事们拍拍我的肩膀，我才醒过来。习惯会驱使一个人去做他白天所做之事。我现在在这里讯问他，是因为我想着既然来了，就干脆上班。"

我被放出来了，我的妻子对我没一点好脸色。她认为我丢了她的脸。到了家，她还是一脸阴沉，噘起嘴巴，欲言又止，过了好久，她才不放心地问我，究竟大半夜看到了什么。

"什么都没有看到，黑漆漆的，只看到黑暗，生活中的黑暗。"我说。

"就没看到过那啥？"她眼睛瞟着我，嘴角上翘，可爱极了。

"什么呀？"

"那啥。"

我明白她在说什么了。

"我什么也没看见。"我生气了，把衣服狠狠地甩在沙发上。

这是她要的答案。然后她抱着我，我们上床，开始那啥，整个白天都在那啥。

我有梦游症的毛病在我来到这个星球上后，发作得就很少了。其原因是我在这陌生的土地上，根本不做梦。没有梦，怎么游呢？我在地球上的那几十年里，是个做梦狂热分子，虽然常常做的是噩梦。我常常在梦里杀人放火，干尽坏事，但白天却是个温文敦厚的商场中人。我在白天穿很多层衣服，而在梦里却经常赤裸。我琢磨着，这是不是跟我习惯裸睡有莫大的关系。我的梦有时正立行走，有时却倒立行走。正立行走的梦没什么好说的，比如白天做成了一单买卖，晚上在梦里就笑出了声；白天碰到一位久别的老友，晚上便梦见与他碰杯。但有些梦常常是倒立的，那些纷纭的嘈杂的白日景象，在梦里变成了一组组默片；那些在白天发生的拥抱，在梦里变成了诀别；白天我一句话没说，到了晚上却站在高台上发表激动人心的演讲，配的画面是《列宁在十月》。我想很多人都有这方面的经验：在白天你刚刚流着泪与某个人分开在街角，到了晚间却变成了温柔的缠绵。总而言之，地球这玩意儿还是很丰饶的，种下点什么庄稼，就有点什么收获；种下点什么现实吧，晚上就在梦里有果实。只要你摇一摇梦这棵树，总会落下些饱满的、瘦小的、甜蜜的、苦涩的果子。

但是到了这个星球上，我就忘了把那棵树移植过来，或者说我带来了，在这坚硬的苦涩的土地上它就水土不服，干脆就不结任何果子。开始几天我还挺高兴，终于我能睡个好觉了（那些被噩梦追着跑的朋友一定能理解）。我睡得极香，连翻身都少了很多。我直挺挺地躺着，望着那金灿灿的星空，"多美的发呆"，然后我就睡了。我的妻子也是如此，我们并排着，数星星。可是没几天，我却翻来覆去睡不着，星星数来数去数厌了，我们俩相对无语。于是我便进入睡眠，想进入那条黑暗的通道，可是我的脑子里却是一片亮堂，似乎那些闪亮的星是一个个探照灯，在我的眼前晃来晃去。多么可怕的明亮！如果这也算梦境，那么我宁愿在梦里一切都黑暗，因为那样的话，至少会让我闭着的那两颗眼珠子得到片刻的休息。况且，没有梦的夜晚是如此的空虚，就好比一个巨大无比的屋子被腾空了，所有的家具被搬走了，而且主人和客人、男人和女人、丈夫和妻子都不在，连吵个架、摔个碗都找不到对手和道具。我躺在那床上的心空落落的，那心情，好不过我第一次掉到星球外的时候。我翻来覆去，辗转不息，掉到悬崖下也就是说掉到星球外的次数更勤了。

当然，现如今我不再害怕半夜里向着深渊坠落这件事儿了。自从第一回遭了大罪，我学聪明了。我把绑在身上的绳子缩短了很多，即便是滚到星球外面去，也很容易攀到悬崖边的石头。为了能及时提醒我的妻子，在入睡前，我把马脖子上的铃铛挂在自己的脖子上，那样子看起来很傻，然而很管用，风一吹它便叮当叮当作响，我的妻子醒来，只要一发现我不在身边，便可以闻讯而来。我甚至还发明了一组滑轮——我选了一棵粗壮的有着结实枝桠的枣树，把它栽种到靠近床的地方，我编织了一个可以容纳三四个人的吊篮，用绳子系住它，并且让绳子穿过枣树枝桠。每当我早晨醒来，声音从悬崖下发出，我的妻子就把吊篮放下来，我坐进去，她轻轻地拉绳子的另外一头，我便升上了悬崖。

多么棒的发明。我们两口子后来还把这当成了难得的游戏。我们双双坐在吊篮里，扯住绳子的那头，慢慢地把自己放到悬崖下面，在那里，我们把脚丫子伸出去，一起吹着风，看着云，掏出望远镜，我们还可以往地球的方向望去，看看那里最近有什么动静。玩够了，我们再拉扯绳子，把自己升上去。这种危险的游戏有点刺激，但我们的内心却很平静。我把这当成是一种难得的消遣，尤其是在农忙季节里。它平衡了我晚上无梦的遗憾，让我总能找点事儿干。

这就是我与我的妻子、爱人、小情人、心肝宝贝儿在这颗无名之星上最初的生活。没有哀痛也没有梦，没有什么把晚上的头脑塞满，一切都显得空空荡荡。有一晚我和衣而眠，我假设的秋天来到了，风有点凉，我想着应该在冬天来临前把房子假设出来，那样的话我们才可以避寒，可是秋天我还不打算做这个假设，想着还有点时间，让我们像个野人一样能够露天，直接与天上的星星对谈。第二天早上，我的妻子醒来，发现我又不在她身旁（我可以假设这里没有露水，所以我们的被子一直以来都很干爽）。

"一定又到下面去了，这该死的，能不能省点心。哪天我不拉你了，看你还敢不敢这么折腾。"她这么说过好多次了，但每次都很快把我拉了上去。我对她有完全的信任。与其说我信任她对我的情意，还不如说我信任她对孤独的恐惧。我对爱情和婚姻的全部理解便是情意加恐惧。我这么说是有道理的。

她没有睡醒，摸摸索索地往悬崖边走去（我回想起这个场景，不禁内心颤栗，稍有不慎，她也会掉到下面去）。她喊道："新加坡区男人，你睡得怎样？晚上有没有踢被子？"她清了清嗓子，声音显得清脆。

我没有回应。

"懒虫，起床。"她提高嗓门，顺手捡了块小石头，往下面扔去。石头掉进了深渊里，久久没有回音。我曾经警告过她不要随意往星球外扔东西，因为弄不好就会砸中周边的星球上那些万一存在的生灵，更不得往地球的那个方向扔，因为我知道那里密密麻麻全是人。我本人就有过一次走在楼下，被楼上的顽皮孩子扔下一只火车模型砸伤的经历，那让我整整在医院里躺了三天。她总是不听我的话。

她打算去找扫帚。这打扫垃圾的工具如今不仅可以往我睡着的身上扫灰尘，将我弄醒，还可以作为体罚的道具。她回过身来，结果就看见在巨石后面的我。

我正如一头老牛，套着轭，身体保持前倾，绳子绷得很紧。我双腿跪在地上，头很低，前面已经被我的手指刨了一个坑。

"原来你在这里。你在干什么？你在犁地，还是拉车？"我的妻子大嚷，而原来她总是娇滴滴。

我一动也不动，像解放桥上的那个雕塑。她推了我一下，我依然静止。此时她已经扫帚在手，用它狠狠地拍打我的屁股。我突然惊醒过来，想往前迈步，但腰上的绳子绷得太紧，反方向力作用在我的身上，我向后摔倒在地。这个时候我晕晕乎乎醒过来了。

"干什么那么用劲？"我瞪着她，我的小眼睛真想立即鼓若铜铃。

"你干什么那么用劲？"她懊恼地反问我，指着我那奇怪的姿态。

我看了看、摸了摸自己，一身的土，一脸的泥。

"你梦游了？"她嗔怪地问，"一定是的。"她的眼睛扫向深渊，深深的担忧浮现出来。

我愣了几分钟，拍拍身上的尘土，解开绳子，走到池塘边去洗脸。洗着洗着，我突然跳进了浅浅的池塘，手舞足蹈地大叫起来：

"我做梦了！"

然后我就扑腾着上了岸。我的妻子也似乎明白了什么，她跑过来。她打着赤脚，高跟鞋跑丢了。

在这个狭小的星球上，能够做梦是一件多么危险而快乐的事情，那些在地球的床上随时能做梦的人类，肯定很难理解我与妻子这时候的心情。我的妻子得担心我因梦游症发作而滚下去，她不得不在我的身上多捆了几道绳子，并且仔细地检查绳子是否结实，每次睡觉前我差点被她五花大绑。而她呢，她自己只需要一根就可以了，她一向睡觉老实，在地球上便是个没有多少梦的人。我曾建议再找一根绳将我们拴在一起，这样我们便成了一根绳上的蚂蚱。

"夫妻本该如此。"我说。

"不干！这样我没法睡，"她接着说，"我可不想与你同归于尽。"

这话让我恼怒。但她又补充了一句："如果我们都滚下去了，那么谁来救我们呢？"

她真聪明，常常知道我要听到什么东西。

"一个没有梦的星球是不能算星球的，是不宜居的，亲爱的。"我对我的妻子说，"它总像缺少什么，像菜里的盐，或者是爱人的吻。屈指一算，我们离开地球已有一年两年，我对那里的唯一挂念，是它能够有梦，至少有噩梦，不至于让我在夜里闲得发慌，什么也没的干。那里有梦，就好比那里有黑暗。亲爱的，我热爱那种黑暗，这是我离开时未曾想到的。"

"现在你有了，你该满意了吧？"

"我很满意。你有了吗？"

"还没有。我的梦比较少，我想它来到我这里应该会晚一些。"

第十二章　寻找

如今我的假设要变得容易一些了。就好比打开一扇闸门，上游的水便会倾泻下来。因为梦的闸门打开了，我大脑中这台假设的机器运转得要顺畅得多。我可以假设有山，有水，有任何我要的东西。还有一个理由——这里既然能生长梦，那么说明这里的土地应该开始变得肥沃，因为梦是从土里长出来的。第一天夜里长出梦，第二天梦醒了，那个旧梦便会凋谢，但是凋谢的梦又转化为肥料，第二日夜里又可以长出更大更多的新梦。那些明了马铃薯的栽培、发育过程的人会明白，我所说的全部属实，因为梦就是另一种马铃薯，一块小小的种薯切块，便可以生出好多的薯仔。如此循环，梦越来越多，土地也越来越肥；土地越肥，种起其他的庄稼来便轻松得多。

因此，如今我至少可以假设，不出几年，我们所在的这个无名之星，将是一片食物的海洋，而且树木成林。我的假设完全可以放开手脚，更为大胆一些。至于在动物的假设方面，我是不是应该使其品类繁多丰富一些呢？我想想，这个有点困难。按照他妈的达尔文主义提供的证据，动物要经过诸多进化链条，才来到目前的这个样子，但我总是认为，它们最初都来自于土地，跟植物一样，唯一的区别在于，它们不能靠种在泥土里，就能长出个另外的自己、更多的自己。不过这样也好，我们可以控制它们繁殖的速度，繁琐的生育过程总能使一些偷懒的家伙节制一下自己的行为，不然，你想想，如果在花坛里、小溪边、高速公路隔离带上、石头罅隙间……也就是说，凡有点泥土的地方，都蹦蹦跳跳地长出一些动物来，你会觉得多么的拥挤和没有秩序。不过，我左思右想，认为在这星球上我可以胆子大一点，就让第一批动物是从土里长出来的好了，这里的大地就是它们的母亲，它们在泥土里孕育成形，有的长达数月，有的短则几天，有的破土而出，就在我与妻子转眼的一瞬间。唯一不能长出来的是人啊，我害怕在这里见到他们，就如同狂犬病人害怕见到水。

　　我可以假设在某些季节，当植物落英缤纷，叶子纷纷回到大地，甚至茎干、枯枝也还给土地，那些长出来的动物也会把身体还给土地，只是，它们实现这一过程要难一点，得借助一些中介，假他人之手来实现——它们倒伏在比自己更猛的猛兽的爪牙之下，更猛的猛兽又倒伏在捕猎途中，除了老和病，食物链这张网会把它们一网打尽，让动物们把骨头和血留给大地。人类也是如此。但我不希望在此遇见他们，我更不希望人类埋在地里，隔不了多久就长出新的人，他们的骨骸和血肉只能做其他生命的肥料，他们的温床在别的地方。我最终也将死在这土里。如果我先离去，我的妻子会帮我收尸（我也只能靠她了），那么我能允许自己在土里发芽吗？我想我不能。我不能滥用假设的权力，滥用我掌握叙述的权柄，就让自己有什么特殊的待遇。假如我要自私自利，那么我希望我死在我妻子的后头——我这么说，假如是在地球，我肯定会被人扔石头，以为我想自己活得更长久。错！我对那人间没有那么贪恋，而是我害怕走在前头，我的妻子、爱人、心肝宝贝儿没人照顾。我如果把她交到别人的手中，我在死时会心生嫉妒。这嫉妒会拖延我与死神在路上相遇，其结果可想而知——我的妻子还得花更多的工夫来服侍我。最恼火的是，女人的哭泣最让人痛苦，那比死还难受，比起看到她孤独的样子，听到她哭泣的声音，我宁愿选择后行一步。就让我来承受比死还难受的事情吧。

如此逼仄的一块土地，我必须靠我的假设，也就是我的想像力来把它放大千万倍，才不至于让我的爱人受委屈。因此，我宁愿遵从他妈的凡尔纳体系和他妈的达尔文主义，把这个弹丸之地打扮成一个新天新地。现在，我携着我的爱侣出门了，且让我们来检阅一下，这些假设能否使这里成为一片丰茂之地。

左边是一口池塘，水在那里存放，水里有鱼，慢悠悠地游来游去。右边是一块青青的草地，一头牛、一些羊和一些鸡在草地上吃草，觅食。我们房子的前面是一望无际的田野，上面种满了庄稼，庄稼成熟，只待我们拿着镰刀去收割。房子的后面呢，是果园和树林。这些无须我再多言，在我前面的假设中已经依次出现。我要说的，是我们的这排房子，三间木屋，再加一个牛圈、一个马厩、一个狗窝和鸡窝。我不能太贪心，假设这些就已经够了。倘若假设得太多，反而会让我们受累。

"到远方去吧，趁我们的马儿吃得肥壮，我们带上干粮，去熟悉一下我们的这个星球。"我的亲爱的提议。

我也正有此意。我对一个新地儿总有无限的好奇。"嗨，我去牵马，你去检查一下鸡是否有食。不必锁门，我根本就没有假设这里有锁和钥匙。谁会上这儿来偷咱们呢？狗不必管它，它会一直尾随着我们，这看家狗早就挣脱了锁链，跑得比谁都快。"

"那你扶我上马。"我妻子来到马前，她换下了常年惯穿的裙子，着上一条轻便的牛仔裤。

"遵命。亲爱的，我告诉你骑马的规则：与我们的车不同，它的驾驶位与副驾驶位是并排的，而马的驾驶位与副驾驶位是前后的。我先扶你踩着马镫上去，我再自个儿翻上来。我手持马缰，让它往左，它不敢往右；让它小跑，它绝不会绝尘而去。好了，一切妥当，我们开始出发。唯一得担心的是，我们前面没有路，因为路是人踩出来的，谁会帮我们踩出一条路来呢？所以，我们必须小心那些荆棘，那些刺儿，那些杂草。"

我们就这么上路了，在一个星球之上，如果你们有比我卖的还高倍的望远镜，你们会看到，我们在高头大马上那英姿飒爽的模样。那是比走在城市的马路上要自在得多的驾驭。没有红绿灯，没有你挤我我挤你的围困，不必担心交警，更不必担心撞到行人。鲜花满地，天高气清，只有马儿打着响鼻，和蟋蟀美妙的弹唱。来吧，让我们自己唱一个曲儿，把我们的喉咙放开，我们尽情嘚瑟，因为这自由的一天。

来到了一片开阔地。那里有几只野鸡，正在炫耀它们的羽毛。它们还未曾驯化，或者永远难以驯化了，与我们圈养在羼子边的那些同类们相比，它们的翅膀更硬，要捕捉它们非常不易。我们为什么要捕捉它们呢？就让它们自在远去，我们不要试着去靠近它们，进入它们的地盘。

　　再往前走，是一处缓慢的斜坡。斜坡往左右以及往上延伸，直到与森林接壤。斜坡上长着绿油油的草和黄色、紫色、红色等各色花儿，从这里踏出一条路来，似乎并不艰难，因为花草不及半尺长，刚刚掩到马蹄。放松缰绳，马便作势要低头吃草，我诚然想早点去到那森林地带，但我不忍让它伸出的嘴巴空空而还，于是我就再放长一些缰绳。这畜生美美地吃上几口鲜草，贪婪地不愿抬起头来。我的纵容使它忘记了出行的目的，还以为我与我的爱人是骑着它出来遛马放牧呢！

　　我也差点忘记出行的目的了。我的爱人紧紧地从后面抱着我，热乎乎的让我的心生出许多暖意。对此美景与佳人，我徜徉不前也是可以原谅的。就让马儿多吃些草吧，反正不像汽车，加点油还要掏钱。这天然的草料会产生巨大的马力，最大的好处是除了马儿拉点屎，放点屁，不会像汽油那样产生难闻的尾气。

　　"马儿，多吃点，吃饱了我们就上路！"我对它喊道。我的马儿自顾自啃着野菊花、狗尾草，不理会我的提醒。

　　"马儿，够了！吃得太多就想打瞌睡了！"我开始催促它。我把缰绳收紧，用腿夹它的腹部。马儿不情愿地抬起头，扬起马鬃，前蹄扒了扒泥土，发出阵阵的嘶鸣。

"亲爱的，我们是不是得考虑给这匹马儿起个名，有了名，说不定它就会听你的。"看我半天还在原地，我的宝贝儿想出来个好办法。

"这主意不错。上回我去爬山，骑了匹毛色乌黑的公马，我问赶马的，这匹马叫什么名儿，马夫回答我，'黑马。'我再问了一遍，'马夫兄弟，我问的是它的名儿，问的不是它的毛色。'你知道马夫怎么回答我？'黑马。这就是它的名儿。'然后只见他挥动着鞭子，喊了一句：'黑马，走起！'那马儿便一溜烟跑起来，差点把我颠下马背。要不，我们也给这马儿起个名儿叫'黑马'？"

"这太马虎。就好比你不能叫我'女人'，我不能叫你'男士'一样。我们不能太吝啬，开动脑筋，我们给它想个好的名儿。"

"黑牡丹。"我脱口而出，在我的前方，正有一丛牡丹在热情开放。"一听这名字，就知道它是匹母马。"

"这名字一听，就让我想起人类中那些叫'王黑妹''李黑娃'的人。我们得给它起个符合它的身份的，好对得住它在这个星球上的地位。"

"我想想，叫它'马唯一'好了。因为很明显，在这里，在它遇见一头公马或一头公驴之前，它是唯一的马匹。很遗憾，我没有来得及为它假设有一个伴侣。"

"这也太草率了。又让我想起我们曾经的邻邦，那些人取名，老大叫大郎，老二叫次郎，老三叫三郎。我真想问他们一句，如果是家里的独生子，是不是就叫'一郎'？"

"这我还真没明白究竟。我开动脑筋再想想。我搜肠刮肚，也得弄一个漂亮的名儿给它用。我琢磨了一下，或者叫它'蒙蒂雅'，我们的那些汽车都有一个洋名字，叫起来拗口，但听起来洋气，我们那辆车叫什么来着？"

"这有些靠谱。确实是如此，就好比我们买车，叫'富贵'的总无人问津。就叫这个名儿好了。我们征询一下它的意见，来，我们对着它喊'蒙蒂雅'，如果它打响鼻，那说明它很满意。"

"蒙蒂雅。"

"蒙蒂雅。"

我与我的爱人各喊了一次，那马儿似乎听懂了，打了好几个喷嚏，于是我们就这么定了。我与我的爱人击掌两次，算是办成了一件大好事。

就这样，我们一路说着话，来到了离我们的木屋三里开外的缓坡边。远远望去，那矮矮的屋子已经缩小成一个小黑点。我掏出望远镜，递给我的爱人，让她看看那些鸡鸭牛羊是否正在干正事——吃草，划水和下蛋。

"都在一本正经地干活工作，我的监工大人。"我的爱人作答。她把望远镜递给我，我把它挂在脖子上，接着听到我太太的担心，"有个最大的问题：我们离开家这么远，如果我们要回去，我们又怎能找得到路？你回头看看，刚刚被我们的蒙蒂雅吃过的草地，瞬间就已经长齐；那些让蒙蒂雅踏出的路，两边的花花草草一下子便合拢遮住了足迹。亲爱的，多么疯狂的植物！我真担心我们这趟出远门，等回程时就找不到路了。

在地球上，我们可以问路人，或者按照简易地图来按图索骥，现在呢，没有人可以给我们指明方向。"

"你的顾虑不无道理。对了，我们有条大黄狗，可以让它撒尿做记号。你知道狗的鼻子最灵，它们离家千里也找得到原路。顺便，我们也给它取个名儿，我觉得就叫黄富贵，狗的名字还是越土越好，不然我担心它会把自己当宠物，只知道打滚撒娇。"

"我赞成给它这个名儿。我记下来了。但问题还没有解决：它不可能有那么多的尿，不可能一路上都做得成记号。还有，万一它撒欢跑丢了，我们怎么办？我们不能把希望寄托在一条狗身上。"

"那行，我们再想想其他的主意。可以这么办——我们来给经过的地方，所看见之物，都起个名字，这样一来，我们提起它们时，会显得方便，同时，把这些名字做成牌子，插在它们的上面。"我的太太沉吟了一会儿，说道。

"很棒的主意。我补充一句，我们随时绘制地图，把这些地名标上去，那么我们无论走多远，都可以万事大吉。"我迅速地掏出纸和笔，恨不得立即就行动起来，"这样虽然有些麻烦，但肯定行得通。"

"说干就干。"

于是我们做的第一件事，是给左前方的那座高山命名。我架设的竹制水槽正从那里穿过。

"亲爱的，它是什么山？"我的妻子问。

"高山。"我一边在图纸上简略地勾勒出那山的模样，一边回答她。

"我问的是它该叫什么名儿！"

"我考虑一下。参照地球上那些命名的规则，就叫它鸟形山好了。你看，从左往右看，它就像是一只始祖鸟，那里是它的嘴巴，中间长了些树木，就像是它的羽毛。缓缓铺开的，是斜坡，我们可以把它当成是飞鸟稍稍下垂的翅膀。人类命名一个地方，首要的规则，是看它跟谁比较像。象什么形，取什么名。我们不是常常见到有些地方，叫什么马背山、骆驼峰、卧虎寨、睡狮岭、裤带沟、双乳峰、屁股缝……这些名字俗是俗，可是看上去还真他妈的像回事。"

"那好，就依你的，鸟形山。你记得标上去。"

"遵命！鸟形山，多好的名字。我来画只鸟，并且在它的背上写上这么几个字。我用拼音注明一下，此处的'鸟'读'niao'，不是读'diao'，我们经常把在天上飞的，与在裤裆里筑巢做窝的搞混了。"

"去你的，又不正经了。你嘴巴能不能干净些，给人家取名是个多么神圣的事情。"

"这怪不得我，我只是说出了事实。也不是所有的象形命名法都那么俗气，譬如说吧，在我们的地球上，有座山叫卧佛山，真的像呢，一个菩萨躺在那，袒胸露肚，一副胸怀宽广的样子。在它的肚脐眼上，建了一座庙，那里的香火很旺。我去那里烧过香，许过愿，给了不少的香火钱。我在那里体验到了一种神圣，只是在插入香火蜡烛的那一刻，我有点疑虑，我们烧了这么多的香，要是把菩萨烫着了怎么办？还有个地方，我去过一次，当地的村民叫它为皇帝岗，因为它远远望去，像极了我们从前的一位皇帝。这是后来被外人发现的，当地村民在那里砍樵，烧荒，千把年也没觉得它像哪个皇上（那时候此皇帝还没出生）。我去参观过，对照一些绣像，还真的挺像，头发、脸部的轮廓、身板，简直是惟妙惟肖。我就有一个疑惑，到底是这位皇上长得像这座有福气的山，还是这座山生得像这位有福气的皇上？我琢磨很久，相信是后者。因为有了与皇上的相像，这座山后来游人如织，大伙儿来那里朝拜。当然，也还得烧香，许愿，捐香火钱。你不知道啊，我们地球上常常把皇上敬奉得跟神仙一样。"

"说了这么多，别耽误工夫。画好了这一个，我们还有其他的名儿要命。"

"遵命！我的仙女、女王。"

我与妻子来到斜坡的上方，回头看着这片花海与草甸。"得给它起个名儿，好听点的。"我的妻子跑到一丛杜鹃花前，她开始采摘起来，并且用树枝别成了一个花冠，"给我戴上。"我听她的吩咐，给她戴上了。

"这一处的名字留给你来起。"我说，"你说叫什么，它就叫什么。"

"叫美女坡。"我的妻子说。

"很好。这名字容易记，让我想起好汉坡、快活林。"

"那么这条路呢，它已经隐藏起来，看不见了，它穿过这片花海和草地，我们回来时还得从这里走。"

"那些消失的、第二次找不到影儿的路以及事物，我们犯不着为它们命名，这样会浪费名字。我们为它们命名，就是想让它们有所确指，但既然我们确指不了它，那就算了。"

"嗯。"

于是我们开始往山坡上走去。当抵达森林的边缘时，从那里望过去，会看到成千上万棵高大的金刚松和笔挺的榉树，以及其他的一些叫不出名字的树（它们在地球上就没给个名儿，或许在植物志和生物大百科全书上有名字，但我叫不出）。这片森林挡住了我们的去路。

"这是我们的财产，亲爱的。森林是一个巨大的仓库，我还从来没见过有什么事物能跟森林相比，金矿、银矿乃至帝王的墓葬都没有森林那么多的宝藏。我们怎么用它？很简单，它首先生产氧气，满足我们的呼吸所需（我再也不需要凭空来假设这里有大气了），接着生产木材，我们可以用来搭房子，造工程。再次，它可以生产蘑菇，那些有益于人类的菌体。我对蘑菇的喜爱，超过了肉类。我昨晚做了一个梦，梦见我们这下雨了，我在一棵巨大的红菇下躲雨，这把伞保护了我，使我免遭雨淋。"

"我昨晚也梦到了这个场景，亲爱的。"我的妻子俯下身来，蹲在两棵榉木前，那里有一丛美丽的红菇。

"你已经有梦了？太好了！而且与我在同一个梦中，难怪昨晚我待在红菇下，感觉到拥挤。"

"你没在梦里见到我，我可是看到你了，你在那儿蹲坐着，将脚缩着，雨水沿着蘑菇的边缘流到地上，蚂蚁在你的脚下匆匆忙忙地搬家。我看你神情恍惚，把头靠在蘑菇杆子上打瞌睡。我正在地里干农活，一阵暴雨把我的头发淋湿了，我见到这里有一把红色的伞，便跑向这里。没承想，你在这里偷懒。我真想踢你一脚，看你睡得那么香，我不忍心。于是我挤进来，躲了一会儿。"

"难怪我没有看到你，原来我在梦里睡着了。不过，我恍恍惚惚见到有一个女人的影子，在我的面前晃荡，她穿着透视装，后来，干脆脱得精光。我还以为遇见了仙女，这是一个美梦，我在梦里吞口水，舔舌头。"

"狗东西，你想得太美。你在梦里竟然认不出我来，你竟然梦见了别人。"

"太熟悉的人一般很少在梦里相遇，这是美梦的一个特征。另外，熟悉的人也很难在梦里相认，这是噩梦的表征。所以，我昨晚的梦既不好，也不赖。"

"你且说说，为什么我梦见自己是在忙农活，而你梦见自己在蘑菇下打盹儿？这太不公平，同样是一个梦，一个场景，我们却分工不同，我在梦里累，你在梦里睡。"

"这有什么不公平的，梦是相反的，说明我白天在地里干农活，你却在家睡大觉。如果你觉得还是不平衡，我们可以换过来。"

"不换！"

"真是聪明人。另外，我想告诉你，那棵巨大的蘑菇不是我钻进去的，而是当我进入梦境，梦见下雨，但我正在打瞌睡，然后旁边嗖的一声，长出一棵来的。我得感谢老天，他送伞送得真及时。后来雨停了，我想着把它摘下来，洗干净，白天正好可以炖一锅蘑菇汤，可是当我迷迷糊糊想这么干时，这把伞却不见了。然后看到你在我旁边，裸着身子睡得正香。"

"不扯这些了，亲爱的，我原谅你。我们现在面前出现了几只动物，按照地球人的叫法，它们中一只叫老虎，一只叫犀牛，一只叫麋鹿。我有点害怕，因为里面有猛兽；我也有点欣喜，因为里面有可爱的动物。"

三只野兽横在我们的前头。我的妻子紧紧地抱着我，躲于我的身后。我那匹蒙蒂雅裹足不前，它的前蹄扬起，好似在做什么一决雌雄的防御。我也吓得心惊肉跳，像我这种只在动物园看过一些笼中猛兽的家伙，真他妈的有点屁滚尿流腿发抖。但我得保持镇定，假如此时地球上有个我的老顾客拿着个高倍望远镜在看我，我他妈的会丢了做爷们儿的脸。于是我昂首挺胸，目光如炬，把恐惧之心压在五脏六腑的最里面。这时候我看到三只动物的身后，是三条窄窄的道路，道路上印着大大小小的足印，一看就是它们分别踩出来的。三头野兽把守着各自的道路。照理说，这三位在一起，应该打斗一番，但是它们却好似同伴和同伙，同仇敌忾地向着我。

"亲爱的，我们还是退回去，我害怕那猛虎，你看它那要吃人的样子，还有它那尖锐的牙齿。"我的姑娘瑟瑟发抖，说话的声音如蝇嗡。

"绝不能退缩。因为我听说，与野兽狭路相逢，如果你撒腿跑，它就会从后面咬你的脚踝或脖子。而如果你直视它，它反而会撤退。我不确定这说法是否真实，但我们现在已经没有退路。"我这么说着，同时把目光抬起来，死死地盯着那老虎。我与一只老虎对视，我的眼睛里有那庞大的虎躯，那老虎的眼睛里有我和我的妻子以及马与狗的身体。我们足足互相盯了五分钟，最后，老虎低吼了一声，退了一步，又退了一步，然后消失在了丛林中。

这一招真管用。于是我又用眼神去盯那头老犀牛。我重施故伎，盯着它的眼睛，可是这家伙竟然迈近了一步，接着又近了一步，眨眼的工夫，几乎就要来到我的近前。我完全慌了，不知道还能做什么，只管鼓着眼珠子。

"盯它的角！盯犀牛角！"我的妻子狠狠地拍打我的肩膀。我不知晓盯着犀牛角会是个什么道理，但我照做了。我把目光集中到那个尖角之上，我想那一刻，如果我的目光能像太阳一样有热量，那么透过一个凹镜，定能把那个锋利又丑陋的玩意儿点燃。但我明白，世界上有两种光其实与热无关，一种是月光，另外一种就是目光（还有一种光既产生热量，并且还响亮，那就是耳光）。

我的妻子也这么做了。奇异的事情发生了，那皮肤糙厚的犀牛迟疑了一下，竟退避三舍，回过身去，一溜烟跑了。我惊呆了，但我的妻子却哈哈大笑起来，她的笑声惊动了森林中的活物，一阵骚动，鸟儿扑腾着翅膀，小兽钻进了巢穴。

"你怎么知道看那里，会让它退却？"我对这小妮子、老娘们儿的本事惊讶万分。

我的小妮子、老娘们儿很得意，"我有个经验，如果盯着一个人的弱点，会让他心生疑虑，不自信。我原来跟你说过，有一回，有个自以为是的家伙想骚扰我，他那肆无忌惮、腆着脸的样子让我直恶心。我冒出个主意，使劲地盯着他的那只酒糟鼻，然后他立即眼里暗淡，脸上无光，乖乖地快怏而去。与其他的牛相比，我想着犀牛一定很在意它头上的那个尖顶，我想那就是它的命门。"

"真聪明。算你狠，算你有道理。"我啧啧称赞，吻了她的脸颊。"现在你打算拿那头麋鹿怎么办？"

"很简单，我们走过去，摸摸它的头，它便会让出一条道。"我的妻子翻身下马，她来到麋鹿的近前，摸了摸它。麋鹿果真不疾不徐地离开了。

"我们得给这几条路取些名了。来，我把权力让给你，你说，我记。"我也摸摸她的头。

"那就叫老虎大道、犀牛路、麋鹿小径。"

"根据每种动物的体量和威望，来判断它该是大道、路还是小径，非常好。我们地球上也是这么干的。在有黑鱼出没的河流，我们叫黑鱼河，在有天鹅游玩的水面，我们叫天鹅湖（其实天鹅隔几年才来一回）。动物们一直是我们命名的重要来源，什么瘦狗岭、野猪林、兔子坳、白马村、黑龙镇……熊市、牛市……不对，后面两个是股市，不是城市的名字。我脑筋有点笨，把自己绕进去了。我现在想起地球上的那些地名儿，从欧洲到亚洲，从城市到乡村，从道路到街区，我有点忧伤，那里面藏着多好的一些字眼儿，让人无限遐想，我们在最初给它们名字的时候，用尽了心思和想像。有时候我开车经过这些地方，看到那些名字，自然而然，我的车速就慢下来了。

我这么做，不仅是流连于这些地名，而且怕那里动物出没，开快了撞到它们。"

"我真想爆粗口——你怕是撞到鬼了。在那些地方瞎转悠，哪还有什么鬼动物，都多少年了，那里根本就变成了一堆水泥、钢铁、企业、超市和写字楼、小卖部。难怪我几次让你去办事，你老是转了半天才回来。你骗人，说是自己迷失了道路。"

"我道歉。我保证，这里只有三条路，我再也不会瞎转悠了。你说说，我们现在走哪条？我的女王陛下。"

"走麋鹿的这条。这条最安全，如果我们在路上遇到它们，我们也不用害怕什么。"我的爱人作答。

我真不该一时冲动，把选路的权力交给这位路盲。我该想到，她每次开车时，我都恨不得在她的车前头拴一只导盲犬。当我们一踏进麋鹿小径，才走不到一里路，我就直想大呼上当。麋鹿小径弯弯曲曲，时而上坡，时而下行，这还不算，大多数的时候我们在荆棘、刺儿堆里钻。我与我妻子的衣裳被挂得破破烂烂，手上和腿上都负了点轻伤。可苦了我的那匹母马蒙蒂雅，它低头看不见路，抬头又撞着了树。就连我那条看家狗，也遭受了不少的疼痛——它拼命地想追那些四处逃窜的松鼠、刺猬、野鸡，结果不是让那些矛状耳蕨扎了皮，就是让刺猬扎破了嘴。它气喘吁吁，由本应担任的开路先锋，常常变成了拖后腿。我们得不时地呼唤它的大名：阿黄！阿黄！阿黄……隔很久，它才回应：汪汪！汪汪！汪汪！这是我们在这个星球上为数不多的，假设已经被我们驯化的狗类，而且只有一只，我们担心它一旦走失，我们在重新驯化的道路上又要忙活很久。

　　几天后，我们深入到了森林的腹地，在一个湖边扎下营地（如果我早知这里有个湖，我又何必千里迢迢地翻越高山，去很远的地方取水。我的假设弄错了方向，或者说我的想像力从来就没有抵达这个地方）。坐在那里啃干粮的间隙，我与我的爱侣发生了争吵。

　　"我们应该选老虎大道，宝贝儿。"我憋了一肚子的怨气，这个时候壮着胆子提起了这个话题。

　　"你不怕被老虎吃了？选这个没错。"她睁着大眼睛，盯着我的小眼睛。

　　"老虎走的是大路，那里宽。我们用不着这么辛苦。我告诉你，越是凶险的道路，越是容易走得通。越是绕着危险走，我们就越是艰辛难行。"

　　"可是老虎怎么办？老虎，老虎。"她不寒而栗，一只猛虎的阴影，埋在她内心的那个湖泊里，当我提起的时候，那湖泊便印出老虎凶猛、恶狠狠的嘴脸。

　　"用老法子，我们对付它。"我说。

　　"如果是在夜晚呢？你什么也看不清，它在暗处，你怎么是它的对手？"

　　我陷入了沉默。我没有想过黑夜这回事。

　　"可是，可是，我们总有办法……"

　　"不！不！"她歇斯底里起来，脸色煞白，就好比一只猛虎正穿过密林，引起树叶颤动，昆虫噤声。

"那么，我们还有另一条，犀牛路可走。"

"我想，那就是一个烂泥塘。"我的妻子答道。

我无话可说了。

休整了一天之后，我们继续沿麋鹿小径前进。我们就好比在一个遮天蔽日的迷宫里，太阳很少透过树冠照射下来。我们得经常辨认哪里是麋鹿的脚印，哪些又是豹子和豺狼的足迹。有几次，我们误入狮子的地盘，那孤独的动物对我们虎视眈眈，不，应该是"狮视眈眈"，但是它没有进攻我们，只是坐在它用尿液画下的圈子里，独自一个半卧在一丛海棠花下。有一日，我们误冲乱撞差点进了一处野猪窝，那些野猪们一些在拱土，一些在树皮上磨獠牙，还是我的看家狗机灵，它发出警报，让我们躲过了一难。

一个月零七天，我记得很准，那天我们衣裳褴褛地在森林里攀爬前进，突然从几棵高大的乔木外透进来刺眼的阳光，我的狗箭一样地飞了出去，不一会工夫它汪汪地叫着，急切而又兴奋地跑回来咬我的裤腿。我明白它的心意，一定是它看到了什么有趣的东西。

我与我的妻子都不说话，互相交换了一下眼神。我们明显加快了步伐，我的那位小姑娘也不吵嚷着让我背她了（有一段路我是背着她前行的，幸好她不重，47公斤，而且这段麋鹿小径之旅让她瘦了很多）。不出十分钟，我们便突破丛林的围困。展现在我们面前的，是何等的奇景，那一刻，我与我的妻子简直惊呆了。我喊老天爷，她喊MY GOD（一直以来，我们两个都有自己各自的上帝），总之一句话，我们看到了一个没有人的人间。

第十三章　名字

　　展现在我们面前的，是一座巨大的城池。用我的目光丈量，我几乎看不到它的边沿、疆界。用我的望远镜来扫描，我才能迷迷糊糊地勾勒出它的轮廓、形状。

　　我们站在山腰的一块庞大得像一张巨形餐桌的花岗岩上，另一些大大小小的花岗岩直铺到山脚下那块四四方方的平原之上。我看见那里街道纵横，阡陌交通，笔直的大街和曲折的小路上铺的也是能反光的花岗岩；我看见那里有带喷泉的圆形广场，树立着纪念碑的方形广场，摆放着英雄灵柩的十字广场，一把剑直指上空的三角形广场和交通信号灯扑闪扑闪的梯形广场，我同样看到花岗岩铺满那里。我把望远镜一寸一寸地移动，仔细观察那些花岗岩的接缝——很细致，几乎找不到任何镶嵌的痕迹。我看见那里有五条河流，四条前后左右布局，组成一个回字形水系，另有一条，直直地穿城而过，把那个回字形变成了倒在地上的曰字形。我看见那河流的水面也被砌了一层花岗岩，就像结了一层厚厚的冰，问题是没有一块是破裂的，可以透气。如果我再观察仔细些，把望远镜的镜筒拉得更近，会看到那花岗岩下，有着好些尾巴摆到一半便静止的鱼，向上生长但被花岗岩盖住了的绿色水藻，几只同样向上伸出的手掌好似触到了一层天花板，以及水底一些光溜溜、五颜六色的石头。就好像花岗岩冰冷的温度在一瞬间把它们冻住了。

起先，我疑心这五条河流不过是些宽阔的大道，但是它们有堤岸，并且明显比两边的堤岸要低很多。那些堤岸就好比是镜子的边框。我看见在那镜子般的花岗岩下，布满了大朵大朵的云彩，云彩中透出道道金光，慈祥而善良，但这些云彩是不流动的，有些已经幻化成狮子、大象的模样，有些正要变成一只狗，却还缺少一条腿。有一簇云，正处于要变成一匹马还是一头河马的犹豫之间，突然一切发生了静止，它提着蹄子，后半身却很臃肿。这时候我抬头看上方，上方乌云密布，好像正要下雨（对于这星球的上空，我已经完全按照地球的四周来假设了）。

"宝贝儿，那里一定是河流，因为只有河流才能映出天空中的事物，但很奇怪，这面镜子映出的是彩云而不是乌云。"我指着那河流，把望远镜递给我妻子。

"按道理说，这水做的镜子映射的该是一模一样的东西，只是一切都是反着的而已。"她说得很对，在这方面她很有经验，因为她经常照镜子。"但是我知道镜子的原理，所以在戴假睫毛、描眼影的时候从不会搞错了位置。"

"我琢磨琢磨。我想是这样：因为天空与河流隔得太远，当天空已经变了副面孔，而河流呈现的还是它前一刻的样子。这里的天真高啊，我来算算，光的速度是每秒30万千米，假如由彩云变乌云，中间经历了一个小时，那么这里的天空离地面上河流的距离是……"

"你这种算法完全没有道理。一个卖望远镜的商人，竟然搞不清光学原理。我们现在既然看到了乌云，那么水面上印出的也会是乌云，因为乌云由光线传递的乌云形象，到达我们的眼睛与到达那城市的河流的距离相差无几。我们所站的这个高处，与那河流的相对海拔，目测一下，应该在五百米左右。"

"哎呀我的心肝宝贝儿还懂得这么多的东西。我想明白了，那些彩云是被花岗岩凝固了，它们一直停留在某一刻，就像一幅画，被墨汁定格在一张宣纸里。"

"嗯。你再看看这城市的其他地方，看有没有惊奇之处。"

我接过望远镜，再次扫描起来。

我看见在五条河流之上，架设了上百座桥梁，它们就好比是一些绳索，将河流五花大绑。那条穿城而过的河流上尤其居多，越繁忙的商业和生活，对捆绑的需求越多。至于四条护城河上，架设的反而不多，看来此城对于通往旷野的自由之境，并不太在乎。桥梁上会有什么呢？狮子雕塑、人像雕塑、劳动场景雕塑和战斗场景雕塑。我必须非常小心地移动镜筒，才能将那些精巧而又质朴的石头艺术品看清。

我再把望远镜对准路边的那些银器店、当铺、缉捕局、旅馆、屠宰场、学舍、妓院、马厩、牛圈……摆在银器店架子上的银酒杯、银镯子、银头冠闪闪发亮，当铺敞开的柜子里，等待主人来赎回的宝贝沉默而暗淡，缉捕局的墙角堆放着镣铐、刑具和武器，旅馆的床铺被子叠得整齐，但房间则空空荡荡，屠宰场那些杀猪宰羊的快刀、剔骨刀、剥皮刀锈迹斑斑，但那些血迹因为地上铺的花岗岩没有缝隙，而一直流淌在那里。学舍里的课桌布满灰尘，妓院的帷幔上蛛丝纠缠，桌上的杯盘凌乱，马厩牛圈内空空如也，这些牲口既不在山坡上，也不在农田里，唯一的幸运，它们也不在那个荒废的屠宰场中……

"亲爱的，这里好似什么也没有发生，又好似什么都发生过了。"我放下望远镜，用手指梳理着我的蒙蒂雅的鬃毛。这马儿一个劲儿地想回到丛林里去，那里有树叶可食。我的狗不再汪汪叫，它趴在石头上，吐舌头。"这里唯一发生过的是死亡。"我皱着眉，补充了一句。

"我很害怕，亲爱的。我们能不能离开这里，返回我们的住处？我宁愿选择老虎大道，也不愿意看到这些。"我的妻子心头一颤，她捂着脸，不敢再看。

"不。我们必须去一查究竟。在这个星球上，竟然有人类如此之多的痕迹，虽然在我的望远镜里他们没一点踪影，但显然，这是他们的杰作。我们得弄清楚，不然，我们很难在此久居。"我坚持，一股勇气从我的胸腔提到了嘴里，我的声音很大，让身后的马儿都受了惊。

"那好，我们走，前进。"这女人被我的一番话激励，她挽着我的手，与我紧紧相依。

我们下到那城市中去。再也没有荆棘挂我们的衣裳，也不须留心有没有蛇袭击脚踝，只需留意脚下的花岗岩石板，因为它有些滑。我的马儿蒙蒂雅的蹄子踏上去，发出哒哒的声音，我把这声音当成了计算时间的仪器，因为我发现，戴在我左手腕上的手表停摆了，原来，我每天都记得这事，要给它上发条，但是不知为何，它现在一动不动。我没法根据任何的时间参照物来纠正它，今天到底是地球上的哪一天，它停在那里，2020年7月23日，根据我的记忆，我们离开地球差不多已经有六年。

行过同样是被花岗岩铺满的田野（那里连一根草都不长，我确认它是田野的证据是下面溢来阵阵稻谷的香气，对于与食物相关的东西，我这时候的鼻子跟狗一样灵），绕过郊外军马营和战士的驻地（我有证据，因为那里摆满了军人的马靴、戎装和杀人的东西），穿过东边的那条护城河（我们不需要绕道去走那些长桥短桥，我们径直从河面上的花岗岩上走过，不必担心会像冬天在结冰的河面上滑冰，得留意哪个冰窟窿。我见到有一条金鱼，死死用它的大眼睛盯着我，似乎渴望我能够将它解救），我们便正式抵达了那个城市。我们抬头，高大的城门上挂着一个牌匾，可是上面什么字也没有。城门上有箭垛，箭垛后面没有按常理应该有的敌意；箭垛之外，还有几十条黑白相间的旌旗，它们不飘扬，没有按照常理应该有的对客人的欢迎。

"这是一座什么样的城？它又是来自哪里？"我的妻子问。

"我不清楚，四处也没人，我们没法去打听。来，我们来做一番推理，看看到底是怎么回事。"我答道。

我与我的爱侣来到靠近城门的一个酒铺撑着的大伞下，那里有四方桌、长条凳，我们坐下，桌上有茶壶，茶壶里倒不出任何水。我的马儿想吃点什么，低头凑上的是石头。我那狗儿想啃点什么，它找到了，桌子下有一根没有肉的骨头，和一块不知从谁嘴巴里掉出来的东坡肉，它啃着，那坚硬又无香的玩意儿逗出了它的口水，却崩掉它的牙。

"它是一群本星人建的？"我的妻子言语。

"我不确认。这里的一切，建筑、陈设、布局、风物，看上去都像是出自地球人的手笔，沾染着他们的情趣。难道是，造这个城的，跟我们地球上的是同一拨人？"

"我不确认。可能喜欢造城，热爱群居的，都是这样的德性，他们的智力水平一般高低。说不定，这里的土著与我们那里的人们，参照的是同一幅建筑图纸。"

"很可能。或许他们像我们一样，沿着我们来这里的路线，去地球拜过师，学过艺，把我们那里的一切，包括妓院和战壕，搬到了这里？"

"我不确认。因为我们来到这里时，除了那个太空船上的男女，一路上没有发现任何活物的动静。我们没有在路上遇见任何的路人，没有碰到过任何与我们相向而行的东西。"

"我们那条来这里的路，一片空虚，驾着雾，腾着云，全靠我们的那辆老爷车。连个落脚点都没有，更谈不上有驿馆、打尖的地方，我们又怎能遇得到他们呢？而且看起来，这里的一切都是好几百年前的样子，我们在时间上也很难与他们相遇。"

"我不确认。还有一种可能：这个城，或者连同这个星

球，压根儿就是地球的一块，在很远的年代，它从那里脱落，就像一个果子落到了宇宙里。这里正好有一个托盘，如今它一直摆放在此，等着有人来享用。"

"我不确认。没有人来享用它，包括那些白蚁、蛀虫，因为它整个的地块就是一片巨大的花岗岩，谁吃它都会牙疼不消化。看样子，它会不朽。宝贝儿，我们歇息得也久了，趁太阳还没落山，我们走进城去，看看它到底有什么稀奇。我得提醒一句，这城市别看四四方方，但一旦我们置身其中，很可能就好比一个瞎子进了迷宫，我们还是得用老办法，把走过的路，都记下来，并且为它们取一个响当当又好记的名字。"

"夫君，听您的吩咐。"不知何故，我妻子的神情突然放松了下来，她翘了下兰花指，做了个拈花的动作，好似从遥远的年代走来，一个青春的女子。

我们先来给这座城命名。

"栏子县。"我说。

"为什么要叫此名？"我的妻子问。

"我的脑袋里最初蹦出的就是它。我相信直觉，它会为我们带来好运。另外，这城市太大，天快黑了，我们得抓紧时间。我来说，你来记，你画草图的本事比我强一些。"

城门大开着，我们用不着向谁请示、报备，更不需要什么通关文书、通行证，我们径直走入。

先来到那条有当铺和银器店的街。很明显，如我们所预想的，找遍街头街尾，没有一个路标，没有一块牌子上表明它的名字，连那些商铺、店面都只有黑色、黄色或红色的匾额，匾额上却没有任何的字眼儿，似乎这些店面是在一夕之间同时开的，还没来得及请人写上类似"黄记包子店""庆元花子鸡""孟婆醒酒汤"的词儿，就被这些店主人荒废了似的。

"叫澡堂子大街。"我说。

"为什么？"

"我想洗个澡，我想到的就是这个。"

"好吧，随你了。"

我的妻子记下来，并用最快的速度，把这条街的样子勾勒了出来。

再来到有屠宰场的那条。

"叫屠夫大街。"

"有点关联，可以。"

又走到了有妓院的那段路上。

"找乐子大街。"我说。

"你想得倒好，可惜没有人。"我的妻子边嘟囔，边记下来了。

"我给这个院子也起个名字吧：造梦窝。"

我的妻子没有理睬我，她只在那个地方点了一个点，画了一个小小的圆圈。

那天黄昏，我们走了好几条街区，给一些地方命了名。后来，我们发现这速度太慢了，便想出了一个主意，登上栏子县的城楼，站在高处，对着低处的街道指指点点。

"那条叫寻梦者大道。"

"那边那条，我指的是那条，叫遛狗路。"

"喏，看清没，那里有一条小巷，两边的房子隔着窗户，都可以与对面阳台上的人握手，看到没，叫它礼节胡同好了。"

"从这里数过去，跨过河，第五条小巷，对，就是有着青色屋顶的那里，叫它八王爷弄子——为什么这么叫，我想以前可能住过一位亲王也说不定。管他呢，这里没有人，更没有皇帝，只要你不反对，我说了算。"

"有方尖纪念碑的那个广场，叫它死难者广场。不对，叫英雄广场，因为死难的可能是英雄。不对，应该叫平民广场，因为死的人很可能大部分是平民。不对，不对……"

"到底叫什么？你想清楚了再说，免得我把这张纸涂了又改，改了又涂。"我那丫头显得很不耐烦，她趴在箭垛上，差点把笔掉到城楼下去，那会把我害惨，我得一级一级台阶跑下去，帮她把笔捡回来。

"就叫亡灵广场吧。"我咬了咬嘴唇，终于下定决心。"这听起来毛骨悚然，但事实就是这样，我想平日里也没人去那里散步，谈恋爱，跳舞，溜达，只有纪念日才会热闹非凡。"

"那旁边的那个广场呢？我们原先看到的，摆放着灵柩的那个。"

"叫永恒广场。这名字听起来响亮。"

"还有几个广场，该叫什么？"

"呈十字形的那个，叫受难者广场。有信号灯一闪一闪的那个——仔细看看，那哪是信号灯，挂的是几面镜子，它竟然利用镜子反射阳光来指挥交通，太奇妙的想法，就是不知晚上怎么办？我真傻，晚上出行的牛车、马车本来就少，低头走路的夜行人应该也很少能够互相撞上——它就叫秩序广场。还有那个，三角形的，我想想，我思维有些枯竭，直接叫三角形广场好了，那个梯形的，就叫梯形广场。"

"那边，你看，你仔细看，在栏子县的右上角，好像有个卫星小镇，突出的那一角，有一条桥、一条路通往那里，它该叫什么名儿？"我的妻子用笔指着远方，在她的视力所及之处，我也看到了。

"光荣镇。"我斩钉截铁地说道。

"真偷懒。我有个疑问，你取的这些名儿，哪像一个古老的城市，它们应该叫烟花巷、烤饼街才是啊。"

"时代在前进，我且不管它们原先该叫什么，我只管现在。还有些地方，我们今天已经来不及了，太阳下山准备打烊，我们去找个地方休息，明天再说。我记起来了，有个旅馆，就在受难者广场旁边，我们去那里投宿，没有店主也没关系，只要床铺干净，我们就可以对付一宿。"

我们在那花岗岩的床铺上醒来，透过窗户眺望那花岗岩组成，或者说被花岗岩封闭了、砌死了的城市。我们不知它来源于何处，但知道它的结局：它不再沿着时间的隧道前进，它静止在某一刻，凝固成永恒、不朽的风景。

昨晚我做了一个梦，极其寒冷而压抑，我不想说出来，怕影响我妻子的心情。但那梦似乎也给了我指引。

"这是个老城市，亲爱的。它不再生长了。"我搂着妻子。

"何以见得？"

"它让那些石头砌死了，没有透气的地儿。它一直保留在古代，老态龙钟，像我们那些没有肖像画传下来的祖宗。它不会往天上生长，不会往周边扩张，就如同一个小孩子，不会长高和发胖。"

"照这么说，这个城不应该称为老城市才对，应该叫它幼齿城市，还没有长身体、发育完全的城市。"

"但它确实又长着一张老年人的脸：街道纵横而又曲折，好比是一张布满皱纹、历经沧桑的脸；四处寂静而没有活力，似乎每天只能等待太阳升起和坠下——它是个老城市！"

"不，是婴儿城市。每个小孩在生下来的那些日子里，看上去都像个老头，只要有奶水，便可以使它们重返青春。我确信这一点。"

"侏儒城市。"

"婴儿城市。"

"侏儒。"

"幼齿。"

我们争执不休。

"好吧，我承认这城市还处于它的婴儿阶段，但它生下来就已经被花岗岩封棺。我们又怎么能让它活过来呢？"我向她示弱，在爱面前我必须示弱。

"你不是经常炫耀你的想像力吗，你可以用假设，假设，假设……"

"假设也有它抵达不了的地方，尤其是对衰老和死亡。它无法突破那层厚厚的城墙，况且，我不清楚，这个城市的花岗岩是不是我用想像铺设上去的，我的神经有些错乱，我的想像力经常与我的生活对着干。假如是我在前一个梦里自己布下的罗网，我这只想像力的小鸟又怎么飞得出它自己设置的羁绊和机关？"

"你可以试一下。"

"那么我试一下，对不起，我不是巫师，更不是神仙，我不能在日常中实现这些假设，而只能在头脑里来进行搭建。我现在假设这座城市要往上攀升：那里的矮房子要在上面添砖加瓦，堆上一层又一层；那些老街区，要掀开地皮，打下深井，埋下比手臂还粗的钢筋；那些广场，要推得很平整，把那些雕像、石碑扔到河里去，然后让一栋栋高楼在那里拔地而起；那些住着四合院的一家人，我得让他们的那地儿长出芝麻秆子样的大厦，芝麻开花节节高，我让那家人住在最顶层（我这个假设纯属多此一举，因为这里没有人，我直接把那院子夷为平地就行）；我假设脚手架一直搭到太阳下，晚上月亮行经那里时得绕道，不然它会被撞个洞，跌个跤，碰掉牙，使自己变成个小月牙；我假设有一辆电梯，忙上忙下，把地面上的建筑材料往上运，那些漂亮的、结实的花岗岩镶嵌在每一层的窗户里（我不能这么假设，那些窗户该装的是透明且可以推开的玻璃，我不想这高楼再一次变成个竖立的棺材）；我假设……"

我举起望远镜，仔细地扫描了我所见到的一切，然后闭着眼，进入冥思的境地。我握着爱人的手，她的手温暖、纤细，但此时很有力。

"我听到了很多声音，亲爱的。咔嚓咔嚓，叮叮哐哐，哗哗哗哗……"她也紧闭双眼。

"那是推土机的发动机声，旧房子的拆裂声，钻探机拼命钻地面、碰到岩石的声音，脚手架在风中摇晃的摆动声……嗯，怎么还有哭声？难道这些旧居里还有人？它们到底藏在哪个角落里？难道这些老建筑也有生命？"

我回答她，同时提高嗓门，"来，现在这些新的建筑典范树立起来了，它们重新分割了街区，划分了路线，我们来重新给那些街道命名：金融大道、巴菲特大道、人民路、解放路、自由大道、团结路……把我们昨天写下的那些词抹去，用这些我们从地球上带来的名字，这样，容易记。一个有格局的城市，必须要用名字来承载那些历史的记忆和现代的气息。"

"不，你想在这里复制我们原来的生活吗？我不愿意。我跟你来到这里，不是为了活在过去的日子里。"

"我也不愿意。那好，一切照旧。"

我继续我的假设。

"我假设那些长高的建筑，越到上面风景越美，它们甚至能在未来的年月，自动往上生长，再也不用我们费力气……你听，它们的骨骼在拔节，手臂在舒张，经络在通行，血液在循环，它们所做的这一切，都会发出巨大的轰鸣……"

"可是，可是，我听到的是另外的声响：哇哇哇哇，轰轰轰轰。像是有什么东西在倒塌。"

"钻机碰到了钢铁般坚硬的石头，打桩的钻头毁坏了，切割机切不动大理石，电锯的锯齿断了，这些假设根本无法在这里扎根，它们栽种不到这块土地，没有土壤能让它们长大、长高。我也听到了，宝贝儿，那是我好不容易搭建的几座积木般的写字楼，在我稍有分心的时刻，就轰然倒塌了。我现在不打算再努力让它长高了，我在这方面完全没有想像力，我只能按照旧有的地球上的模子去建造。我不是一个好的建筑师。现在，我来试着让它往横里长，让它长成一个胖子、胖城市。我假设我能帮着它催肥。"

"赶紧吹你的牛吧。"

"我假设有很多条道路通往郊外、旷野、山地，那些护城河的水用来浇灌山花、蔬菜；我假设城市只把道路的触角伸向那里，每个人借助触角，去触摸季节的轮换；我假设城市是一个圆，从原点出发（我把原点设在十字广场那里），到附近的果园、菜地、树林、草甸均为等距；我假设没有立交桥、环路做摊大饼式的同心圆结构，那些道路不会高过路边居民的屋顶；我假设那些居民在做爱时，不必担心被高架上风驰电掣而过的司机偷窥，假设他们可以尽情地享受，而不必让汽车声吵到了耳朵；我假设那些司机不会因此而分神，那里的道路上不会有突发的车祸；我假设牛羊可以来城里吃草，它们沿着绿化带漫步，来到公园里帮着割草工人工作；我假设黑熊和猴子来到集市的杂耍场，不用戴帽，不用穿衣，不用让绳子锁住了脖颈；我假设青楼里传出琵琶的弹唱和竹笛的悠扬，有一些爱在那里做，有一些爱也在那里发生（谁说婊子没有爱情？爱情没有差序等级，我宁愿相信那些懂风情的女人更懂得爱，而不相信那些躺在道德的匣子里的老处女）。我假设我自己不去，但别人可以去（我的妻子插话：你想得倒美！）；我假设那里的爱赤裸而又含蓄，没有统一的标准和流程；我假设那里的假笑常常出现，但比现在的诚恳（我的妻子又插话：好像你去过多次似的！）。我假设一切都不是那么干净，但每个蝼蚁都得到珍惜……"

"够了。你说你要假设这个城市变大变肥，但是却没有添加任何的建筑，没兴任何的土木。你甚至都没有涉及城市的核心本质。"

"宝贝儿，我前一刻假设城市长高时失败了，是因为我总想着要为它添砖加瓦，大兴土木，而且我在脑海里施工时，拿的图纸是我们地球上惯常使用的那张，我的想像力不能突破固有的程式和逻辑，现有秩序的铜墙铁壁。活该我在地球上生活得像一个正常的傻逼，谁叫我被惯性粘得如此之紧。如今我换了一种方式，我什么也不做，我只做减法。我拆去围墙，打通道路，敞开心怀，那么我的城市就会变得无限之大。你听，清风送来树叶飒飒的声音，牛哞和羊咩夹杂在虫鸣里，还有那畅快而美妙的呻吟……"

"我什么也没有听见。我的耳朵里是一片寂静。你的假设完全不合理，这里没有生命，更谈不上它们的声音。如果要有，我只听到花岗岩加厚的声音。你是个骗子，闭着眼睛说的瞎话果然比睁着时说的更瞎。"

"你何必要戳穿我的想像，我的谎言？我早就告诉你，我的假设无法将死亡和衰老洞穿。我们唯一能做的，是寻找另外的途径，看能不能激活这城市的生命。我刚才闭眼想到的是，我们首先要做的，是给这些建筑浇水，就像我们在这个星球的另一面，我们初到此地时所做的，首先要假设的是水。有了水，我们就能浇灌它，就像浇灌那些花、那些菜地一样。我想，倘若这些建筑能活下来，只有在它的座基浇水，它们或许能像植物般长高长大。光凭我们水壶里的那点水肯定不够（假设水壶里一直有水供我们滋润喉咙，这个假设不难，我做得到，但要让那里成为大江大河的源头，我没有这个能力）。"

　　"我认为或可一试。不过，我觉得应该给这个婴儿城市喂奶，水还不够，只有爱的乳汁能哺育它成长，才能给它以滋养。"

第十四章　下坠

　　我来到找乐子大街的中段，在那里有一个码头。这码头船只停泊，石阶众多，想当初，何其昌盛而繁荣。我带着锤子、铁锹、铁钎、锄镐（我在一个农具铺找到的），试试探探地踏着石头，走到河流的中部。我如此小心，因为这里的花岗岩都显得透明，像一些温暖的冰。我差点摔了个趔趄。我的狗阿黄对着水中那些凝固的形象狂吠，我的马儿蒙蒂雅徒劳地想去吃那些水草。我的妻子呢，她在旅馆里睡大觉。我不清楚她在干什么。

　　我选了个地方，用力凿。我凿凿凿，可是半天在那里连个小坑都没有凿出来。那火花直冒（哈哈，我找到了在此地生火的秘密，可是我得到来路的森林边去捡柴薪），我也是脑袋里金星直冒。有那么一瞬间，我看见石头下的鱼摆动尾巴，向我吐泡，那些云做的马开始奔腾，我想像着眼前突然有地泉涌出，水喷了我一身。可是待我定睛细看，一切都是老样子，石头上映出的是我大汗淋漓的傻样。我想喊一喊劳动号子，可是没有人回应我。

　　就这样，我忙了一天，回到旅馆。我的妻子迎接我。

　　晚上，她极尽温柔。

"我们生个孩子。"她钻进我怀里，说。

"在这个无名之星上？"我反问。

"对。这会为这里带来新的生命，这或许是使这里恢复活力的唯一途径。"

"可是，我们都会死，我们不能孤零零地把他放在这里。我不能让他跟我一样，每天去那条河流里凿井。"

"我必须要，我就要。我不管！"她呜呜地哭起来。

我陷入了深思。整个晚上，我的耳边回荡着捣石的声音，而不是别的什么呻吟。那声音巨大、轰鸣、刺耳。自此，这声音追随着我，一夜又一夜，直到几个月后，我才耳根清净，它对一切的声音都显得迟钝。

我还是每天到河流上去凿石头。每天我选择不同的地方。我逐渐沿着河流的方向（我根据地势而不是水流来确认哪里是上游，哪里是下游），向它的下游走去。我是这么想的：在河水湍急的地方，那些花岗岩或许会薄一些，就像我们在地球上所见的，结冰的原理即是如此。

我的妻子也跟随着我。因为再不跟上，我每天返回那旅馆的时间就会越来越长，有时甚至是深夜，星星已经铺满银河，星光铺满城市的地面，我才返抵那里。她躺在床上等我的时间越来越久，几乎不堪忍受。

"你一天到晚忙活些什么？"

"我钻探，凿井，碎石。"

"你回来得越来越晚，你把精力都耗到那上面去了，你怎么还有精力消耗在我这上面？"她幽怨地看着我，"你的手掌长满了老茧，你的手指变得越来越粗壮了，它们干不了细活了。"

"我钻探，凿井，碎石。我回来晚是因为我现在愈往它的下游走去，我花在往返路上的时间越来越长。请体谅。"我边干活，边断断续续地说。

"我与你一起。明天早上，你收拾行囊。"完事后，她说道。

我再次有了伴儿。我在体力和精力上得到了充盈，更加卖力地出工了。我凿呀凿呀，为了激发内心的力量，我大着嗓门吼起了劳动号子：

"用力把地钻呀，嗨哟！钻穿他个娘啊，嗨哟！我放个大炮仗呀，嗨哟！炸开个无底洞啊，嗨哟！天上有日呀，地上无光啊！嗨哟！嗨哟！嗨哟！嗨嗨哟……"

我这是一个人的怒吼和低吟，没有其他的劳动者应和我，群山也没有回应我，我的妻子也没有加入这粗犷的合唱。她在干什么呢？她把眼睛用来盯着花岗岩下那些漂亮的图案，那些鱼类的化石、植物的标本。越是漂亮，她越是盯得细。有时候，她趴在石头上，把鼻子凑上去。

"小心，别凑得太近，那些图案在阳光下会折射光。小心，别靠得太近，以免灼伤了眼睛。"我边干活，边喊。

"我——知——道……"她头都不抬，远远地回答我。

我隐隐约约听到了她的回答。她走得离我越来越远，有时甚至脱离了我的视线。只有到了晚上，她才回到我们那个随时移动的帐篷，那时候，在性方面，她充满了一种创造的乐趣。然而她的眼睛睁得大大的，这与她早些年完全不同。那眼睛晶莹，就像天上的明星、地上的珍珠，但却没任何的光芒。

"为什么不闭着眼睛啊？这时候应该是个陶醉者，而非监视者。"

她没有说话。或者她说了什么我没有听到。

"这河流要把我们带向哪里，或者说这条大理石花岗岩道路要把我们带往何处？"一天清晨，我正要扛着工具出门，我的妻子对我大喊。

"我不清楚。带往宇宙？"我也大声地嚷嚷。

"宇宙在哪个方向？"她的眼里无光，但却又很亮。

"你说什么？啊，再说一遍。宇宙的方向？这四处都是宇宙，沿着这条道路，我们一直往下走，走走走，或许就可以找到新的出口。"我先是声音很大，后来变成了低语。

那天我们来到一处地势低凹的地方，这些天来我们都未曾回头，这时候驻足一看，栏子县已经被我们远远地甩在了身后，我们甚至看不到它那最高的城楼，那城砖、那飞檐、那顶上树立的旗杆。我们只看见白花花的一条河从那里出来。换个方向，看见的则是河床愈见宽阔，天也越来越开阔。河流虽然依然被花岗岩禁锢，但它们已经冲出了城市人工设定的堤岸，就好比是风景画中的那曲巨流，冲出了镜框，它正在奔向无涯际的远处，似乎正要与天接在一起。

我们走了数月。每天我挪一个地方，找薄弱的石头去敲击、打桩，可是没有一处给了我泉水的报答。我也曾想过，是不是该择一个固定的地儿，一直打下去，也这么试过，可是没有用，我好不容易打下去一寸，它似乎又恢复了一尺；好不容易仿佛能够触摸到石头下那些鱼类、贝类漂亮的躯体，但它们牢牢地镶在那里，甘愿把自己变成美轮美奂的化石。我只能到处去碰运气，"总有一条鱼想跃出水面，跳出画面，如果我找到一条有这个想法的鱼，那么它或许会在下面给我加力，就如同我的女人在上面不停地给我加爱。我们里应外合，或许就把它办成了。"

像所有地球上的河流一样，无论怎样，总有一些东西来形成堤岸，将河流定型。倘若没有了这些东西，河流也将不成其为河流，它的名字就变成了海洋。在地球上，构成堤岸的是岩壁、山体，外加成排成行的树木——杨树、柳树、竹子，以及各种杂树。然而在这里，我所见的只是滚滚的巨石。这些高达数丈、几十丈的大石，有些圆溜溜，有些奇形怪状。它们耸立两岸，形成一条天然的风道。我们越往前走，越能感受到风的力量。

"风。风。风。"我对着经常跑到我前方很远的妻子喊。

她回答我了吗？我没听到。我只看见风吹着她，她有时像一张纸片，飘拂，晃荡。

"跑慢点，注意风！你别跑得太疯！"我想去赶上她和狗（现在那跟屁虫与她很亲密，总是与她跑在一起，好似学会了导盲的本领，为她探路，嗅各种痕迹），可是我走不快。我的马儿蒙蒂雅驮了太多的东西——帐篷、锄镐、干粮、偶尔还有我。它现在瘦多了，有几天我发现它一瘸一拐。它偶尔把头低到地上，去吃那石头缝隙里渗出的盐粒；至于补充水分，则必须从两岸的巨石间穿过，爬到那些远处的高山上去吃树叶。每次当我去"饮马"，我也顺便摘一些树叶，含在嘴里，叶绿素把我的嘴唇染得很绿。运气好些的时候，我会摘到一些坚果和桑葚。在吃桑葚之时，我的嘴唇呈暗紫色。

"等等，我们停下。"有一日，正午，正当太阳与这个星球呈一条直线，它的光直射下来，晒在这里的万物上，我的爱侣那天却拖拖拉拉地走在我的后方。她跌跌撞撞地来到一块高耸而又平整的巨石前，她大喊我，她披散着头发，眼睛直直地看着我。

我已经行过了那里，开始在一个新地方打钻。我的狗黄富贵跑过来，撕扯我的裤腿，把我拖到我妻子的身旁。

"你看这石头多大，多沉稳，如果我们在上面留下些什么，一定可以不朽。"我的妻子说。

"石头可以让一些东西不朽，确实是这样。我们在上面刻什么呢？我与你'到此一游'？"我明白她的意思，故意这么说道。

她扯着我的耳朵，很疼。她对着我的耳朵就是一顿大吼："你就不能刻些其他的吗？"她指指那块大石头。

"我试试看。"

我把马儿蒙蒂雅牵过来，踏着马镫，爬上马，然后站在马背上。没有任何犹豫，我使用工具，在那里凿起来。那些石头很硬，与河面上的花岗岩比起来不逊多让。但我此时倒是赞赏起它的硬来，因为越硬，我留在上面的凿印就越会历久而不灭。我花费了耐心，忙碌着，我的老情人也忙活着，帮我递凿子、锤子。每当粉尘迷了我的眼，她便帮我吹和拂。

我在那块石头下忙活了十几天，我凿出的痕迹慢慢浮现。当我用扫帚把那些还未曾脱落的小石片、石头粉末扫掉，我的妻子让我读那些字。我先读了那个大字："爱"；又读了下面的一行小字："让我想到了想不到的事情"。最后，我连起来读："爱让我想到了想不到的事情。"

我的妻子、亲爱的、心肝宝贝儿对这句话很满意。她反反复复地吟哦，并且爬上马背来抚摸那个大字，尤其是这个字的最后一笔，我因急着将它刻完，让铁锤捶到了手指上，我的手指负了伤，鲜血直流，血渗透到那一笔的凿印里，染了进去，那一笔与其他的凿印相比，显得更为苍劲。

"必须刻上我们的名字。"她说，"让人们知道我们。不枉费我们来到这个世上和此生。"

"很好，刻上新加坡区人。"

"不。我说的是你我的名字。"

"我已经忘了，我有名字吗？我没有带户口本，也没有带身份证，我连张名片都没夹在钱包里——在加完最后一次油后，我就把那皮夹子扔了。我没有想在这宇宙中认识谁，与谁做买卖，与谁交易，我来到这里只为了认识我自己。这一路上，我使劲地扔东西，我把名字都扔了，最后只剩下了你，我的妻子、爱人、亲爱的、宝贝儿、丫头、好姑娘……"

"你想不起来了吗？你仔细想想，你扔在哪里了？我们去找回。"

"找不回来了，很多事物，一旦从心里抹去了，即便捡拾到了，你也不清楚这是不是自己的。所幸我还记得你——你是谁，你叫什么名字？"

"我？我不知道。我想想看，我找找。我也找不到了，我只记得你。我只记得你是亲爱的、傻帽儿、小坏蛋、吹牛大王……"

"那我们就刻上这么一大串。"

"不，再想想其他的办法。我想起来了，按照地球上的规则，只要你想起自己的名字，我的就跟着出来了。女人总姓她男人的姓，中外都是这样。比如，你姓赵，我姓李，那么我的名字便是赵李氏；你是居里先生，我再怎么着也不过是居里夫人。"

"确实是这样。这世界太操蛋，男人不管活成什么熊样，女人也得跟他姓。在这一点上我常常为女士们打抱不平。不过，我不能批判我的祖国，它在这方面比美国和欧洲先进，今天我们的女士已经有了自己的名和姓，据说只有在广大的乡村，儿孙们立碑时，才会这么干。这些不肖子孙啊，他们就用这样的方式来尊重他们的母亲。女人不是男人的附属品，但在操蛋的社会，女人不仅没有自己的性，甚至连自己的姓都没有。多么可怕，无聊之极！我对这些坏小子们这么做的唯一合理解释，就是帮着他们的母亲确认某种关系，或者说争一口气：假如他们的父亲是个拈花惹草之徒，常做偷鸡摸狗之事，那么这时候他便是个彻底的失败者——这位糟糠之妻将以这样的方式宣示自己的得胜和地位，并且阴魂不散地跟着他的男人下地狱。"

"你这坏蛋说得有些道理。不过，我也要说，或许是那些小子们为了老父亲着想，才想出这种歪主意，有了一个女人追随他去地下，他才不至于孤苦伶仃。另外，说不定是男人需要这种确认呢，我听说有些女性，像一条河流，一生会流经很多地方，只有到了死亡的这一天，她才找到自己的尽头、堤坝。那些男人们该庆幸，她们最终姓了你的姓，不过是因为死亡最终把她们带到了你这里，把她这条河流拦住了而已。"

"总之，我讨厌这种方式，我认为女人应该从任何的命名中独立出来。我一想到，如果我们不在一起，你死后姓了别人的姓，我便痛苦不已。我也不想你姓我的姓，你这条河流应该有自己的名字。"

"我也是这么想的。你想起来了吗，你叫什么名字？"

"没有。看来，在这块像墓碑一样的石块上，我最终将是个无名者。"

说到这里，我很沮丧，我一直扯着嗓吼，我的喉咙发痒，打开水壶喝了几口水。我的妻子也一直对着我吼，好像不这样我就什么也听不到似的。我们就这样坐在巨石下，费了好大的劲，讨论这些似是而非的问题。

"我给你出个主意：你就直接刻下这部小说作者的名字好了。我们俩是他凭空假设出来的人物，他有必要对我们的所作所为负起道德的责任，我们做好事，他跟着沾光；我们做了什么冒犯众怒的事儿，他必须跟着挨骂。作为对他的报答也好，陷害也罢，我们在这里就留他的名。"

"好主意！你真是聪明，我亲爱的。这样我就不必再浪费脑筋。我何必在乎那些名呢？这宇宙中一切都会腐烂，唯有与你此刻相拥，才会使某些东西不朽。把那些虚名和臭名，让给那个正常的傻逼。"

我说完这句，径直走向巨石，在它的底部一个平整处，用力凿起来。三天之后，那字样清晰出现：黄惊涛。

"现在轮到我了。我该叫什么呢，黄×氏？"

"我说了，我不要你姓我的姓。我已经想好了，我就刻上×。"

"可是×等于什么也没有。"

"什么也没有等于万有。万有中必然包含一个有，那个有就是你、你们、你们所有人。我们在那人间，不过是万有中的一个，到了这里，这一个就是万有。我亲爱的，以后我就叫你×小姐、某女士。"

"可是，你说了，我是你唯一的那一个。我不愿成为万有中的没有标志的那一个。"

"那么叫你X小姐好了。我很纳闷儿，为何在我们人类的语言中，×与X是一回事，代表无限的广大，无限的不确指，在这个繁复的方程式中，我要用怎样的耐心和机智，才能求解出它到底等于多少，等于谁。"

"别跟我瞎扯那些莫名其妙的，你赶紧凿。日头要落下了，天快黑了，月亮升起了，我累了，饿了，想睡了，你赶紧办你的事。"

于是，我把那×或者说X深深地凿进了石头里，因为天色渐暗，我凿的时候几次捶到了自己的手指，鲜血直流，鲜血把那个符号染了又染，涂了又涂。

翌日清晨，我在那勒石为证的地方醒了过来。这几个月来日日夜夜的折腾、忙碌，让我睁开双眼，好久才发现我的妻子、爱人不在我身旁，往日她总是比我晚起床（那张床说到底不过是几块可以随时拆卸、移动的木板），窝在毯子里，尽情地展示她的慵懒。

日头已经很高了，白花花的阳光如箭般射出来，射在封锁河流的花岗岩岩面上，河流两岸耸立的层层叠叠的石头上，我凿下的那些字、那些句子显得金光灿灿。我揉揉眼睛，爬起来，我的那条阿黄狗没有吭声，它对于行使报晓鸡的职责早已心生厌倦，在我们初临此地，它老是喜欢在清晨做天狗吠日状，不免让我心慌意乱，踢得它嗷嗷叫唤，自从我的手表停摆，时间被我弄丢了之后，我却又依赖它来提醒起床。但这一天，它蜷在我的床板下，对日头的升起视而不见，并且充耳不闻（与地球上不同，在这颗无名之星上，每当太阳升上来，会听得到一大团火焰燃烧时如飓风般发出嘶嘶的声响，那红色的火光向外张扬，似乎要吞噬万物，但一旦登上中天，则收敛起火焰，变得不声不响）。

我找了根棍子，将狗捅醒。它夹着尾巴钻了出来，抖落掉身上的一些尘埃。这个跟屁虫此时也发现它的女主人不在床上。它走了出去。

我在临时营地的帐篷旁仔细寻找我的妻子X女士。没有她的身影。一股不祥之兆不知为何来到了我的心头，我头脑发麻，双腿发颤，迈不开步，也喊不出任何的词句。我冷汗直流，金星直冒，气血堵塞，胸脯烦闷，似乎正濒临死亡。费了好大的工夫，我定下心来，以极快的速度攀援到那篆刻了字的巨石之上，借着它的高度四处瞭望。

往河流的上游看。通过望远镜，我只看得到尽头那栏子县城偶尔露出的屋顶、飞檐、城墙、旗杆、纪念碑的方尖，那小城就好比是一座在大海中缓缓下沉的轮船，那屋顶就是轮船的舱顶，那城墙就是轮船的船舷，那旗杆就是它的桅杆，那桅杆上没有一个边张望边呼救的水手，因为那水手正站在这巨石上焦急而绝望地瞭望。

将我此时所见的栏子县与其比喻为沉船，还不如想像它此时正在发生地陷。那城市就像一只犁，犁铧深深地插进了泥土里，只露出一点点犁把手。那头老耕牛与犁田的老农夫早跌进了裂开的地缝里，我想去拽住那条牛尾巴和那双老农夫的手，可是我隔得太远，我怎么能做得到呢？这些幻象在我的脑海里闪过，我不忍再想。

我的小狗阿黄在巨石下吠吠不已。它也想爬上来，想自己像一只猴子，能爬到这艘行将沉没的轮船、方舟的桅杆上去，比其他的动物能获得更多的喘息之机。它想爬上来，与它的男主人一起，寻找它的女主人，它那狗眼啊，只有在高处，才不至于把人看得太低。它用爪子使劲地抓住我那马儿蒙蒂雅的背脊，抓得马儿疼痛得发出尖锐的嘶鸣。但那马儿一动不动，好比那些被竖立在广场中央石头基座上的石头战马，任凭骑在上面的石头骑士，或者将军，或者游玩的游客在背上鞭打它，它也不挪动后脚或前蹄。

终于，那狗儿爬上了马背，它又把前脚搭在了巨石上，它还想往上攀啊，像一只落汤鸡拼命地扑腾翅膀。我没有管它。我只管瞭望。沿着栏子县城下来的河流上，平整如镜，空空荡荡，没有一处可以藏人。我没有找到我的妻子、爱人、亲爱的、宝贝儿、心肝儿。

我把目光扫向了河岸边那些巨石。突然之间，它们似乎壁立万仞，在两岸拼命地往上生长，一块叠一块，一层叠一层，有些像葡萄、像土豆般，结出各种小石头，有些干脆像气球般被宇宙的鼓风机吹得无限之大。"为什么那些柔软的城市没有生长，而这些坚固的石头在无限地堆往天空？是哪一种肥料，哪里来的水，把它们催长，浇灌？"我的心里犯起了嘀咕，但随后的一刻我又被我妻子、爱人失踪的事儿紧紧抓住。那些巨石啊你们究竟要遮挡住什么？我内心的这东西啊，多么卑微又多么神圣，你们到底想砌多高的城墙来禁锢我的目光？

我把望远镜往天空的方向看去。天空中除了那轮太阳，一无所有。那灼眼的光芒此刻照射着我的眼睛，我真愿意让它冲着我的心直接放箭，或者把它的枪管朝着我的肉体直接来一枪。

我再次举起望远镜，朝河流本应奔流的方向看去。在它的上空，一些云团、星团正飘流、行经那里。云团走得缓慢而懒洋洋，脆弱的流星则一闪一闪，飞奔而去，但过不了多久似乎同样的一颗又返航。"那里是星云旋涡。"我想。

这时我把目光移到了下方。我看见了，我看见了，在那里，天壤相挨，那河流流到那里时，突然没有了花岗岩的封锁，开始肆无忌惮地自由奔涌，它奔向哪里呢？奔向下面的深渊。从我这个位置看过去，那里一帘无比宽阔的白色瀑布，直挂而下，我很难看得到那跌宕的深渊有多深，但我可以见到，在极远处，那河水向星云流去，铺陈开来，与那虚空的混沌和偶尔的固体星辰相接。那里是银河，每天有星坠落，每天又有新的星诞生。

我还看到了一个牌子。它正树立在激流中间的一块石头上方。上面写着："24601，Valjean"。那牌子上面的字偶尔被浪花簇拥一下，有时水流似乎拿它也没有半点办法。这清晰的字比印在一个人的衣服上、刻在一个人的肉体上更深入。

"24601，冉·阿让星，也就是囚徒星，1971年10月26日被捷克人柯侯德发现。"我想起那个自己的名字已经被用来命名天体的天文学家柯侯德，想起他美丽而遭凌辱的祖国捷克，我曾在一本星体图谱上看到与他相关的一切。他后来还发现了世纪大彗星，预言家说那长尾巴的家伙一旦出现于天际，末日的审判就将来临。

"见鬼，难道我所登临的无名之星，就是那颗著名的囚徒星？绝无可能！但是又是哪一阵风把24601的牌子刮到了这里？还是哪艘宇宙飞船运送物质前往冉·阿让星时把它遗失在了这里？"我的内心充满疑窦，然而我来不及细想，因为我的女人正站于牌子不远处的深渊之上。她赤着脚，长发飘散，衣裾高举，似乎正有一阵风要带她高高飞升，似乎又有另一阵风，要把她带到深渊里去。如风中之叶，她摇曳、晃荡、颤悠。

我本应在此时掉入巨大的喜悦，因为辛苦寻找了如此之久的水源，在这里涌现了。我本可以造一些水车，一段一段地把水运到上游的城市里去，用这些水来浸泡、洗刷、浇灌那城市的地基、地板，或许让这个侏儒城市、婴儿城市得以呼吸、成长。但喜悦一秒钟都没有来到我的心田，我那里干涸、荒芜、绝望，因为我的妻子、爱人正陷入巨大的风险。

"你在干什么？你站着别动！"我站在大石头上高喊。我没有听到自己的声音，但是我努力地扩张我的咽喉。我想，有耳朵的生灵会听得到我的呼喊。

"你不要再往前走了，你趴下！你蹲着！"我从石头上连滚带爬下来，我的鞋子先于我的身体坠下，光着的双脚让粗粝到锋利的岩石表层刮得鲜血淋漓。我顾不上了。来不及跨上马背，我就赤脚冲了出去。那阿黄狗跑在我前头，马在巨石下拼命地想挣开拴住的缰绳。

她背对着我，我的呼喊对她全无用处。她跌跌撞撞，正要走到河流在这个星球的尽头、瀑布的上沿。水花溅起，她双臂舒张，像是在对着宇宙，对着银河、星辰喊着什么。

我冲到离她一百米的距离。

"站住！站住！你这个瞎子到底要干什么？"风把我吹得摇摇欲坠，我相信风也会把我的声音带向前方。

似乎是听到了我的吆喝，这女人摇摇晃晃地转过身来。她看到我了吗？总之，我看见她朝我摆了摆手，嘴里在说着什么。我听不到，我听不到啊，我这个聋子什么也听不到，那水声，风声，银河中星辰与星辰之间排斥、吸引、拉扯、角力而发出的声音，那生命中的呢喃、低语、吟唱、呐喊、撕心裂肺，都听不到了啊。

　　但我知道那手势、手语代表着什么。那是让我止步，不要上前；那是向我告别。因为我看到她侧过身去，用右手指了指下面的深渊，又指了指前方的星辰。我不知她指的是哪一颗，是那闪耀的，还是暗淡的，是气态的，还是固态的，是有人居住的，还是不毛之地。

　　我慢慢靠近她，离她只有五丈之遥。她微笑着看着我，嘴巴里继续呢喃。

　　"什么？你说什么啊？"我歇斯底里，不知是一阵咳嗽让我直不起腰来，还是我的腿发软，我跪在水里，水进入了我的眼。不像从前，她总会在我假装耳背的时候跑过来，揪住我的耳朵，对着其中的一只大声地，凶巴巴地，但最后又很怜惜地对我下达命令，低声安慰。这一次，她立在原地。大约十分钟后，她背对着我，张开双臂，跃了下去。

　　我扑腾着水花，连滚带爬冲向她，我想拉住她的手啊，我的阿黄狗想咬住她的裤腿。无济于事。我们都扑空了。在这颗无名小星她最后站立的地方，我见到她的身影，像一只巨鸟，随着瀑布的抛物线滑翔，这美丽鸟儿的翅膀快要沾上水面时，又总能轻巧地抬升。她再也没有回头，一直滑翔，一直下坠，直到深渊之下的水流平坦，那鸟儿又似乎张开翅膀，用力扇动，往那银河的深处飞去。有那么一刻，我见到她在水面上载沉载浮，但过不了多久，但见她又挣扎着开始翱翔。

她变成了一个小黑点，最终落到了一个星辰之上。我举起望远镜，那里人头攒动，似乎热闹非凡，这宇宙的水流把她带到了那里。她在那里靠岸。我似乎看见她从水面上站了起来，比起我曾见过的那位魔术游戏中的落水姑娘，她的水性想必要好得多。她摸摸索索地走到岸边的一块广阔广场之上。没有人注意到她的到来，孤独覆满了她的全身。她的手臂往我所在的这个星球摇了摇，我把这理解为一种示意、一种无法名状的示意。

"走到那人群中去吧，让他们给你以口粮，让他们给你以衣裳，让他们给你以温暖。"我抓住瀑布上的一块石头，让水不停冲刷我的身体，同时反复大嚷。

我的声音无法越过千山万水，跨越银河两岸，翻越宇宙穹窿和拱顶。

她一直在那里，向我招手示意。但宇宙转动起来了，她所在的那个星球开始了自转，逆时针，而我的这个星球也转起来了，顺时针。我们正在往不同的方向转动。按照这速度，在两年后，我将完全看不到她的身影。我只能期待，宇宙转动不息，这两个星球终会在两圆相切之时有一刻的停留，而那时她还在那个地方，在那个广场，像一尊女神雕像。

想到这里，我滴下泪来。那是我在梦里离开地球后的第一次掉泪，泪水滴进了水里，流淌、消失于水之万有之中。从此，我们分离。

2014年9月，广州

后记：反镜

　　我住在体育西路的边上。往北走十分钟，是天河体育场；往南过一个隧道，是花城广场；向西穿越一道斑马线，是天河村，向东前进两百米，是体育东路。我住在这个被称为全国三大商圈之一的商业地带，已经有了八年。我熟悉它很多个路口红绿灯的秒数，数百个商场的繁荣与衰落，以及一个牛奶店与它的邻居蜂蜜店的明争暗斗。我熟悉这里的建筑，它们有些外墙剥落，可见里面缠绕的钢筋与风化的水泥，有一些则隔上一段时日便被推倒重来，照例是变得更高，更接近天空。——无论它们如何变幻，我总能认出它们，无需查经纬度，无需地图导引，因为地球上的每一块区域，不过是一个格式固定的魔方，新的总镶嵌于旧的之上。

　　但我总认不出这里的人。几乎每一个人于我都是新的。在黄昏或夜晚，我常常在它的街头散步，或坐在路边的台阶上抽烟。我的身边或眼前走过年轻人、长者、蹦蹦跳跳的孩子、施粉黛的妙龄女郎、西装革履的精算师、终于有了点勇气的醉汉，但当我第二次与他们相遇，再三与他们相遇，我的脑海里会没有半点印记。少数有印记的，我已经单方面许诺要将其写进我的小说里：唱河南梆子、沿街卖艺的老年夫妻——已经有两年我未曾碰见他们，但我记得那老汉唱腔的悲怆。脸上长着肉面具的另一位中年乞客，他一言不发，如一尊菩萨，任凭行人将硬币丢进他的碗里，叮当作响。七八个在光天化日之下泪流满面的女人——她们不是聚在一起集体哭泣，而是与我分别相遇，有几个是在日头底下，有几个是在霓虹灯下，我不知道她们命中有了什么遭际，值得在熙熙攘攘的人前大放悲声，或者旁若无人、扭曲着脸无语凝噎。五六个疯子或半疯人——其中一个黑瘦的，常混在广场舞大妈队伍的后面，随音乐夸张地摇动躯体，他的身体内似乎装了个陀螺，音乐停，他却很久还维持着舞蹈的惯性，他似乎是从某个工地上来，每到那个时间点他便出现，后来他消失了；另一个高大、带点点卷发，脸上常保持神秘的微笑，我的家人曾给他送过一阵子馒头，因为他总在垃圾桶里掏食，但后来不再送，因为哪怕最小的慈善也需要毅力，最主要的是，我们害怕哪一天他万一不适，会有人怀疑我们的馒头中有毒。这奇怪而荒诞的念头曾折磨过我。我的疯病并不比他好多少。每一个节假日过后，我总希望能见到他，这样就能证明他尚在人世，如果没有见到，我的心里就会咯噔地响一下。他在广场上存在过大约三年，后来也消失了。——我承诺过的正在兑现，眼下我正在写一个小说系列，叫《天体广场》，我把花城广场改名为鲜花广场，在体育东路的旁边虚构出一条革命东路，并且凭空在一大堆水泥森林中间栽种下几栋半殖民地时代的老建筑，我将古老的天河村转喻为银河，而每个固定或移动的人，是我小说里的星辰。

　　我给这些与我相遇、或者在我的视网膜上留下斑点的星子命了名，并且给予他们每个人以故事运行的轨道，赋予一些意义，或赋予更多的无意义，但对于那些不因为衣着、职业、表情的特异而走向我的人，则保持着更大的好奇。他们既不像缺乏金钱，也不像缺乏前程，既没有笑也没有哭，欢乐不在他的脸上但内心似乎也没有悲伤。他们是我从未打过招呼的邻人、大街上的行人、从事精致手工业的匠人、进出于写字楼的生意人，他们在我的眼前晃过，却一律是陌生人。我常常站在花坛边或驻足于十字路口，不由得想像，他们是谁？这是从哪里来？又要到哪里去？我的想像有时会延宕一会儿：他们钻进办公室，或者拐过街角，会不会把木然的神情换掉，转眼便对天长啸或泪湿衣襟？这无中生有、无事生非的问题并没有给我造成任何的困扰，我思考它时也是没有笑，同时没有悲伤。直到有一日，我发现自己不过是他们中的一个，我也是自己的陌生人，有时是旧的，有时是新人。

绕了很远，现在我决定来谈《引体向上》。就像一个打算为自己发表辩护辞的家伙，在犹豫了很久之后，才鼓足勇气、战战兢兢地来到广场的中央，哪怕事实上广场空无一人，并没有人准备听他的夜半演讲。他们行自己的道，走自己的路，干自己的事。有人的广场让我胆怯，无人的广场会让我觉察到自己的在场，而面对自己则更不免慌张、惊惶。

《引体向上》这部狗屁小说的诞生可谓突然。2014年7月2日晚，我正从一次稍长的出差中归来，一如既往，坐在桌子前寻找叙事的步伐与方向。摆在我面前的是一部已经写到十五万字的长篇小说《拉磨转圈》，只要稍加用力，我便能完成它好的或坏的命运。但因为某次中途停歇，从2012年年末开始，我已经有一年半没有找到它的套路和招式了。就好比一个泄了真气的拳师，乱了阵脚与方寸，邪气在经脉中乱窜，迟迟回纳不了丹田之内。

于是我又到深夜的街头上去漫步。街道寂静，白日的繁荣如潮水般退去，然而只要几个时辰之后，这些道路就会被人群重新灌满。道路灌满了，生命与真理似乎也就被灌满、充盈。我不记得当晚是否有月，由于习惯于俯首低头，我一般只见得到白花花的太阳，以及由此而形成的自身阴影，但我也偶尔抬头望月。要知道，在高楼疯长、雾霾深重、雨季漫长的地方找到月亮并非易事，我只在少数的几次，看见它行经中天，赐予我乡愁也给我以不同的明亮。我那晚把目光扫到了高高的楼群之上，有些是灯光暗淡的居民楼，有些是灯火彻夜辉煌的写字楼，我想像有一个人踩着它们的窗沿、雨棚、屋檐，在上面做或轻盈或笨拙的攀援，我想像他站在一百多层的楼顶，默默仰望天庭上那些大于我们生活的事物，想像他试图够到月亮，却栽了跟头，从楼顶上，或轻盈或沉重地纵身堕入尘埃。事实上这是我从少年时代就不停做的一个梦，只是那时候攀援的是怪石嶙峋的高山、笔记本彩页上的南京长江大桥和诗词中被反复咏叹的黄鹤楼，梦见自己坠落的所在是悬崖边幽暗的峡谷与深渊——有那么几次，我于梦中还会如生出两翼般滑翔，在接近地面的那一刻做向上的仰冲，当然，所有的仰冲都没有成功，每一回都于即将粉身碎骨时惊出一身冷汗。

我经常在车水马龙的拥挤中也能抽身而出，重返少年时的梦境。这种灵魂溢出的状态让我老是模糊了路标而犯迷糊。有时我开着车，看到两旁的群山、绿化树、甘蔗林、果园，或者前方是接二连三的隧道，会有一种使劲往前冲的欲望。我设想前方的路途是一块伸出悬崖的跳板，只有开到它的尽处才去想着要不要打转；我想着这块跳板要是弹性极好的话，那么我站上去可不可以弹射到天上？

这邪念将我紧紧抓住，那一晚也不例外。从体育西路选一个方向走下去，会进入其他的路，那些路近的通往火车东站，远的通向白云机场，它们会把我们带往无穷尽的远方，但再远的地方依然是在地球之上，哪怕机毁人亡，人的骸骨与钢铁的碎片也只能掉向地球的这一面，与我们仰望的那些日月没有半点关联。

与邪念一起抓住我的是愤怒。这无来由的愤怒充塞我胸膛，似乎要把自己点燃。我们常常情不知所起，怒不知何生，在宁静的港湾里聚集风暴。我终于明白为何一年半了我无法完成那部已经快靠近岸的小说，很大的原因在于我内心盘踞着一条毒蛇，这毒蛇日夜噬咬我，当我用酒的毒药去醉它、药它，反而它噬咬得更深。

于是从那晚开始，我决意来先写这部攀援与跳跃的小说。写一个人无来由地出走，一个人的"引体向上"——牵引着身体与万有引力搏斗。我必须得申明，推动写作源起与叙事前进的动力，是愤怒，而非科幻力量的导引，虽然科学的幻想与我的梦境都着眼于同一片宇宙的虚无；启动汽车发动机的，同样是一种我自己也捉摸不透的悲愤力量，而不是汽油、芳香烃，虽然后者是我日常以汽车代步出行的燃烧剂。某种程度上说，恰恰相反，我反对那种科技制造业的幽灵与工业的提炼物，正是它们，抹杀了我们自进化以来最后的一丝原始浪漫。

在我不短不长的写作生活中，还从来没有一次，像这次一样，胆大妄为到发誓要做一次文字的专制国王。我修通道路、搭建桥梁、建立营寨、布设地狱与天堂，说到底不过是为了制造一次能够独裁的幻象，——对于一个写作者而言，这纸上的狂欢或是对他日常胆怯的补偿。文学是犹豫，是徘徊，是举棋不定，是在漩涡中的淹留，但文学也是左右手互博，是争辩，是与自己的较量，和对世界的反抗。那几个月里，一种咬牙切齿也咬牙坚持的精神上的偏执将我狠狠擒住，一如一个做引体向上的人在自己的肉身上用蛮力，他能获得什么呢？他够不着更高的地方，不过是徒劳地自虐、带来肉体上更大的疲乏而已。

但我感谢那阵子的偏执与愤怒，让我得以完成这部与我推崇的文学相比显得不太体面的作品。它虽然全然虚构，但我也把我投入其中。如果它中间还有些火焰的话，那么那火焰首先灼烧的是我自己；如果里面有审判的话，那么审判也以我始、我终。

回头来看，我那时的写作可谓疯狂。中间去了一趟阿坝七藏沟攀登红星雪山，又重游了一回内蒙古巴丹吉林沙漠，在各种繁忙的差旅中却幸未打断。我并不知道这部小说会到哪里结束，也不知它的运行轨迹是什么模样。愤怒让人盲目。《伊利亚特》以剑拔弩张的"阿喀琉斯的愤怒"开场，但叙述此事的盲诗人荷马则是平静的，腔调悠长。那是一种英雄之怒，是极高明的叙事。而我写出的不过是一种庸人之怒，并且将愤怒倾泻于写作本身，这无疑是一件很荒唐又可笑的事儿。且不去管它了，因为我以后再也不会去写这么灼烧我自己的作品。

这部小说出发的时候就面临歧途。是设置成一个情节纠缠、冲突强烈的故事呢，还是写出"我"遍游天上的美丽城寨和星空说不尽的璀璨？是去写一个人在银河中终获自由的徜徉，还是去讲述一位人子一步步接近上帝、直到来到祂的座前接受祂的训斥与责难？我那时是犹豫的。但我后来只选择在这部小说里设置两个人物，我最初甚至只打算写一个人上路。为了使情节的历程或曰写作的历程不致太苦，我才将一个人物分身为两个，分出"我"的另一个"我"，一个藉此可以对话的灵魂伴侣。我一度十分讨厌小说中使用"对话"，认为那会使语言失去克制，丧失它该有的雅正修辞，但我在这部小说中却大段使用，因为那些语言是蹦出来的，我要做的就是记录。说实话我甚至没有期待它被视为"小说"，更没有期待它被视为"长篇小说"，它是一个人对某些事务的内心雄辩，是自己与自己的质疑、抗辩与反诉，是一出真面与假面互相揭发、互相揶揄的戏剧。我把这幕戏剧平移到了以宇宙、银河、另一个星球为布景的舞台之上。但宇宙那幽深、宽广的底色让一个傻逼的表演显得像一出闹剧，他一本正经的沉痛能带来什么呢？什么也不会带来，就如同一个人站在地球仪上，他自以为走遍了万川，实际上却未曾踏出房间半步，他自以为自己被一种神圣充满，已化身为身材顾长的巨人，事实上仅仅是由于地球仪缩小了现实的比例而给他造成了虚幻。

虚幻能带领一个人的肉身拔地而起、离地万丈吗？能够使一个人超拔出引力的作用吗？显然不能。因而他即便想像自己已经飞升，却总是不由自主地回溯地球上的一切，如同汽车的后视镜，不停地提醒他曾经活在哪里。如果说科学以及建立于科学基础上的幻想是向前的、向上的、有乌托邦的，那么我希望、或者不得不写出那种后视的、向下的、反乌托邦的生活，——天上从来没有一个全能者给人以指引，示人以准则；如果有的话，那么祂也不提审人类，祂只是"默默者存"。米洛拉德·帕维奇的《哈扎尔辞典》写到"快镜和慢镜"，快镜在事情发生之前提前将其照出，慢镜则在事情发生之后将其照出，那么我希望能写出"反镜"：我们所有的向上提升只会摔得更重，美好是不存在的。

现在来记述一下这部小说发表前与其相关的友谊。友情是生命中最光明的部分，是不由神灵赐予却由人所给予的慷慨馈赠。得知我在写小说后，好友谢有顺教授说写好后让我把它给几个相熟的朋友先看看，大家帮着把关。于是那一年的10月19日，我写完并改定后，便陆续发给几位相熟的师长、友朋。他们首先是李敬泽先生、麦家先生、马小淘小姐、雷平阳同志，后来是李昕先生、田瑛先生、朱燕玲女士，以及再后来的阿来先生。李敬泽先生曾为我的第一本书《花与舌头》写序，有一年他五十岁生日的那天，我们正在一起，那晚宴会后，他提着两瓶好酒来我的房间，我们喝到快凌晨两点。中间他说，惊涛你以后出书我都帮你写序，"因为你反正写得少"。这盛意是促使我多写的巨大动力。麦家是这些年对我苦口婆心最多的作家，他对我的谬爱远超我想得到的范畴，与他那些让人脸红的赞美相比，我记得最深的是他那句"一个作家要容许自己写坏作品"，这话于我破除内心的魔障非常有效。马小淘姑娘几乎是我所有小说的第一读者和编辑，她满怀善意的嘲讽让我不太敢懈怠。我从诗人雷平阳同志那里学到的东西多于从很多小说家那里学到的，他认为《引体向上》是一部"与自己较劲的小说"，甚得我心。李昕老师作为北京三联书店的前总编辑，如果没有他与文静小姐不拘一格的青睐，我第一本书就难以出版。田瑛与朱燕玲老师我认识并不久长，甚至说真正认识的源起就在于这部小说，当时田瑛与朱老师在花了一天半时间看了小说后，当夜打电话给我，说希望在《花城》杂志2015年1月号发表。后因我个人原因错过了与《花城》的交集，但自此也就有了许多亲炙他们的机会，今天小说单行本最终在花城出版社出版，并认识张懿副总编辑和本书尽职、认真的责编秦爱珍小姐，均与他们有莫大的关系。田老大、有顺、小说家杨卫东我们四五人后来隔三差五在一块喝酒，也就是从那时候开始的。

阿来是我景仰的小说家。有一次他让我把小说发给他看，那个五一劳动节过后他写来很长的一封信。后来几次他又来广州，我开车接送他，在车流中胡乱谈论世界，我便也就一些困惑请教于他，譬如小说人物的多寡，他举埃克苏佩里《小王子》为例；譬如谈到小说写作的"专制"问题，他立即说斯蒂芬·金的《11/22/63》里面写道：我推开这道门便去到1958年，退回时空之门就是另一个年代……他的文学经验和识见总让我受益。

　　我要感谢王小王小姐，在今年《作家》杂志3月号发表时，尊重我的原意，未删一字，但同时也校正了我其中的好几处错误。她是个好小说家，更是个好人、好姑娘。我还得感谢宗仁发、施战军、邱华栋诸先生；感谢我所在公司的同事，他们分担了很多本应属于我的工作，让我稍有时间不务正业。另外，必须感谢两次为我的小书画插图的王芊祎小姐，芊祎的插图总能让我粗俗的文字显得精致一些。

　　最后提一下我的多年兄弟张赞波和我的研究生导师孟泽教授，孟师多年前曾说过："人活着不就是为了几个朋友。"是他们教给我怎样看待友谊。

2016年6月13日夜